MORD IM BÖHMISCHEN PRATER

Beate Maly wurde 1970 in Wien geboren, wo sie bis heute lebt. Zum Schreiben kam sie vor rund zwanzig Jahren. Sie widmet sich dem historischen Roman und dem historischen Kriminalroman. 2019 und 2023 war sie für den Leo-Perutz-Preis nominiert, 2021 gewann sie den Silbernen Homer.

BEATE MALY

MORD IM BÖHMISCHEN PRATER

HISTORISCHER KRIMINALROMAN

emons:

Bibliografische Information der Deutschen Nationalbibliothek
Die Deutsche Nationalbibliothek verzeichnet diese Publikation
in der Deutschen Nationalbibliografie; detaillierte bibliografische
Daten sind im Internet über http://dnb.d-nb.de abrufbar.

© Emons Verlag GmbH
Alle Rechte vorbehalten
Umschlaggestaltung: Nina Schäfer, unter Verwendung eines
Motivs von shutterstock.com/Lunetskaya
Gestaltung Innenteil: DÜDE Satz und Grafik, Odenthal
Lektorat: Uta Rupprecht
Druck und Bindung: CPI – Clausen & Bosse, Leck
Printed in Germany 2024
ISBN 978-3-7408-2327-6
Historischer Kriminalroman
Originalausgabe

Unser Newsletter informiert Sie
regelmäßig über Neues von emons:
Kostenlos bestellen unter
www.emons-verlag.de

Dieser Roman wurde vermittelt durch die Literarische Agentur
Thomas Schlück GmbH, 30161 Hannover.

*Niemals sind wir ungeschützter
gegen das Leiden,
als wenn wir lieben,
niemals hilfloser unglücklich,
als wenn wir das geliebte Objekt
oder seine Liebe verloren haben.*

Sigmund Freud

PROLOG

Am Nachmittag hatte man erneut Verletzte ins Feldlazarett hinter dem Verteidigungswall gebracht. Soldaten mit verstümmelten Körpern. Männer, für die nichts mehr so sein würde wie zuvor, sollten sie überleben.

Die Unversehrten hatten ihre Kameraden aus den Erdgräben gezogen, manche mehr tot als lebendig. Einige waren fast noch Kinder, doch sie hatten die Gesichter von Greisen. Auf notdürftig zusammengebastelten Bahren, Mänteln, die zu Tragevorrichtungen zusammengeknüpft waren, hatte man sie hinter die Front geschleppt.

Das Leid war auf beiden Seiten schier grenzenlos und der Tod allgegenwärtig. Längst hatte man vergessen, weshalb gekämpft wurde. Die Jubelschreie, mit denen man 1914 in den Krieg gezogen war, waren schon nach wenigen Wochen verstummt und einem ängstlichen Entsetzen gewichen. Was machte es für einen Sinn, die dreckverschmierten Männer auf der gegnerischen Seite abzuschießen? Auch sie waren Ehemänner und Väter, Söhne und Brüder, deren Tod zu Hause Leid verursachte. Inzwischen hatten alle nur noch einen Wunsch: dass die Verantwortlichen den Wahnsinn, der Europa wie ein Flächenbrand erfasst hatte, endlich beendeten. Ganz egal, wie der Krieg ausgehen mochte, der Frieden wäre besser als das Massensterben an der Front und der nagende Hunger in den Dörfern und Städten im Hinterland.

Im Lazarett versuchte man, die zerfetzten Körper der Soldaten wieder zusammenzuflicken. Schmerz- und Desinfektionsmittel waren schon vor Wochen ausgegangen, Nachschub war keiner in Sicht. Man behalf sich mit Alkohol und Seife, die mittlerweile ebenfalls knapp wurden. Gestern hatte

Dr. Brenner einem jungen Soldaten, er war noch keine zwanzig, ohne Narkose das Bein abgenommen. Die Schreie des Burschen waren bis ins feindliche Lager zu hören gewesen. Heute Morgen war der Mann seinen Verletzungen erlegen. Ein weiterer Brief würde nach Wien gehen: »Der Soldat Martin Huber fiel tapfer im Kampf für Kaiser und Vaterland.«

Wie viele dieser Nachrichten waren in den letzten Wochen auf der klapprigen Schreibmaschine getippt und mit der Feldpost verschickt worden? Sie hatte längst aufgehört, die Namen zu zählen, die täglich ans Kriegsministerium gemeldet wurden.

Müde hob sie den Kopf, wischte sich mit dem Handrücken den Schweiß aus der Stirn und schob die feuchten Haarsträhnen zurück unter die Haube der grauen Schwesterntracht. Wann hatte sie das letzte Mal mehrere Stunden am Stück geschlafen? Es musste Tage her sein. Stets wurde ihre Hilfe gebraucht, bei den Operationen ebenso wie beim Versorgen der Verletzten. In den Feldbetten lagen Männer, die einen Arm, ein Bein oder gleich zwei Extremitäten verloren hatten. Offene Schusswunden, Knochenbrüche, Verbrennungen. Es gab nichts an Entstellungen, das sie in den letzten Wochen nicht gesehen hatte. Der Krieg war eine Bestie, die in ihrer schier unersättlichen Gier einen Mann nach dem andern fraß.

Erschöpft richtete sie sich auf, legte beide Hände in den Rücken und streckte ihn. Mit einem leisen Knacken löste sich eine Verspannung. Dann ließ sie den Blick über die Verletzten schweifen. Die einfachen Betten standen so dicht nebeneinander, dass man gerade noch dazwischen durchgehen konnte. Jeder freie Platz wurde genutzt, und trotzdem lagen seit gestern drei der Verletzten im Freien. Solange es nicht regnete, war es dort vielleicht sogar angenehmer. Im Zelt war die Luft zum Schneiden stickig, es stank nach Urin, Schweiß, Blut und Eiter. Seit Tagen warteten alle auf einen Gewitterregen, der sie für ein paar Stunden von der unerträglich schwülen Junihitze erlöste. Fette schwarze Fliegen umkreisten die Gaslampen, die an Metallstäben von der Decke baumelten. Nicht ein winziger Luftzug sorgte für Abkühlung. Sogar das Atmen fiel schwer.

Sie hörte das ständige leise Wimmern, Jammern und Schluchzen der Männer längst nicht mehr, sie war daran gewöhnt. Auch das laute Aufschreien, wenn Alpträume die Männer quälten, schreckte sie nicht mehr auf. Nun machte sie sich daran, mit einem frisch gefüllten Wasserkrug von einem Bett zum anderen zu gehen. Die wenigsten Männer konnten selbstständig trinken. Der Arzt hatte sie wiederholt gewarnt: »Achten Sie darauf, dass die Verletzten bei der enormen Hitze ausreichend Flüssigkeit zu sich nehmen. Sie dehydrieren sonst.«

Eigentlich wäre das die Aufgabe der jungen Aushilfsschwester Maria gewesen. Aber das Mädchen war überfordert. Heute Morgen hatte sie eine Stunde lang hinter dem Zelt gehockt und geweint. Sie war nicht ansprechbar gewesen, hatte nur noch gezittert und gejammert, sie wolle nach Hause.

Ihre Verzweiflung war nur allzu verständlich. Niemand hatte das Mädchen auf das Ausmaß des Leidens vorbereitet. Wer sich freiwillig für einen Fronteinsatz meldete, wusste, dass er Schreckliches sehen würde. Aber wie grenzenlos das Grauen war, überwältigte oft sogar die Hartgesottenen unter den Helfern.

Langsam schritt sie die Reihen der Verletzten ab. Immer wieder blieb sie stehen, rückte eine Augenbinde zurecht, wischte eine schweißige Stirn ab, half beim Trinken, deckte einen fiebernden Körper zu.

Als sie ans Zeltende gelangte, fasste eine Hand nach ihrer Schürze und hielt sie zurück. Erstaunt drehte sie sich um. Der Mann lag seit einer Woche hier. Er war zu schwach für einen Weitertransport. Der Arzt hatte ihm nicht mehr als zwei Tage gegeben, jetzt waren es bereits sieben, die er noch am Leben geblieben war. Er schien sich mit Verbissenheit daran festzuklammern. Der Soldat hatte einen Arm, ein Bein und beide Augen verloren. Die Wunden nässten und hatten sich entzündet. Auch jetzt waren wieder rotgelbe Flecken dort, wo einst seine Augen gewesen waren. Sie würde den Verband erneut wechseln müssen. Der Anblick, der sich darunter bot, war auch für Menschen, die an schwere Verletzungen gewöhnt waren, kaum zu ertragen.

»Schwester!« Seine Stimme klang leise, schwach. Kaum mehr als ein Hauch. Trotzdem lag eine Entschlossenheit darin, die sie erstaunte. Sie trat näher und ging in die Hocke, damit ihn das Sprechen nicht so anstrengte.

»Ich kann Sie hören«, versicherte sie ihm und ergriff seine Hand. Sie glühte. Sein Fieber war gestiegen. Wenn es nicht gelang, es zu senken, würde er diese Nacht nicht überleben.

»Ich brauche Ihre Hilfe.«

»Was kann ich für Sie tun? Sind Sie durstig?«

»Nein.«

»Soll ich Ihren Verband wechseln? Brauchen Sie die Leibschüssel?«

»Nein. Ich will, dass Sie …« Seine Stimme brach ab.

»Ja?«

Er setzte erneut an.

»Ich will, dass Sie einen Brief für mich schreiben.«

Er war nicht der Erste, der sie um diesen Gefallen bat. Männer, die im Sterben lagen, hatten oft den Wunsch, noch ein paar Worte an ihre Liebsten zu richten. Ein letztes »Ich liebe dich«. Nicht selten schmückte sie die Worte aus und ergänzte sie, um den Hinterbliebenen etwas Trost zu spenden und ihnen Mut fürs Weiterleben zu schenken.

»Was soll ich schreiben?«, fragte sie. Meist waren es bloß ein paar Sätze, die sie sich merkte und am Abend zu Papier brachte.

»Es ist eine lange Geschichte.« Der Druck, den seine Finger auf ihre Hand ausübten, war erstaunlich fest. Sie konnte sich vorstellen, wie kräftig der Mann einst gewesen war.

»Wie lang?« Sie überlegte. Es gab noch so vieles, was sie erledigen musste, bevor sie sich dem Schreiben eines Briefes widmen konnte. Es galt, Verbände zu waschen, die Lebensmittelvorräte zu kontrollieren, frisches Wasser zu holen.

»Sehr lang«, gab er zu.

Ihr Blick glitt über die engen Bettenreihen. Im Moment war es ungewöhnlich friedlich. Viele der Verletzten schliefen oder dösten vor sich hin. Doch das würde nicht lange anhalten. Schon am Abend wurden neue Soldaten erwartet. Keiner gab sich der Illusion hin, dass bei der nächsten Schlacht niemand verletzt werden würde. Sie hatte keine Ahnung, wo sie die frisch Verwundeten dann unterbringen sollte.

Nachdenklich strich sie dem Mann über die Wange. Sie war ebenso heiß wie seine Hand, und ihre Entscheidung fiel. Das Waschen der Verbände musste warten. Sie konnte einem Sterbenden seinen letzten Wunsch unmöglich verwehren.

»Einen Moment«, sagte sie. »Ich hole Papier und Stift.«

»Danke.« Die Erleichterung in seiner Stimme gab ihr recht. Sie tat das einzig Richtige.

EINS

»Gott sei Dank scheint endlich wieder die Sonne!« Die pensionierte Lateinlehrerin Ernestine Kirsch trat in den Garten und atmete tief durch. Die Luft fühlte sich sauber an. Der Regen der letzten Tage hatte den Ruß und Staub von den Fassaden gewaschen und Wien in eine strahlende Stadt verwandelt. Satt gelb und leuchtend rot glänzten die Blätter der Weinreben an der Hausmauer im warmen Licht und versprachen einen goldenen Herbsttag.

»Ich hatte schon befürchtet, das Nieselwetter hält bis Allerheiligen an. Es reicht, wenn der Nebel im November einsetzt. Der Winter dauert danach noch lang genug. Können wir im Freien frühstücken?« Anton streckte den Kopf zur Terrassentür heraus. Er und Ernestine bewohnten seit einem Jahr das kleine, frisch renovierte Kutscherhäuschen im Garten seiner ehemaligen Apotheke in Mariahilf. Seit Antons Pensionierung leitete seine Tochter Heide das Geschäft.

Allerdings würde Anton in naher Zukunft wieder einspringen müssen, denn Heide erwartete nach Weihnachten ihr zweites Kind. Kurz nachdem sie den Kommissar Erich Felsberg geheiratet hatte, war sie schwanger geworden. Ab Jänner würde Anton nicht nur beim Drehen der Hustenpastillen unterstützen, sondern für einige Zeit hinter den Verkaufstresen zurückkehren. Er sah dem mit gemischten Gefühlen entgegen, hatte er sich doch an seinen geruhsamen Alltag mit Ernestine gewöhnt. Auch wenn die unternehmungslustige Pensionistin ihn immer wieder zu Aktivitäten überredete, auf die er sich allein niemals einlassen würde, verlief sein Leben doch in deutlich ruhigeren Bahnen als noch vor ein paar Jahren.

»Ja, es ist warm genug. Ich hole die Pölster für die Gartensessel«, bot Ernestine an und verschwand im Schuppen zwischen Kutscherhäuschen und Apotheke.

Kurz darauf saßen die beiden bei Kaffee und Butter-Honig-Semmeln im Garten und streckten die Gesichter der wärmenden Sonne entgegen. Zufrieden langte Anton nach der Morgenausgabe der Wiener Zeitung, überflog die Überschriften und runzelte dann sorgenvoll die Stirn.

»Es gefällt mir nicht, dass die Sozialisten sich paramilitärisch formieren«, brummte er. »Wer braucht denn einen Schutzbund?«

»Es ist die logische Antwort auf die Heimwehren der Christlichsozialen«, meinte Ernestine. »Wäre es dir lieber, man würde diesen bewaffneten Einheiten nichts entgegensetzen?« Während sich auf dem Land schon kurz nach dem größten aller Kriege die christlichsozialen Ortswehren paramilitärisch aufgerüstet hatten, zogen die Sozialisten in den Städten erst jetzt mit Verspätung nach.

»Ich würde ein Österreich vorziehen, in dem weder das rechte noch das linke Lager Waffen besitzt«, sagte Anton. »Wer Gewehre hat, wird sie früher oder später auch einsetzen. Und was haben wir dann? Österreicher, die auf Österreicher schießen. Bei der Vorstellung gefriert mir das Blut in den Adern.«

Ernestine schüttelte den Kopf. »Ach, Anton, du siehst die Lage zu düster. Warum sollte das passieren? Der große Hunger liegt hinter uns. Wir sehen einer rosigen Zukunft entgegen. Sonnige Zeiten, in denen die Menschen friedlich zusammenleben. Wir haben alle unsere Lehren aus dem schrecklichen Krieg gezogen und werden verhindern, dass es erneut zur Katastrophe kommt. Niemand will seine Brüder, Ehemänner und Söhne am Schlachtfeld verlieren.«

Anton schien nicht überzeugt. »Unsere Demokratie ist ein sehr zartes Pflänzchen. Schnell kann es von Militärstiefeln wieder zertrampelt werden. Schau nach Italien. Dort hat

Mussolini das Parlament ausgehebelt. Die Faschisten regieren. Stell dir vor, das wäre in Österreich der Fall. Mit einem Schlag wäre es mit den Errungenschaften des roten Wiens vorbei. Kein sozialer Wohnbau, keine Bildungsreform und kein Gesundheitswesen mehr.«

Ernestine langte über den Tisch und nahm Anton entschlossen die Zeitung aus der Hand. »Wenn die Artikel dermaßen finstere Gedanken in dir erzeugen, solltest du die Zeitung nicht mehr lesen«, befand sie streng. Ihre Stimme hatte den belehrenden Unterton der Lateinlehrerin angenommen, die sie jahrzehntelang gewesen war. »Ich besorge dir unterhaltsame Literatur aus der Bibliothek. Ab jetzt kriegst du nur noch Texte von Kabarettisten. Letztens habe ich Liedtexte von Fritz Grünbaum und Karl Farkas gelesen. Die sind genau richtig für dich.«

»Seit wann verschließt du die Augen vor dem, was rund um dich geschieht?«, fragte Anton.

»Ich sehe sehr wohl hin«, verteidigte sich Ernestine. »Deshalb finde ich es ja so wichtig, dass auch die Sozialisten sich bewaffnen. Solange es ein Gleichgewicht der Kräfte gibt, ist der Frieden gesichert. Sobald eine Gruppe stärker wird, droht Gefahr.«

»Ich sehe das anders«, widersprach Anton.

»Ich weiß!« Ernestine faltete die Zeitung zusammen und legte sie auf die andere Seite des Tisches. Anton hätte aufstehen müssen, um sie zu holen, was er aber tunlichst vermied. Denn er saß gerade ausgesprochen bequem.

»Lass uns über etwas Erfreulicheres reden«, schlug Ernestine vor. »Zum Beispiel über das bevorstehende Wochenende. Das Wetter soll stabil bleiben. Es stehen uns wunderschöne Herbsttage bevor, die wir unbedingt nutzen sollten, bevor es wieder nass und kalt wird und dann für Monate so bleibt.«

Anton ahnte, dass Ernestines Vorstellung davon, wie man warme Herbsttage verbringen sollte, nicht ganz seinen Wünschen entsprach.

»Wir könnten gemütlich im Garten lesen und hin und wieder eine kleine Runde mit Minna spazieren gehen«, schlug er vor. Als die Cockerspaniel-Dame ihren Namen hörte, hob sie die Schlappohren und sah erwartungsvoll zu Anton. »Und nach dem Spaziergang belohnen wir uns mit einer ordentlichen Mehlspeise«, fügte er hinzu. »Minna kriegt ein Würstel.« Die Hündin stupste ihm dankbar mit der Pfote gegen das Schienbein.

»Aber Anton, wir werden doch nicht faul im Garten sitzen, wenn wir stattdessen zu böhmischer Blasmusik tanzen können!« Genau wie Anton befürchtet hatte, deckten sich seine Pläne nicht mit denen von Ernestine.

»Wenn wir was?«, fragte er irritiert. Hoffentlich hatte er sich eben verhört. Tanzen gehörte nicht zu seinen Lieblingsbeschäftigungen, und Blasmusik war die Form Musik, die er mit Abstand am schlimmsten fand. Die Kombination aus beidem betrachtete er als mittlere Katastrophe.

»Am Wochenende findet im Böhmischen Prater ein Herbstfest statt«, fuhr Ernestine unbeirrt fort. »Ich habe Rosa davon erzählt. Sie würde sehr gerne hingehen.«

Rosa war Antons Enkeltochter. Er liebte das Mädchen über alles und konnte ihr kaum einen Wunsch abschlagen. Das war auch der Grund, warum eine wuschelige Hundedame zu seinen Füßen lag und darauf wartete, dass ein Stück Buttersemmel für sie abfiel. Anton reichte Minna einen Bissen und wurde mit einem Schwanzwedeln belohnt.

»Rosa freut sich schon riesig auf den Besuch«, erklärte Ernestine. »Das alte Ringelspiel dort wurde repariert und geht wieder in Betrieb. Jedes Kind darf einmal gratis damit fahren.«

»Rosa ist doch kein Kleinkind mehr!«, entgegnete Anton in der Hoffnung, der Blasmusik doch noch zu entkommen. Seit ein paar Wochen besuchte seine Enkeltochter die dritte Klasse der von Lili Roubiczek geführten Schule in Wien, in der nach den Methoden der italienischen Ärztin Maria Montessori unterrichtet wurde. Und im Sommer hatte Rosa ganze zwei Bände von Karl May vollständig durchgelesen. Sie war definitiv zu alt fürs Ringelspiel.

Aber Ernestine war anderer Meinung. Sie blieb hartnäckig.

»Unsinn, Anton. Du weißt, dass man für eine Fahrt mit dem Ringelspiel niemals zu alt ist. Wenn ich darf, setze ich mich auch auf eins der weiß lackierten Pferde. Mal sehen, ob ich den Karussellbetreiber überreden kann.«

Anton bezweifelte, dass Ernestine auf das frisch renovierte Ringelspiel durfte. Sie war von rundlicher Statur, woran das gemütliche Leben mit ihm und die Kuchen, die er regelmäßig buk, nicht ganz unbeteiligt waren. Er behielt seine Überlegungen aber für sich. Anton mochte Ernestine genau so, wie sie war.

»Außerdem gibt es echte Ponys, auf denen die Kinder reiten können«, fuhr sie fort. »Und die beliebten Hutschenschleuderer, genau wie im Wurstelprater.«

Anton hatte immer noch die Blaskapelle und den Tanzpavillon vor Augen. Beides bereitete ihm Kopfzerbrechen.

»Wenn dich das alles nicht überzeugen kann, dann denk an Langosch, die feinen Powidltascherl und das einmalige böhmische Bier.«

Jeder, der Anton besser kannte, wusste von seiner größten Schwäche, dem guten Essen. Nichts liebte er mehr als Mehlspeisen. Die Aussicht auf böhmische Powidltascherl, Germknödel und Palatschinken ließ die Blasmusik mit einem Mal nicht mehr ganz so unangenehm erscheinen. Vielleicht würde sich ein Besuch im Böhmischen Prater doch lohnen. Es war Jahre her, dass er das letzte Mal in dem Arbeitervergnügungsviertel am Laaer Berg gewesen war.

»Wir können Minna mitnehmen«, schlug Ernestine vor. »Es wird gewiss ein gemütlicher Nachmittag.«

Anton überlegte. Heide sah in letzter Zeit oft sehr müde aus, die fortschreitende Schwangerschaft setzte ihr zu. Ein Sonntag in der Hängematte würde ihr sicher guttun. Heides

Mann Erich hatte dieses Wochenende Dienst, er musste sich um Verbrechen kümmern. Und da Ernestine Rosa den Ausflug bereits versprochen hatte, blieb Anton ohnehin nichts anderes übrig, als mitzukommen.

In Gedanken konnte er die gerösteten Butterbrösel der Powidltascherl bereits riechen und schmeckte den Vanillezucker auf seiner Zunge. Obwohl er vom Frühstück noch satt war, lief ihm das Wasser im Mund zusammen.

»Du hast mich überredet«, erklärte er großmütig.

»Um drei fahren wir los. Heide weiß bereits Bescheid.«

»Wie kann das sein? Ich habe doch eben erst zugestimmt«, meinte Anton verdattert.

Ernestine lächelte nachsichtig. »Ich wusste, dass du den Powidltascherln nicht widerstehen kannst.«

»Bin ich so leicht zu durchschauen?«

»Ja!« Ernestine stand auf, trat zu ihm und drückte ihm einen zärtlichen Kuss auf die hohe Stirn. »Aber keine Sorge«, meinte sie, »das macht dich nur noch liebenswerter.«

ZWEI

Schon von Weitem waren die Klänge der Blaskapelle zu hören, sie spielte einen strammen Marsch. Die Musik mischte sich mit dem lauten Lachen der Besucher, den Rufen der Schausteller, die ihre Dienste anboten, und dem Geräusch eines knarrenden Leierkastens. Der Werkelmann, ein kleiner Mann in einem schäbigen alten Frack, stand am Eingang zum Vergnügungspark und begrüßte die Gäste mit einer beschwingten Melodie, die so fröhlich klang, dass man ihm die verstimmten Töne der Drehorgel verzieh. Mit seinem Hut sammelte er Münzen ein und bedankte sich mit überschwänglichen Verbeugungen.

Von allen Seiten strömten die Menschen auf das Gelände. Es roch nach heißem Öl und gebackenem Langosch, nach Zuckerwerk und Zimt. Eine Luftballonverkäuferin bot ihre Ware an, sie hielt Rosa einen knallroten Ballon entgegen. Zu gerne hätte das Mädchen ihn genommen, aber Anton meinte: »Lass uns warten, bis wir nach Hause gehen. Sonst verlieren wir den Ballon am Ende noch.« Er erinnerte sich an einen Besuch im Wurstelprater, wo Rosas Ballon in den Himmel gesegelt war und für bitterliche Tränen gesorgt hatte.

Auch Rosa schien den Vorfall nicht vergessen zu haben, sie war mit dem Vorschlag einverstanden. »Heben Sie den roten Ballon für mich auf?«, fragte sie die Verkäuferin.

»Gerne!«

Dann lief das Mädchen zielstrebig auf das Karussell zu. Es bildete das Herzstück des Parks. Weiß lackierte Pferde bewegten sich im Takt auf- und abwärts, während sie auf der runden Plattform im Kreis herumfuhren. Auf jedem der Pferde saß ein Kind. Die Warteschlange derer, die ebenfalls auf einem der Pferde um und um reiten wollten, reichte bis zum Gasthaus nahe dem Ringelspiel.

»Willst du dich wirklich anstellen? Oder sollen wir zuerst zu den Hutschenschleuderern gehen?« Anton betrachtete stirnrunzelnd die lange Reihe der wartenden Kinder. Es dauerte bestimmt eine Stunde, bis die Letzten endlich an die Reihe kamen.

»Lieber reite ich auf einem echten Pony«, meinte Rosa. Das Mädchen war über den Sommer wieder ein gutes Stück gewachsen, ihr neues Kleid reichte ihr nur noch knapp über die Knie. Heide würde den Saum noch einmal herauslassen müssen.

»Eine gute Entscheidung«, pflichtete Ernestine ihr bei. Gemeinsam gingen sie vorbei am Gastgarten des Wirtshauses, einer einfachen Holzhütte, wo über dem Eingang »Böhmisches Biergartl« in gelben Lettern auf einem dunkelgrünen Schild stand. Darunter konnte man in kleineren Buchstaben lesen: »Inhaber Carel Prohaska«. Davor waren unter großen Kastanienbäumen Tische mit rot-weiß karierten Tischtüchern gedeckt. Sie waren alle besetzt. Anton fürchtete, dass es auch hier zu langen Wartezeiten kommen würde.

Da entdeckte er im hintersten Winkel des Gartens doch noch einen freien Tisch. »Seht nur«, rief er entzückt. »Dahinten sind freie Plätze!«

»Anton, wir sind eben erst gekommen. Du wirst doch nicht jetzt schon eine Pause einlegen wollen.« Ernestine fasste ihn am Ellbogen, um ihn weiterzuziehen, aber Anton blieb hartnäckig stehen.

»Warum nicht?«, fragte er. »Der Weg auf den Laaer Berg war lang. Wir waren über eine Stunde unterwegs. Höchste Zeit für ein kühles Bier und einen Langosch. Oder Kaffee und Powidltascherl.« Er überlegte. »Oder beides.«

»Opa, ich will doch reiten!«, bettelte Rosa.

Ihre Worte gingen in der Musik unter, denn die Blaskapelle hatte jetzt im hölzernen Pavillon neben dem Biergartl Aufstellung bezogen. Kaum dass sie die Polka anstimmte, sprangen auch schon die ersten Tanzhungrigen auf und marschierten auf die Wiese, die als Tanzfläche diente. Beschwingt drehten sie sich im Takt der Musik.

»Ich werde mit Rosa zu den Ponys gehen«, bot Ernestine an. »Halte du uns in der Zwischenzeit den Tisch dort drüben besetzt. Wir kommen später nach.« Sie zwinkerte Anton zu. »Und wenn du dich ordentlich gestärkt hast, wagen wir eine Polka auf dem Rasen.«

»Da werden ein Langosch und ein Bier nicht ausreichen«, meinte Anton.

»Dann bestell dir zwei«, lachte Ernestine. Sie nahm Rosa an der Hand, und die beiden liefen zum kleinen Wäldchen, wo in einer Koppel drei Ponys geduldig eine Runde nach der anderen drehten.

Anton und Minna eilten unterdessen in die Ecke, bevor jemand anderer den freien Platz entdeckte. Sie hatten Glück. Erleichtert setzte sich Anton und ließ den Blick über den Gastgarten schweifen. Im Schatten der Kastanie hielt man es gut aus. Die Musik war nicht ganz so laut, und der Geruch von heißem Öl war deutlich dezenter als direkt neben der Küche des Gasthauses.

Ein Mann mit einer dunklen Schürze über einem dicken Bauch kam auf ihn zu.

»Was darf's denn sein?« Er wirkte gehetzt. Seine Stirn glänzte vom Schweiß. In einer Hand hielt er ein Serviertablett, in der anderen einen Block. Ein Bleistift klemmte hinter seinem Ohr. »Emil, du Fetzenschädl, des Bier ghört auf'n Nebentisch!«

Erschrocken zuckte Anton zusammen. Die Worte des dicken Wirtes waren nicht an ihn gerichtet, er schrie über die Köpfe seiner Gäste hinweg einen Jungen an, der höchst konzentriert ein Tablett mit mehreren Krügen Bier vor sich herbalancierte. Dabei strengte er sich so an, dass seine Zunge, die eine Spur zu breit für seinen Mund schien, ein Stück weit herausragte. Vor Schreck biss er sich darauf und geriet ins Straucheln. Zum Glück reagierte ein Gast neben ihm blitzschnell, fasste nach dem Tablett und verhinderte so, dass die Krüge ins Rutschen gerieten und die Flüssigkeit sich auf seine weibliche Begleitung ergoss. Die Frau schrie dennoch auf. Die Menschen rundum lachten, als sie bemerkten, dass nichts Schlimmeres passiert war.

Der junge Kellner errötete beschämt. Er war älter, als Anton ihn zuerst eingeschätzt hatte, und seine Augen standen ungewöhnlich schräg in seinem runden Gesicht. Schließlich stimmte er verlegen in das Lachen mit ein. Er schien es gewohnt, Gespött der Besucher zu sein.

»Der Bursche ist zu nix zu gebrauchen«, schimpfte der Wirt. »Wenn der no einmal was zerbricht, schmeiß i ihn raus. Ganz wurscht, was die anderen dazu sagen. Solln sie sich doch mit ihm rumgfretten. Wie komm i dazu, dass i den Schwachkopf am Hals hab?«

Dann schaute er in die andere Richtung und stellte das Tablett am Boden ab. »Des dearf ned wahr sein! Is Dummheit denn ansteckend?« Erneut erhob er die Stimme. Diesmal war seine Schimpftirade an einen Burschen am anderen Ende des Gastgartens gerichtet. »Mihaelo! Ham s' dir ins Hirn gschissen?«

Anton war entsetzt ob der derben Worte.

Der Wirt fluchte weiter. »Du sollst des Bier zum Hutschenschleuderer bringen! Der Milan wartet scho seit aner Stund drauf. Der sitzt am Trockenen. Gemma, gemma.«

Der angesprochene Junge – er war wirklich noch ein Kind und wohl keine zehn Jahre alt – zog den Kopf ein. Er war bloß ein Strich in der Landschaft; es war erstaunlich, dass er in seinem Alter ein so großes, schweres Tablett mit sechs vollen Bierkrügen schleppen konnte. Mit gesenktem Blick wuselte der Bub aus dem Gastgarten und lief hinüber zu den Schaukeln.

»I bin gstraft!« Der Wirt seufzte leidend. Er fasste nach seinem Tablett und widmete sich Anton. »Was ham Sie gsagt, dass Sie haben wollen?«

»Ich habe noch keine Bestellung aufgegeben«, sagte Anton.

»Na dann. Worauf warten S'? I hab mei Zeit ned gstohlen.« Er zog den Stift hinter dem Ohr hervor und tippte damit ungeduldig auf den Block. Der Mann war auch den Gästen gegenüber unfreundlich. Wäre der Sitzplatz nicht so perfekt gewesen, wäre Anton aufgestanden und gegangen.

»Eine Portion große Powidltascherl und ein Glas kalte Milch.«

Der Wirt nickte, notierte den Wunsch und eilte davon. Anton rief ihn noch einmal zurück. »Und eine Schüssel Wasser für meinen Hund, bitte!«

»Flohschleudern werdn bei uns ned bedient«, erwiderte der Wirt grimmig und ging einfach weiter.

Fassungslos ob dieses Benehmens starrte Anton dem unhöflichen Mann hinterher.

»Denken Sie sich nichts dabei«, hörte er eine freundliche Frauenstimme. »Der Carel Prohaska fährt allen Menschen mit dem Hinterteil ins Gesicht. Es liegt in seinem Naturell.«

Anton wandte den Kopf. Am Nebentisch saßen zwei Frauen, sie sahen gut situiert aus. Die jüngere der beiden hatte ihn angesprochen. Die deutlich ältere Frau neben ihr hatte graues Haar, das sie zu einem eleganten Knoten gebunden trug. Ihr Kleid mochte vor dem Krieg noch modern gewesen sein, jetzt wirkte es aus der Zeit gefallen. Doch sie besaß klassische Gesichtszüge, selbst die Falten konnten nicht verbergen, dass sie einmal eine ausgesprochene Schönheit gewesen war. Daneben wirkte die jüngere Frau unscheinbar. Sie war eine jener Personen, von denen man hinterher nicht mehr sagen konnte, wie sie ausgesehen hatten. Auch dann nicht, wenn man sich eine Weile freundlich mit ihnen unterhalten hatte.

»Beim Brunnen neben dem Garteneingang stehen Schüsseln«, fügte sie hinzu. »Dort können Sie Wasser für Ihren Hund holen.«

Anton blickte zum Eingang, konnte aber weder Brunnen noch Schüsseln entdecken. Zu viele Menschen drängten sich dort.

»Ich hole Ihnen Wasser«, erbot sich die Fremde hilfsbereit und stand auf. Ihre Kleidung war so unauffällig wie ihr Gesicht. Das Einzige, was an der Frau auffiel, war die Kette, die sie um den Hals trug. Daran hing ein außergewöhnliches Medaillon in der Form eines Schmetterlings, unzählige Edelsteine zierten die Flügel. Die Steinchen funkelten im herbstlichen Sonnenlicht.

Schon wenige Augenblicke später kehrte sie mit einer Schüssel voll Wasser zurück und stellte sie vor Minna auf den Boden. Dankbar stürzte die Hündin sich darauf. Die Frau streichelte der Cockerspaniel-Dame über den Kopf. »Du bist aber eine Süße!«

»Das war sehr nett von Ihnen«, sagte Anton. »Vielen Dank.«

»Gerne.« Die Frau richtete sich auf und setzte sich wieder.

Ihre ältere Begleiterin schien überhaupt nicht mitbekommen zu haben, dass sie einen Moment lang allein gewesen war. Langsam wandte sie sich Anton zu und sah ihn aus leeren Augen an.

»Grüß Gott«, sagte er höflich. »Darf ich mich vorstellen? Mein Name ist Anton Böck. Ich bin Apotheker im Ruhestand.«

»Sehr erfreut«, sagte die Jüngere. »Ich heiße Annezka Henkel. Und das ist Fräulein Hermine Bitterkopf, die Tante meines verstorbenen Mannes.«

Anton schüttelte zuerst Frau Henkel, dann dem alten Fräulein die Hand. Als er die Finger der Dame berührte, schien Leben in sie zu kommen. Mit einem Ruck streckte sie die Schultern durch und blickte sich um. »Warum sind heut so viel Leut bei den Ziegelböhm? Gibt's was umsonst?«

Sie sprach mit dem nasalen Akzent einer Frau aus dem gehobenen Großbürgertum.

»Tante Mimi, es ist Herbstfest im Böhmischen Prater«, erklärte Annezka Henkel.

»Herbstfest? Die Böhm können vom Feiern ned genug kriegen. Das war schon immer so. Lauter arbeitsscheues Gsindel. Man hätt ihnen den Prater niemals erlauben dürfen. Die sollen arbeiten. Deshalb sind s' schließlich nach Wien kommen. Nicht zum Feiern.«

Entschuldigend hob Frau Henkel die Hände. Die Worte der Tante waren ihr sichtlich unangenehm. »Tante Mimi, man kann nicht alle Menschen in einen Topf werfen. Die meisten Arbeiter sind fleißig. Ohne sie müsste die Ziegelfabrik zusperren.«

Jetzt klingelte es bei Anton. Die größte Ziegelfabrik am Laaer Berg befand sich im Besitz der Familie Henkel. Viele Häuser in Wien waren aus den Ziegeln gebaut, die ein eingeprägtes H trugen, als Zeichen dafür, dass sie aus der Fabrik der Henkels stammten. Der Betrieb war bis weit über die Stadtgrenzen hinaus bekannt. Als Österreich noch eine Monarchie gewesen war, hatte die Familie Henkel ihre Ziegel mit der Bahn in alle Teile des Vielvölkerstaates transportiert. Davon hatte Anton in der Zeitung gelesen.

In dem Moment kehrten Ernestine und Rosa vom Ponyreiten zurück.

»Opa, es war einfach großartig!«, rief Rosa begeistert. »Können wir im Garten ein Pony halten?«

Sie setzte sich zu ihm und faltete bittend die Hände.

»Nein, das können wir nicht«, sagte er bestimmt. Ein Hund reichte ihm. Die Vorstellung, auch noch ein Pony zu versorgen, jagte ihm Angst ein.

»Schade!«, meinte Rosa. Doch sie schien mit einer Absage gerechnet zu haben und bohrte nicht weiter nach.

Ernestine setzte sich neben Anton. »Du hast noch gar nicht bestellt?«, fragte sie überrascht.

»Doch, aber es dauert alles ein bisserl länger. Der Wirt ist mit dem heutigen Ansturm sichtlich überfordert.«

»Wer sind die Frau und das Kind?« Fräulein Bitterkopf richtete ihre Frage an Anton. »Gehören die etwa zu Ihnen?«

»Tante Mimi, die Frage ist unhöflich«, sagte Frau Henkel. Sie wandte sich an Ernestine. »Bitte entschuldigen Sie, meine Tante ist manchmal verwirrt.«

»Gar nicht«, widersprach die alte Frau. »Ich bin völlig klar im Kopf. Ich kann mich an alles erinnern, was in meinem Leben wichtig war. Hier gibt's die besten Powidltascherl der Stadt. Die Jana Benesch macht sie. Ewig schade, dass mein Schwager sie nie überreden konnte, bei uns zu kochen. Dabei hat er ihr so ein gutes Gehalt geboten. Aber manchen Menschen ist nicht zu helfen. Die erkennen eine gute Gelegenheit nicht und bleiben ihr ganzes Leben lang unglücklich.«

Ernestine zog fragend die Augenbrauen hoch, und Anton machte sich daran, die Damen alle miteinander bekannt zu machen.

»Sehr erfreut!« Sie reichten einander die Hände.

Rosa bückte sich und sah unter den Tisch. »Wo ist eigentlich die Minna?«

»Sie muss hier sein«, meinte Anton. »Eben noch hat sie getrunken. Frau Henkel war so freundlich und hat eine Schüssel Wasser für sie gebracht.« Auch er schaute unter den Tisch. Aber von Minna fehlte jede Spur. Sie musste weggelaufen sein, als Ernestine und Rosa zurückgekommen waren.

»Sie kann nicht weit weg sein«, meinte Anton, stand auf und drehte sich suchend nach allen Seiten.

»Dort!«, rief Rosa. »Sie ist bei der Musikkapelle.«

Tatsächlich war Minna neben dem windschiefen Holzpavillon. Hatte die Hundedame etwa ihre Liebe zur Polka entdeckt? Anton kniff die Augen zusammen, um besser zu sehen.

Minna buddelte unterhalb der wackeligen Konstruktion, offenbar hatte sie dort etwas Spannendes entdeckt. Vielleicht eine Maus, einen Maulwurf oder eine Ratte.

»Besser, ich hole sie«, brummte er. »Am Ende beschwert

sich der unhöfliche Wirt und jagt uns davon, ohne uns die Powidltascherl zu bringen.« Noch bevor er zum Pavillon gehen konnte, kehrte Minna zu ihm zurück. Stolz hielt das Tier eine Trophäe im Maul.

»Minna, zeig her. Was hast du gefunden?« Rosa sprang auf und ging vor Minna in die Hocke, doch der Cockerspaniel wollte den Fund nicht hergeben. Die Hündin drehte sich um und lief ein paar Meter weiter.

»Sieht aus wie ein Knochen«, meinte Ernestine.

»Ein sehr großer, langer Knochen«, sagte Anton. »Minna, komm her.« Er winkte die Hundedame zu sich.

Nur widerwillig folgte Minna. Langsam trottete sie auf Anton zu und ließ ihren Schatz vor Antons Füßen auf den Boden plumpsen. Sie setzte sich und blickte ihr Herrchen schwanzwedelnd an. Offenbar wartete sie auf Lob, schließlich hatte sie ihm eben ihren Fund übergeben. Doch Antons Aufmerksamkeit war auf den Gegenstand vor ihm gerichtet.

»Der Knochen sieht eigenartig aus«, meinte Ernestine und schaute ebenfalls auf den Boden. »Er erinnert mich an meine Zeit als Lehrerin. Das Skelett im Biologiesaal hatte einen Oberschenkel –« Weiter kam sie nicht.

»Ach du meine Güte!« Anton stöhnte laut auf.

»Was ist los?«, wollte Frau Henkel wissen. Ihre Tante war die Erste, die den Verdacht, den alle hegten, aussprach: »Das ist der Oberschenkelknochen eines Menschen. Das sieht ein Blinder.«

In der Aufregung, die folgte, lief Ernestine zum Musikpavillon. Sie suchte nach dem Loch, das Minna gebuddelt hatte. Es war nicht schwer zu finden, ein kleiner dunkler Erdhaufen zeigte die Stelle an. Die Cockerspaniel-Dame hatte ganze Arbeit geleistet. Unter der Holzkonstruktion lagen noch weitere Knochen und daneben Reste von Stoff. Sie waren voller Erde, weshalb die ursprüngliche Farbe nicht mehr erkennbar war. Ernestine entdeckte daran Knöpfe aus Perlmutt.

»Was ist denn da?« Eine ausgenommen dicke Frau hockte sich neugierig neben sie. Sie roch nach einer Mischung aus Weihrauch, Moschus und altem Schweiß. Der Geruch stach unangenehm in der Nase.

»Ein Fund, den die Polizei sich ansehen muss«, sagte Ernestine. Sie drehte sich zu der Frau um. Die Proportionen ihres Gesichts passten nicht zu denen des Körpers, ihre Arme und Beine waren viel zu kurz für den Brustkorb. Die Fremde war kleinwüchsig. Ernestine hatte sie zuvor neben einem bunten Zelt sitzen sehen. »Frau Natalia, die Warsagerin!«, hatte auf einer Schiefertafel gestanden, die Ernestine wegen des Rechtschreibfehlers ins Auge gestochen war.

»Das muss die Mizzi sein«, raunte die Wahrsagerin. Ihr struppiges grellblond gefärbtes Haar war mit einem bunten Tuch hochgebunden. Die Frisur erinnerte an einen schiefen Turm, vielleicht wollte die Frau auf diese Weise größer erscheinen.

»Ist denn jemand abgängig?«, fragte Ernestine.

»Mizzi Novotny«, sagte die kleine Frau. »Ich habe immer gewusst, dass sie noch hier ist. Ihre verwunschene Seele spukt nachts durch den Böhmischen Prater und sorgt dafür, dass so mancher von uns nicht schlafen kann. Vielleicht kann die Tote jetzt endlich Frieden finden.« Sie bekreuzigte sich drei Mal, spuckte über ihre rechte Schulter und murmelte einen Spruch, der lateinisch klingen sollte, in Wahrheit aber unsinniger Firlefanz war. Als ehemalige Lateinlehrerin erkannte Ernestine das sofort.

»Wer war denn diese Mizzi Novotny?«, wollte Ernestine wissen. Sie konnte nicht anders, die Neugier lag ihr im Blut wie anderen die Leidenschaft für Musik oder Kunst.

»Das hübscheste Mädel, das jemals im Böhmischen Prater gelebt hat«, sagte die Wahrsagerin. Sie verzog die stark geschminkten Lippen. Auf ihrer faltigen rechten Wange klebte ein Schönheitspflaster in der Form eines Herzens. Ernestine hatte es zuerst für einen Schmutzfleck gehalten.

»Und gleichzeitig war die Mizzi auch die arroganteste, kälteste und berechnendste Person, der ich jemals begegnet bin. Ein zickiges Gfrast«, ergänzte die Frau. Ernestine zuckte zusammen. Die abfällige Bemerkung passte überhaupt nicht zu den netten Worten davor.

»Alle zur Seiten!« Die Stimme gehörte dem Wirt, der sich durch eine Gruppe Schaulustiger drängte. »Alle, Sie da auch. Weg hier!« Er zeigte erst auf Ernestine, dann auf die Kleinwüchsige. »Natalia, schleich di, du alte Hex.«

»Ich gehe, wenn ich das will, und ned, wenn du es mir sagst«, widersprach die Wahrsagerin. »Da liegt die tote Mizzi Novotny. Jemand muss die Polizei rufen.«

»I brauch kane Kiwara«, sagte der Wirt. »Des is bloß a totes Viech. Des kommt weg, und fertig is die Gschicht.«

»Viecher tragen keine Kleider«, widersprach die Wahrsagerin.

Der Wirt blieb davon unbeeindruckt. Er drehte sich nach allen Seiten, stemmte die Hände in die Hüften und erhob die Stimme. »Da gibt's nix zum Sehen. Setzen S' sich alle wieder hin. Die Musi spielt glei wieder weiter. Es wird getanzt, gegessen und getrunken. Heut is Herbstfest im Böhmischen Prater.«

Auch die Musikanten waren aufgestanden und reckten die Köpfe nach dem, was sich unter der Holzkonstruktion befand. Keiner machte Anstalten, weiter aufzuspielen.

»Musik! Gemma!«, forderte Carel Prohaska ungeduldig. Doch die Männer weigerten sich.

»Ich spiel ganz sicher ned auf ana Leich!«, rief einer empört.

Aufgeregtes Stimmengewirr erhob sich. Jeder wollte einen Blick auf die Knochen erhaschen.

»A Leich? Hier im Prater?«

Die Menschen drängten näher, und der Wirt verlor die Kontrolle über seine Gäste. Immer näher kamen die Schaulustigen. Es war Ernestine, die schließlich lenkend eingriff. Sie kletterte zu den Musikern aufs Podest und erhob die Stimme.

»Bitte Ruhe!«, forderte sie. »Die Musik muss leider eine

kurze Pause einlegen. Bis weitergespielt werden kann, wird der Bereich rund um den Holzpavillon abgesperrt. In der Zwischenzeit können Sie sich an allen anderen Vergnügungen im Prater erfreuen. Die Köstlichkeiten aus Herrn Prohaskas Küche schmecken auch ohne musikalische Begleitung hervorragend.« Ihre Stimme klang so bestimmt, dass niemand auch nur ansatzweise dagegen protestierte. Das Gemurmel, das sich erhob, klang wie Zustimmung.

Ernestine legte noch etwas nach. »Es besteht keinerlei Grund zur Sorge«, versicherte sie. »Die zuständige Behörde ist bereits informiert.«

Sie sprach nicht von der Polizei, was nur für weitere Verunsicherung gesorgt hätte. Langsam legte sich die Aufregung.

»Es ist nur a totes Viech.«

Die Menschen kehrten zurück zu ihren Plätzen und setzten sich. Erst als die meisten der Gäste bei den Tischen waren, kletterte Ernestine wieder vom Pavillon.

Carel Prohaska starrte sie mit offen stehendem Mund an. Es dauerte, bis er seine Sprache wiederfand. »Wie ham S' des grad gmacht?«

»Was?«, fragte sie.

»Na, dass die Leut Ihnen zughört ham? Die san alle wieder auf ihre Plätz gangen.« Er war sichtlich beeindruckt.

»Natürliche Autorität.«

Ihre Erklärung schien seine Frage nicht befriedigend zu beantworten. Er starrte sie immer noch verdattert an.

Ernestine klatschte in die Hände. »So, und jetzt holen Sie die Polizei.«

»I brauch kane Kiwara …« Weiter kam er nicht.

Ernestine hob mahnend den Zeigefinger und hielt ihn ihm vor die Nase. »Sie holen jetzt die Polizei. Und zwar flott.«

Ohne weitere Widerrede trottete der Wirt davon.

»Na bitte. Geht ja«, sagte Ernestine zufrieden.

Frau Natalia, die immer noch neben ihr stand, musterte sie von der Seite. »Sie waren früher Lehrerin, stimmt's?«

»Woher wissen Sie das?«

»Ich bin Wahrsagerin«, sagte die kleinwüchsige Frau. Dann zuckte sie mit den Schultern. »Aber um das zu erkennen, braucht man keine hellseherischen Fähigkeiten. Man sieht es Ihnen einfach an.«

Ernestine überlegte, ob das nun ein Kompliment oder eine Beleidigung war.

DREI

»Ich habe mir schon Sorgen gemacht«, beschwerte sich Heide. Antons Tochter hatte in den letzten Wochen an Gewicht zugelegt, trotz ihres weiten Kleides mit der versetzten Taille war ihre Schwangerschaft nicht mehr zu verbergen. Unter dem hellblauen Stoff wölbte sich ein kleines Bäuchlein.

»Wir konnten ja nicht ahnen, dass Minna die Reste einer Leiche ausgräbt«, sagte Ernestine. Heide warf einen alarmierten Blick zu ihrer Tochter. Aber Rosa hatte längst mitbekommen, weshalb sie so lange im Böhmischen Prater geblieben und erst abends nach Hause zurückgekehrt waren.

»Unsere Minna ist einfach die schlaueste Hündin von ganz Wien«, erklärte das Mädchen stolz. Sie strich der Cockerspaniel-Dame über den Kopf, die sowohl das Lob als auch die Streicheleinheiten bereitwillig entgegennahm. »Fritzi wird staunen, wenn ich ihm am Montag von Minnas Fund erzähle.« Fritzi war Rosas bester Freund. Er wohnte im Nachbarhaus. Die beiden gingen in dieselbe Klasse und verbrachten auch außerhalb der Schule beinahe ihre gesamte Freizeit zusammen.

»Ich denke, es wäre besser, du redest noch nicht so viel darüber«, meinte Erich Felsberg. Er und Heide hatten im Frühjahr geheiratet. Die beiden ergänzten einander perfekt. Seit Heide und Erich ein Paar waren, war der traurige Ausdruck aus Heides Gesicht verschwunden, der sie seit dem Tod ihres ersten Ehemanns jahrelang begleitet hatte. Und Erich, der unter den Folgen des Krieges sehr gelitten hatte, wurde seit der Hochzeit nur noch selten von bösen Erinnerungen an die Schlachtfelder heimgesucht.

Allerdings hatte er nicht nur Heide geheiratet, sondern eine ganze Familie, mitsamt der Freundin seines Schwiegervaters. Zufälligerweise war Ernestine seine ehemalige Lateinlehrerin, womit sich der Kreis schloss.

»Warum darf ich in der Schule nichts erzählen?«, wollte Rosa wissen. Es war ihr an der Nasenspitze anzusehen, dass sie die wundervoll aufregende Geschichte zumindest mit ihrem besten Freund teilen wollte.

»Solange nicht feststeht, um wen es sich bei der Leiche handelt, wäre es fein, wenn nicht zu viel Lärm darum gemacht wird. Möglicherweise geht es dabei um ein Gewaltverbrechen, das aufgeklärt werden muss.«

»Selbstverständlich war es ein Verbrechen«, sagte Ernestine voller Überzeugung. »Welche Leiche vergräbt sich selbst?«

»Noch wissen wir nicht, wie der oder die Tote in den Böhmischen Prater kam«, widersprach Erich. »Es kann genauso gut ein Unfall gewesen sein. Jemand ist gestolpert, hatte einen Herzinfarkt oder kam durch einen anderen ungeklärten Umstand ums Leben.«

»Und hat sich dann selbst eingebuddelt?« Ernestine wiederholte ihre Theorie.

»Auch darüber wissen wir noch zu wenig«, beharrte Erich. »Bei umfangreichen Erdarbeiten kann es schon mal passieren, dass etwas übersehen wird, vielleicht sogar eine Leiche. Es ist zugegeben unwahrscheinlich, aber nicht ausgeschlossen.«

Heide ging in die Küche und holte die Gulaschsuppe, die sie fürs Abendessen warm gehalten hatte. Nach dem reichlichen Nachmittagsimbiss im Böhmischen Prater hatte nur Anton Appetit. Er konnte immer etwas verdrücken, auch wenn man es ihm nicht ansah. Trotz seiner Liebe zum guten Essen war er groß und hager.

»Die Wahrsagerin, Frau Natalia, hat behauptet, es handele sich bei der Leiche um eine Frau, die Mizzi Novotny hieß. Sagt dir der Name etwas?« Ernestine sah Erich fragend an.

»Es ist tatsächlich so, dass 1919, also nach dem Krieg, eine junge Frau als vermisst gemeldet wurde. Sie hieß Mizzi Novotny. Die Frau ist nie aufgetaucht.«

»Wer hat sie denn als vermisst gemeldet? Ihre Eltern, ihre Geschwister, ihr Ehemann?«, wollte Ernestine wissen.

»In den Unterlagen, die ich vorhin überflogen habe, stand der Name Milan Benesch«, sagte Erich.

»Das ist der Mann von den Schaukeln!«, rief Rosa. »Der Hutschenschleuderer.« Das Mädchen freute sich, dass es sich den Namen gemerkt hatte und etwas beitragen konnte.

»Stimmt!« Ernestine war beeindruckt.

»Ich habe den Namen gelesen, als wir in der Schlange gewartet haben«, sagte Rosa stolz.

»Du bist eine aufmerksame Beobachterin«, lobte Ernestine. »Vielleicht wirst du einmal Detektivin oder Polizistin.«

»Um Himmels willen«, rief Heide entsetzt. »Ein Polizist in der Familie reicht. Setz Rosa keine Flausen in den Kopf.«

Aber Ernestines Worte wirkten bereits. Rosa schien in Gedanken schon Pläne zu schmieden.

»Solange wir keine Sicherheit darüber haben, wessen Leiche da gefunden wurde, würde ich gerne alle Spekulationen in dieser Sache bleiben lassen«, sagte Erich ernst. »Erzählt uns lieber, wie der Nachmittag im Böhmischen Prater war. Abgesehen von dem unerfreulichen Fund.«

»Ich bin auf einem Pony geritten«, erzählte Rosa. »Und ich habe Powidltascherl bestellt. Die haben mir aber nicht geschmeckt. Der Opa hat sie aufgegessen.«

»Du hast zwei Portionen gegessen?«, fragte Heide. Seit Dr. Fellner, Antons Hausarzt, ihn ermahnt hatte, weniger Zucker und Fett zu essen, wachte Heide mit strengem Blick darüber, was ihr Vater zu sich nahm. Sehr zu Antons Leidwesen.

»Es waren bloß drei Tascherl«, meinte er.

Heide zog den Gulaschtopf von Anton weg, bevor er sich eine weitere Portion nehmen konnte. »Es ist nur zu deinem Besten«, sagte sie streng.

»Du hast keine Ahnung, was gut für mich ist«, entgegnete er leise. Leider wusste er, dass Heide recht hatte. Wenn er über die Stränge schlug, litt er nachts unter Sodbrennen und konnte nicht schlafen.

»Wann wirst du mehr über die Leiche wissen?«, fragte Ernestine.

»Morgen oder übermorgen.« Erich sah zu Rosa, die er liebte wie seine eigene Tochter. »Und bis dahin bitte keine großen Erzählungen in der Schule.«

»Aber Fritzi darf es erfahren, oder? Dem kann ich nichts vormachen. Der merkt sofort, wenn ich etwas Spannendes erlebt habe.«

Erich gab sich geschlagen. Er schien zu wissen, dass es ohnehin sinnlos war, etwas einzufordern, was Rosa nicht einhalten konnte. Mit ihrem besten Freund teilte das Mädchen all ihre Geheimnisse.

»Aber nur Fritzi, niemand sonst!«, mahnte er.

Rosa hob feierlich die Hand zum Schwur. »Großes Indianerversprechen.«

VIER

Am nächsten Morgen wurde Anton von leisen Schritten und raschelnden Geräuschen geweckt. Ernestine war seit einer Stunde wach und kramte unruhig in der Wohnküche des Kutscherhäuschens herum. Müde stand er auf. An Weiterschlafen war nicht mehr zu denken.

»Guten Morgen«, sagte er gähnend. »Wonach suchst du denn in aller Herrgottsfrüh?«

»Oh, entschuldige!« Ernestine wirkte betroffen. »Habe ich dich geweckt?«

Anton sah auf die Uhr, es war kurz nach sieben. »Ja, aber es macht nichts«, meinte er. »Ich sollte ohnehin aufstehen. Vielleicht braucht Heide in der Apotheke meine Hilfe.« Er schaute zum Frühstückstisch, wo frisch gebrühter Kaffee auf ihn wartete. Sein Gesicht hellte sich auf.

»Ich habe gestern im Böhmischen Prater meine neuen Handschuhe verloren«, sagte Ernestine betrübt.

»Die aus hellem Leder, bei denen du so lange überlegt hast, ob du sie kaufen sollst?« Anton erinnerte sich mit Grauen an den Nachmittag. Ernestine hatte eine ganze Stunde im Kaufhaus Rothberger am Stephansplatz verbracht. Anton, der grundsätzlich sehr geduldig war, hatte irgendwann k. o. gegeben und war auf einen Kaffee zum Demel gegangen. Nach seiner Rückkehr hatte es noch eine weitere halbe Stunde gedauert, bis Ernestine sich für den Kauf entschieden hatte. Grund dafür war der Preis gewesen, die Handschuhe waren sündhaft teuer. Das dünne, strapazierfähige Leder war sehr angenehm, die Handschuhe passten perfekt. Ernestine liebte sie. Es war ein Pech, dass sie ausgerechnet dieses Paar verloren hatte.

»Weißt du denn, wann du sie das letzte Mal hattest?«, fragte er.

»Beim Ponyreiten hatte ich sie noch an«, sagte Ernestine. »Ich muss sie also beim Hutschenschleuderer vergessen haben. Dort habe ich sie ausgezogen, aus Angst, ich könnte sie beim Festhalten an der Schaukel schmutzig machen.«

»Vielleicht liegen sie ja immer noch dort?«, meinte Anton. Ernestines betrübtes Gesicht stimmte ihn traurig. »Sollen wir gemeinsam hinfahren und nachfragen?«

»Du würdest mich begleiten?«, fragte Ernestine.

»Selbstverständlich! Für dich fahre ich ans Ende der Welt.« Anton überlegte. Jetzt hatte er wohl übertrieben. »Sagen wir so: ans Ende der Stadt, wenn es dort die besten Powidltascherl gibt.«

Ernestine trat zu ihm. »Das reicht vollkommen, mein Lieber!« Sie belohnte ihn mit einem Kuss.

Nach einem ausgiebigen Frühstück und Heides Versicherung, dass sie allein in der Apotheke klarkäme, machten sich Ernestine und Anton erneut auf den Weg zum Böhmischen Prater.

Die Fahrt dorthin glich einer kleinen Weltreise. Zuerst mussten sie die elektrische Tramway Nummer 52 bis zum Westbahnhof nehmen, um dort in den 6er umzusteigen. Mit dem ging es bis zur Absberggasse. Danach folgte noch ein fast halbstündiger Fußmarsch. Der Laaer Berg lag ganz am südlichsten Rand Wiens. Von hier aus hatte man bei Schönwetter Sicht auf den Schneeberg, den Kahlenberg und den Leopoldsberg.

»Jetzt habe ich mir aber ein paar Powidltascherl verdient«, meinte Anton, als sie endlich das Gelände des Vergnügungsparks erreichten. Die Temperaturen waren angenehm warm, Anton schwitzte unter seinem Hut. Mit einem karierten Taschentuch wischte er den Schweiß weg.

»Willst du im Böhmischen Biergartl auf mich warten?«, schlug Ernestine vor.

»Sehr gerne. Ich kann in der Zwischenzeit auch für dich

bestellen. Es dauert hier ohnehin eine Ewigkeit, bis man bedient wird.«

»Heute wird es nicht so schlimm sein«, meinte Ernestine. »Ich bestelle dann selbst, danke.« Der Prater war fast menschenleer. Wo sich gestern noch die Menschenmassen gedrängt hatten, herrschte heute fast gespenstische Leere. Das Karussell stand still. Die meisten der Buden waren geschlossen. Friedlich grasten die Ponys in einem abgezäunten Bereich. Hier und dort wurden Geräte poliert, Wäsche zum Trocknen aufgehängt und Kisten mit Vorräten transportiert. Eine junge Frau zog einen Handwagen mit leeren Bierflaschen hinter sich her. Die Flaschen schepperten gefährlich. In den Gastgärten der Lokale saßen nur vereinzelt Besucher. Die meisten schienen Bewohner des Böhmischen Praters zu sein.

Anton suchte nach einem sonnigen Platz an der Hausmauer im Böhmischen Biergartl, während Ernestine zum Hutschenschleuderer ging. Kaum dass Anton saß, kam auch schon eine Frau zu ihm. Sie war etwa in seinem Alter und trug eine geblümte Schürze über einem dunklen Kleid.

»Eigentlich hamma heute Ruhetag«, sagte sie.

Anton sah sich um. Er war nicht der einzige Gast, am Nebentisch saßen zwei Männer. Der Kleidung nach zu urteilen waren sie Arbeiter aus dem angrenzenden Ziegelwerk. Sie wirkten müde, so als hätten sie eine lange Arbeitsschicht hinter sich.

»Der Chef macht immer Ausnahmen. Sobald jemand dasitzt, ist es vorbei mit dem Ruhetag. Der Carel kann nie genug kriegen. Was wolln S' denn?«

Erleichtert atmete Anton durch. Nach dem weiten Weg jetzt ohne Mehlspeise auskommen zu müssen wäre betrüblich gewesen.

»Eine doppelte Portion der köstlichen Powidltascherl und ein Glas kalte Milch, bitte schön.«

»Schmecken Ihnen die Tascherl?«

»Sie sind die besten der Stadt.«

Das Gesicht der Frau hellte sich auf, die steile Falte zwischen ihren Augen glättete sich. »Des freut mich«, sagte sie. »Das Rezept stammt von meiner Mutter.«

»Sie sind die Köchin der Köstlichkeiten?«

Die Frau nickte. »Ich bin Jana Benesch!«

Der Name kam Anton vertraut vor. Hieß nicht auch der Hutschenschleuderer Benesch, bei dem Ernestine gerade war? So als könnte die Köchin seine Gedanken lesen, sagte sie: »Der Milan is mein Sohn. Wir sind alle irgendwie miteinander verwandt oder verschwägert.« Sie lachte. Dabei blitzte ein Goldzahn in ihrem Mund auf. »A große böhmische Familie.«

Als sie das aussprach, kam der Junge in den Garten gelaufen, der gestern sechs große Humpen Bier geschleppt hatte. Er sauste grußlos zur Küche.

»He, Mihaelo, komm her!«, forderte die Köchin. Der Junge blieb stehen und drehte sich zu ihr. Sichtlich widerwillig, mit eingezogenem Kopf, kam er näher.

»Warst in der Schule?«, fragte Jana Benesch.

Der Bub nickte. Sein rechtes Auge war blau, und ein hässlicher Kratzer verlief über seine eingefallene Wange. Hatte er die Verletzung gestern auch schon gehabt? Sein Nicken war eine Lüge, die so offensichtlich war, dass Anton sich fragte, wie die Köchin sich damit zufriedengeben konnte. Wollte sie die Wahrheit vielleicht gar nicht wissen? »Dann lauf in die Küche und mach den Abwasch«, forderte sie streng. Wortlos flitzte der Junge ins Haus.

»Ist das auch Ihr Sohn?«, fragte Anton.

»Gott bewahr!« Die Köchin hob abwehrend beide Hände. »Nein, der Bub hat niemanden mehr. Irgendwer muss sich ja um ihn kümmern. Seine Mutter ist über Nacht verschwunden. Hat sich einfach ausm Staub gmacht und ihn zurücklassen, damals is der Wurm gerade mal drei Jahr alt gewesen. Ich hab ihn aufgenommen. Wir sind eben a große Familie.«

Anton runzelte die Stirn. »Wäre er nicht ein Fall für die Fürsorge?«

Die Köchin stieß abfällig die Luft aus. »Wir sind im Böhmischen Prater. Da brauch ma ka Fürsorge. Wir helfen uns selbst.« Dann senkte sie die Stimme. »Seit gestern bin i mir nimmer sicher, ob die Mutter vom Buben wirklich weggelaufen ist. Vielleicht san die Knochen, die ma gfunden hat, von der Mizzi. Zumindest behauptet die Natalia das, und die Nati weiß immer alles. Die is a unheimliche Hex. Die kann mit die Geister reden.«

»Kannte Frau Natalia die vermisste Frau denn gut?«

Die Köchin lachte humorlos, es klang mehr wie ein Krächzen. »Jeder hat die Mizzi gekannt. Das war die Schönheit vom Böhmischen Prater. Die Männer sind ihr alle zu Füßen gelegen. Nicht nur die Arbeiter aus dem Ziegelwerk, sondern auch die vornehmeren Herren aus der Stadt. Die hätt an jeden haben können. Mei Bub, der Milan, der is auch ganz narrisch nach ihr gewesen. Er hat immer behauptet, dass ihr was zugestoßen sein muss. Ich hab's ihm nicht ausreden können. Der Milan is damals zur Polizei gangen. Wir anderen haben alle glaubt, dass die Mizzi mit einem ihrer reichen Verehrer abghaut ist.«

»Wenn sie weggegangen ist, können die Knochen nicht von ihr sein«, bemerkte Anton.

»Die Polizei wird des schon rausfinden«, meinte die Köchin. »Ich wein der Mizzi keine Träne nach. Die hat immer glaubt, dass sie was Besseres ist.«

»Weil sie so hübsch war?«

»Und weil ihrem Vater das Biergartl ghört hat.«

Anton versuchte, sich an den Wirt zu erinnern. Er erschien ihm zu jung, um schon eine erwachsene Tochter zu haben.

»Der Carel hat dem Novotny sein Gasthaus abgeluchst.« Sie schaute nach allen Seiten, so als wollte sie sichergehen, dass ihr Chef sie nicht hören konnte. »Des is damals ned fein vom Carel gwesen.« Sie senkte die Stimme. »Der hat den Rausch vom Novotny ausgenutzt und ihm beim Kartenspiel das Wirtshaus abgenommen. So was macht ma ned.«

»Mizzi Novotnys Vater hat seinen gesamten Besitz beim Kartenspiel verloren?« Die Geschichte machte Anton betroffen.

Doch die Köchin zuckte bloß mit den Schultern. »Hätt halt ned so viel saufen sollen, der alte Novotny. Auf alle Fälle is die Mizzi dann keine Wirtstochter mehr gwesen. Es is ihr nix anderes übrig blieben, als im Ziegelwerk zu arbeiten. Genau wie alle anderen auch. Irgendwann hat a jeder von uns dort einmal ghackelt. Die Mizzi hat aber glaubt, dass sie a Prinzessin is. Und sobald sich a Gelegenheit geboten hat, is sie weggelaufen. Und ihren Buben, den Mihaelo, hat sie einfach dalassen. Der Kleine glaubt immer noch, dass die Mizzi irgendwann zurückkommt. Er is a bisserl zrückblieben.« Sie tippte sich an die Stirn.

»Gibt es denn keinen Vater?«

Das faltige Gesicht der Köchin verschloss sich wieder. »Freilich wird's an Vater geben, aber den kennt niemand. Die Mizzi hat nie an Namen genannt.«

»Schade, er hätte Verantwortung übernehmen müssen«, sagte Anton.

»Ha!« Die Köchin lachte auf. »Verantwortung? Des is a Wort, des kennen die Männer hier ned.«

»Was für eine tragische Geschichte«, bemerkte Anton leise.

»Des is ganz normal. So was gibt's im Böhmischen Prater zuhauf.« Die Köchin wandte sich zum Gehen. »Wenn i mehr Zeit hätt, könnt i Ihna mindestens zehn ähnliche Sachen erzählen, die mindestens genauso traurig sind. Aber i muss Ihna die Powidltascherl machen. Der Carel sieht's ned gern, wenn i plaudern tu. A doppelte Portion und a großes Glas Milch. Stimmt's?«

»Ja, bitte.«

Die Bestellung wurde mit einem Nicken bestätigt, dann verschwand die Köchin in der Küche. Anton dachte noch lange über ihre Erzählung nach. Wenn die Leiche wirklich Mizzi Novotny war, dann hätte der arme Junge Gewissheit, dass seine Mutter ihn nicht verlassen hatte. Gleichzeitig würde er die Hoffnung, dass sie ihn eines Tages abholen kam, für immer verlieren. Anton war sich nicht sicher, was besser war. Beides erschien ihm grausam.

Milan Benesch stand bei seinen Schaukeln und ölte eines der rostigen Gelenke. Seine Hände waren dreckverschmiert. Als er Ernestine kommen sah, hielt er inne und wischte die Finger in einem schmutzigen Fetzen ab.

»Ja, bitte?« Er sah sie fragend an.

»Ich war gestern mit der Enkeltochter meines Freundes bei Ihnen. Leider habe ich meine Handschuhe hier liegen lassen. Haben Sie sie vielleicht gefunden?«

»Helle Handschuh aus feinem Leder?«, fragte der Hutschenschleuderer. Er war um die dreißig, hatte breite Schultern und muskulöse Arme. Beides war wohl dem ständigen Schleudern seiner Schaukeln geschuldet. Der modische Schnauzer in seinem Gesicht war eine Spur ungepflegt, sein Haar ungekämmt. Beides war aber gerade so vernachlässigt, dass es bei gewissen Frauen noch als attraktiv durchgehen konnte.

Milan Benesch strotzte vor Selbstbewusstsein. Breitbeinig baute er sich vor Ernestine auf und musterte sie frech und ungeniert.

»Ja, genau so sehen meine Handschuhe aus«, sagte sie erfreut. »Kann ich sie wiederhaben?«

»Nein.«

»Wie bitte?« Hatte sie sich eben verhört?

»Die Handschuh hat die alte Bitterkopf mitgenommen.«

»Aber es sind meine!«, empörte sich Ernestine.

Benesch schien ratlos. »Hätt ich das riechen sollen? Ich hab mir gedacht, dass das die Handschuh von einer feinen Dame sind. Als die junge Frau Henkel mit ihrer Tante vorbeigekommen is, hab ich sie gfragt, und die Alte hat gmeint, dass das ihre Handschuh wären. Sie hat sie eingsteckt und mitgenommen.«

»Aber das kann nicht sein. Es handelt sich um einen Irrtum.«

»Des is ned mei Kaffee«, sagte Milan Benesch und wandte sich wieder seiner Schaukel zu.

»Wo kann ich Fräulein Bitterkopf finden? Wissen Sie zufällig, wo die Dame wohnt?« Ernestine hatte den Eindruck, dass der Hutschenschleuderer die beiden Frauen gut kannte.

Überrascht zog er die Augenbrauen hoch. »Ja, sicher weiß ich, wo die wohnen. Das weiß jeder hier. Des san die Henkelfrauen.«

»Ich bin nicht aus der Gegend«, erklärte Ernestine.

»Den Henkels ghört das große Ziegelwerk auf der anderen Seiten vom Laaer Berg.«

»Ja, und?« Aus seinen Worten erschloss sich Ernestine nicht, wo die Herrschaften wohnten.

»Das riesige Schloss neben dem Werksgelände, dort leben die Henkels. Die residieren wie der verstorbene Kaiser. Bestimmt haben die dort auch a Palmenhaus und a Menagerie. Ich war nie drinnen im Schloss.« Milan Benesch schnalzte mit der Zunge.

Da Ernestine den Bezirk nicht kannte, waren ihr sowohl das Werksgelände als auch das Schlösschen unbekannt. Wenn sie ihre Handschuhe wiederhaben wollte, musste sie der alten Dame einen Besuch abstatten.

»Wie lange brauche ich zu Fuß zum Ziegelwerk?«, fragte sie.

»A paar Minuten«, erklärte Milan Benesch. »Der ganze Grund da hat früher zum Werksgelände ghört. Der alte Henkel hat dem Franz Bauer, dem Leiter der Werkskantine, erlaubt, a Wirtshaus zu eröffnen. Nach und nach sind die Schausteller dazugekommen. A Ringelspiel und wir Hutschenschleuderer. Jetzt ghört fast der ganze Grund der Stadt. Eh besser so.«

Ernestine sah sich um. Sie konnte beim besten Willen kein Ziegelwerk ausmachen. »In welche Richtung muss ich gehen, um zum Werk zu gelangen?«

»Immer gradaus!« Benesch zeigte hinter sich. »Sie können es ned verfehlen.«

»Vielen Dank.« Ernestine wandte sich zum Gehen. »Ist es unter der Woche immer so ruhig hier?«, fragte sie.

»Ja, da ist nix los. Nur a paar Spaziergänger und vereinzelt Gouvernanten mit ihre Kinder. Sonst verirrt sich um die Zeit niemand auf den Berg.«

»Man kann kaum glauben, dass es derselbe Ort ist wie gestern«, meinte Ernestine.

»Ja, gestern war ordentlich was los. Und wie sie dann die Knochen ausgraben ham, da sind die Leut auch länger geblieben, um die Leich zu sehen.«

»Waren Sie ebenfalls dabei?«, fragte Ernestine.

Er schüttelte den Kopf. »Na, i wollt des ned anschauen.«

»Warum? Gruselt Ihnen vor Toten?«

»I glaub, dass die Tote die Mizzi is, und die wollt i auf gar keinen Fall sehen.«

»Mizzi Novotny?« Ernestine hatte sich den Namen gemerkt. Sie verfügte über ein hervorragendes Namensgedächtnis. Eine alte Lehrerinnengewohnheit.

»Ja.« Milan Benesch wirkte bedrückt.

»Was macht Sie so sicher, dass sie es war?«

»Die Mizzi war auf einmal weg. Ohne Vorwarnung. Einfach so. Das hat nicht zu ihr gepasst. I war der Einzige, der damals geglaubt hat, dass ihr was zugestoßen is. Aber ned amal die Polizei hat mich ernst gnommen. Sie haben mir überhaupt ned zugehört. Gschmunzelt hams und gmeint, dass sich die Mizzi wohl wen Besseren anglacht hat.«

»Waren Sie und Mizzi Novotny ein Paar?«

»Nein!«

Ernestine war sich sicher, dass er sie eben anlog. Auch wenn sie kein Paar gewesen waren, so hatten sie ein Pantscherl gehabt, davon war sie überzeugt. Die Art, wie Benesch über die Frau sprach, verriet seine Gefühle für sie.

»Hoffentlich kann die Polizei die Reste der Leiche identifizieren. Ich stelle mir das sehr schwierig vor. Da ist ja kaum noch etwas übrig von der Toten«, sagte sie.

»Wenn es die Mizzi war, dann kann man sie ganz einfach erkennen.«

»Wie?«, wollte Ernestine wissen.

»Die hat sich als Mädchen das rechte Schienbein brochen. Richtig schiarch war des. A Wunder, dass sie danach wieder gehen glernt hat. Sie ist aber immer ein bisserl ghatscht und war nicht besonders geschickt. Tanzen hat sie gar nich können. Aber sie war so hübsch, dass das Hatschen egal war. Die Männer waren trotzdem alle ganz vernarrt in sie.«

Ernestine fügte in Gedanken hinzu: Alle, und Sie auch, Herr Benesch.

»Sie waren nicht der Einzige, der nicht an Mizzi Novotnys Weggehen geglaubt hat«, widersprach Ernestine. »Frau Natalia hat gestern etwas Ähnliches gesagt.«

»Die alte Nati redet mit die Geister und mit die Toten. Die weiß alles über die Menschen im Böhmischen Prater. Die kennt a jedes Geheimnis.« Er seufzte. »Das kann schon unangenehm werden. Aber eigentlich ist die Nati ned ungut nicht.«

»Also ist sie ungut?«

»Was? Nein.«

Kurz überlegte Ernestine, ob sie dem Mann erklären sollte, dass er eben doppelt verneint hatte. Sie ließ es bleiben. Besser, sie kehrte nicht die Oberlehrerin heraus.

»Ich werde mich jetzt auf den Weg zum Ziegelwerk machen«, sagte sie.

»I glaub, dass Sie sich den Weg ersparen können«, meinte Milan Benesch. »Die Alte rückt die Handschuh sicher nimmer raus.«

»Das werden wir ja sehen«, meinte Ernestine.

»Und die Bitterkopf is a Fräulein. Die hat nie gheiratet. Wenn Sie die mit ›Frau Bitterkopf‹ ansprechen, können S' Ihre Handschuh gleich vergessen. Die wohnt bei ihrer Schwester und lasst sich von ihr aushalten. Die is ned deppat nicht.«

Das bin ich auch nicht, dachte Ernestine. Sie würde das Haus gewiss nicht verlassen, bevor man ihr ihre Handschuhe zurückgegeben hatte.

Während Anton auf seine Powidltascherl wartete, hatten sich zwei weitere Männer im Gastgarten eingefunden. Der Kleidung nach zu urteilen waren es ebenfalls Arbeiter. Sie trugen karierte Hemden, deren Ärmel bis zu den Ellbogen aufgekrempelt waren, und statt der üblichen Hüte bloß Mützen aus Stoff. Ihre Gesichter waren von der Sonne gebräunt. Die beiden wählten einen Tisch direkt neben Anton und unterhielten sich so laut, dass er ihrem Gespräch folgen musste, ob er wollte oder nicht.

»Die Leiche wär niemals gfunden worden, wenn der Jaro nicht gepfuscht hätte. Diesmal hat seine Schlamperei was Gutes gehabt. Ich bin echt gspannt, wer da unter dem Pavillon glegen is.« Die Männer waren beide um die vierzig, vielleicht etwas jünger. Möglich, dass die schwere körperliche Arbeit sie älter erscheinen ließ. Tiefe Falten durchfurchten ihre sonnengebräunten Gesichter. Ihre Nasen waren rot, ob von der Arbeit im Freien oder vom Alkohol, war schwer zu sagen.

»Na ja, schau ma mal, ob es gut war«, meinte der andere. »Vielleicht wär's besser gewesen, man hätt die Leich nie gfunden. Sie ist ja wohl niemand großartig abgegangen.« Er hatte einen starken böhmischen Akzent. »Auf alle Fälle muss jetzt allen klar sein, dass der Jaro Nagy schlampig hackelt und seinen Arbeitern nix zahlt. Nie wieder mach ich irgendwas für den. Der schuldet mir immer noch einen Batzen Geld. Jedes Mal, wenn ich ihn drauf anspreche, ist er gerade nicht flüssig.«

»Der zahlt nie die versprochene Summe. Der ist ein verlogenes Schwein. Ich hoffe wirklich, dass er diesmal nicht ungeschoren davonkommt.« Die Schadenfreude in der Stimme des Kleineren der beiden war unüberhörbar. Eine schlecht verheilte Narbe zog sich über seinen rechten Unterarm.

»Denkst du, dass der Jaro was erklären muss?«

»Die Polizei wird bei ihm nachfragen, und dann wird man drauf kommen, dass er kein ordentliches Fundament gelegt hat. Ein Wunder, dass der Pavillon nicht schon längst auseinandergefallen ist und a paar Leut unter sich begraben hat. Wie sonst ist es möglich, dass ein kleiner Rehrattler drunterkriechen und eine Leiche ausgraben kann, die dort seit Jahren verrottet?«

Es dauerte ein paar Augenblicke, bis Anton erkannte, dass der Mann Minna meinte. Die Cockerspaniel-Dame ahnte nichts von der Beleidigung. Sie lag friedlich neben ihm und döste im Schatten des großen Kastanienbaums.

»Wenn sich rumspricht, wie der Jaro gepfuscht hat, wird der im Böhmischen Prater nie wieder einen Auftrag kriegen.«

Der Mann mit der Narbe rieb sich die Hände. »Meinst, dass wir dann die Arbeiten übernehmen könnten? Ich tät ein paar Kronen dringend brauchen.« Er besserte sich aus. »Ich mein Schilling.«

»Ich werde mich nie an die neue Währung gewöhnen. Der Schilling ist gar kein richtiges Geld. Die Münzen schauen aus wie das Ziegelblech von früher.«

»Mir ist es gleich. Hauptsache, ich kann meine Rechnungen damit zahlen. Die Miete ist schon wieder erhöht worden. Dabei teil ich mein Zimmer seit drei Monaten mit zwei anderen Handwerkern. Wir steigen uns gegenseitig auf die Zehen.«

»Es ist ein Jammer«, stimmte ihm sein Kumpel zu. »Einmal ein Ziegelböhm, immer ein Ziegelböhm! Wir waren vor dem Krieg Menschen zweiter Klasse und sind es immer noch. Zuerst ham s' uns nach Wien gelockt, und jetzt müss ma schauen, wie ma da überleben.«

»Ich hoffe auf eine der schönen neuen Wohnungen, die die Stadt grade baut.«

»Da musst ein Parteimitglied sein«, sagte der einfache Arbeiter.

»Ich bin bei der Gewerkschaft, reicht das nicht?«

Der kleine, dürre Junge kam mit zwei Humpen Bier. Obwohl die beiden Männer nichts bestellt hatten, stellte er die Getränke vor ihnen auf den Tisch.

»Danke, Mihaelo!« Der Mann mit der Narbe am Unterarm schlug dem Jungen freundschaftlich so fest auf die Schulter, dass der Bub zusammenzuckte. »Lass die Jana schön grüßen. Sie soll uns a Sauerkraut und Knödel machen.«

Mit gesenktem Kopf sauste der Junge blitzschnell zurück in die Küche. Trotz der frischen Wunde im Gesicht waren seine Züge fein, seine Augen ungewöhnlich groß und hell.

Anton fragte sich, wann er wohl seine Powidltascherl bekam. Offenbar wurden Stammgäste schneller bedient als der Rest.

Die Männer setzten ihre Unterhaltung fort. »Weißt du, wo der Jaro jetzt steckt? Hat er sich verkrochen, als er gehört hat, dass unter seinem Musikpavillon eine Leiche verbuddelt war?« Der Größere der beiden hob seinen Humpen und nahm einen Schluck.

»Wie kann es eigentlich sein, dass man eine Leiche einfach übersieht? Ob der so einen Rausch gehabt hat, wie er das Holzgestell aufgebaut hat?«

»Oder man hat die Leiche erst nachher verbuddelt.«

»Dann müssen es mehrere kräftige Männer gewesen sein. Ich bin echt kein Schwächling.« Er hob seinen Arm an und spannte zum Beweis seine Muskeln an. »Aber allein könnt ich nie ein riesiges Loch schaufeln, eine Leiche unter einen Pavillon schieben und dann verscharren. Das muss alles heimlich und schnell in der Nacht passiert sein. Untertags ist ja immer wer in der Nähe.«

»Dann muss die Leiche schon vorher da gewesen sein. Jemand hat sie in die Baugrube geworfen und ein bisserl Erde drübergeschaufelt. Und dem Jaro ist es in seinem Suff nicht aufgefallen.«

»Auf alle Fälle muss der Carel Prohaska seinen Musikpavillon neu aufstellen lassen, und dazu braucht er Arbeiter, die ordentlich hackeln.«

Er hob sein Glas und prostete seinem Kollegen zu. »Ich kenn da zwei, die würden das sofort übernehmen.«

»Und ein ordentliches Fundament legen.«

»Darauf trink ma!«

FÜNF

Etwas ratlos stand Ernestine an der Weggabelung zum Ziegelwerk und überlegte. Sollte sie sich allein auf den Weg zu Fräulein Bitterkopf machen? Wenn der Besuch länger dauerte, könnte Anton sich sorgen. Besser, sie gab ihm Bescheid. Also ging sie zurück zum Böhmischen Biergartl.

Vor einem Zelt aus buntem Stoff, das orientalisch anmutete, saß Frau Natalia, neben ihr ein außergewöhnlich großer, dicker Mann mit Glatze. Er polierte mehrere Metallhanteln. Die beiden waren ein seltsames, ungleiches Paar. Auf einem kleinen Tischchen vor ihnen standen eine Kanne und Becher. Als Frau Natalia Ernestine entdeckte, winkte sie ihr zu.

»Na, so was? Hat es Ihnen bei uns so gut gefallen, dass Sie heut schon wieder da sind?«

»Ich habe gestern meine Handschuhe bei den Schaukeln vergessen«, erklärte Ernestine. »Eben hat Herr Benesch mir gesagt, dass Fräulein Bitterkopf sie mitgenommen hat. Die alte Dame hat sie wohl mit ihren eigenen Handschuhen verwechselt.«

Frau Natalia verzog ihren Mund. Heute war er in einem grellen Orange geschminkt. Es passte zu ihrem wallenden Kleid in einem knalligen Sonnengelb. Ihr Gesicht war wie beim letzten Mal mit auffällig viel hellem Puder bedeckt. Wollte sie damit ihre Falten verstecken? »Die Handschuh kriegen Sie nicht mehr«, meinte sie. »Die alte Bitterkopf gibt nix freiwillig zurück. Die hat sich ihr ganzes Leben immer skrupellos genommen, was sie haben wollt.«

»Nati, hör auf«, brummte der Mann neben ihr. »Ma redt ned schlecht über kranke Leut.«

Die kleinwüchsige Wahrsagerin hob entschuldigend beide Hände. Unzählige glitzernde Armreife klimperten um ihre Handgelenke. »Es ist die Wahrheit, Damian. Die Bitterkopf hat nie auf irgendwen Rücksicht genommen. Die hat nie geheiratet, hat keine eigenen Kinder gehabt und hat sich von ihrer Schwester aushalten lassen!«

»Du hast auch nie geheiratet, und Kinder hast auch keine. Bist du deshalb ein schlechter Mensch?«

Die Wahrsagerin schüttelte verärgert den Kopf. »Ich hab mich nie für den Mittelpunkt der Welt gehalten und mich auch nie aufgeführt wie eine Prinzessin.«

»Psst!« Der Dicke legte den Finger auf seinen Mund. Er erinnerte Ernestine an ein großes Kind, sein naiver Gesichtsausdruck passte nicht zu dem stämmigen Körper. Die Mischung hatte etwas Rührendes.

Neben dem Zelt entdeckte Ernestine ein Schild, auf dem stand: »Damian, der stärcksten Mann der Welt!« Jetzt wusste sie, wer damit gemeint war. Wer immer das Schild geschrieben hatte, von Rechtschreibung hatte er keine Ahnung.

Frau Natalia richtete ihren Blick auf Ernestine. »Soll ich Ihnen die Zukunft vorhersagen?«

Ernestine lachte. »Sie meinen, Sie sagen mir, ob ich meine Handschuhe wiederbekomme?«

»Das hab ich schon«, meinte Frau Natalia. »Ich kann Ihnen aber noch viel mehr verraten. Zum Beispiel, wie es um Ihr Liebesleben steht oder um Ihre Gesundheit. Was das Leben noch an Abenteuern bringen wird. Ob Sie eine große Reise machen werden. Oder im Lotto gewinnen.«

Ernestine winkte ab. »Nein, danke. Ich lass mich lieber überraschen.«

Der dicke Mann legte die polierte Hantel so behutsam, als handelte es sich um kostbare rohe Eier, in eine Holzkiste und richtete sich auf. »Meine Nati ist eine kluge Frau«, sagte er stolz. »Sie kennt das Schicksal aller hier. Alle Geheimnisse sind bei ihr sicher. Die Menschen vertrauen ihr und erzählen ihr von Dingen, die andere nie erfahren werden.« Er machte eine ausladende Geste und zeigte auf einen jungen Mann, der am Ende der Gasse einen Holzkarren mit kleinen Fässern belud. Er hatte gestern im Böhmischen Biergartl serviert.

»Nehmen Sie zum Beispiel den Emil. Der ist nicht ganz klar im Kopf. Seine Mutter hat ihn nach der Geburt einfach in einen Korb gelegt und ist weggelaufen. Der liebe Gott hat dem Buben nur wenig Grips mitgegeben. Alle haben geglaubt, dass er sterben wird. Niemand hat ihn haben wollen. Aber meine Nati hat immer gwusst, dass der Junge einmal ein gutes Leben führen wird. Und genauso ist es. Jetzt arbeitet er mal hier, mal dort und ist zufrieden.«

Ernestine beobachtete den jungen Mann, der sich mit den kleinen Fässern abmühte. Sie fragte sich, ob er wirklich zufrieden war. Oder hatte er sich in sein Schicksal gefügt, genau wie Frau Natalia und ihr dicker Begleiter? Wissend, dass sie überall anders Außenseiter sein würden, hatten sie sich für ein Leben im Böhmischen Prater entschieden. Hier wurden alle geduldet, auch die Schwachsinnigen und Entstellten.

»Ich könnte Ihnen auch die Karten legen«, bot Frau Natalia an. »In die Glaskugel schauen oder die Hand lesen. Was Ihnen am liebsten ist. Ich beherrsche alle Techniken.« Sie neigte den Kopf und kniff die Augen zusammen. »Bei Ihnen würde ich die Karten wählen. Sie sind jemand, der sein Schicksal gerne selbst bestimmt.«

»Nein, danke. Ich will meine Zukunft wirklich nicht kennen«, beteuerte Ernestine.

Als sie weitergehen wollte, schlurfte ein Mann in gebückter Haltung auf sie zu und versperrte ihr den Weg. Er trug einen bodenlangen Militärmantel, der ihm viel zu groß war, lose an seinem dürren Körper hing und für die Temperatur viel zu warm war.

»Hast du eine Tasse Kaffee für mich?« Die Frage war an Frau Natalia gerichtet.

Augenblicklich verfinsterte sich das freundliche Gesicht von Herrn Damian. »Schleich di, Alex. I hab dir gsagt, dass d' nimmer kommen brauchst.«

Der Mann im Mantel blieb unbeeindruckt stehen.

»Lass ihn, Damian. Eine Tasse Kaffee können wir entbehren.« Frau Natalia schenkte schwarze Flüssigkeit in ein abgeschlagenes Blechhäferl und reichte es dem Mann.

»Danke.« Er setzte sich ungefragt auf einen kleinen Hocker neben Frau Natalia. Die finsteren Blicke von Herrn Damian ignorierte er geflissentlich.

»Wann zahlst du deine Schulden?«, fragte der Gewichtheber.

»Wenn ich wieder Geld habe«, sagte der Mann im Militärmantel. Sein Blick haftete auf Ernestine. Seine Augen waren gerötet und tränten, die Haut war grau. Er sah ungesund aus. Doch seine Ausdrucksweise klang überraschend gewählt. Wie bei jemandem, der eine ordentliche Schulbildung genossen hatte.

»Ihr solltet endlich eure Schilder neu schreiben«, meinte er. »Die Rechtschreibfehler tun mir körperlich weh.«

»Dir wird gleich noch viel mehr wehtun«, entgegnete Herr Damian grimmig. Er hob drohend die Faust.

»Damian, Schluss jetzt«, forderte Frau Natalia streng. Sie redete mit ihrem Partner wie mit einem kleinen Kind. Augenblicklich verstummte der dicke Riese, starrte den Mann im Militärmantel aber immer noch unfreundlich an. Der musterte Ernestine mit unverhohlener Neugier.

»Und wer sind Sie?« Er nahm schlürfend einen Schluck von seinem Kaffee, verzog die Nase und wischte mit dem schmutzigen Handrücken darüber. Eine dunkle Spur blieb zurück. »Ah, ist der bitter. Hast du Zucker?«

Frau Natalia schob ihm eine Dose und einen Löffel zu.

»Ich bin Ernestine Kirsch, und wer sind Sie?«

»Alexander Koller. Ehemaliger Bankmitarbeiter.«

Ernestine fragte sich, was passiert sein mochte, dass dem Mann der Boden unter den Füßen weggezogen worden war. Er teilte sein Schicksal mit vielen anderen. Tausende hatten während des Krieges alles verloren. Banken und Unternehmen waren in Konkurs gegangen, die Menschen hatten keine Arbeit mehr und hatten danach nicht mehr aus ihrem Unglück gefunden. Der Alkohol spielte dabei oft eine fatale Rolle. Er beschleunigte das Tempo der Abwärtsspirale. Auch Alexander Koller schien hochprozentigen Getränken nicht abgeneigt zu sein. Der stechende Geruch von billigem Fusel haftete ihm an.

»Und was machen Sie an einem Montag im Böhmischen Prater? Haben Sie von der Leiche gehört und wollen jetzt auf Knochensuche gehen?«

»Eigentlich suche ich nach meinen Handschuhen«, sagte Ernestine. »Gibt es denn Menschen, die sich nach Knochen umschauen?«

Alexander Koller umfasste die Tasse mit beiden Händen, so als müsse er sich wärmen, was angesichts seines dicken Mantels unmöglich der Fall sein konnte. »Vorhin hab ich ein paar Reporter gesehen, die sind um den Musikpavillon herumgestrichen. Einer hatte eine Kamera dabei und hat Fotos geschossen. Keine Ahnung, was sie sich erhofft haben. Aber gefunden haben sie bestimmt nichts mehr. Die Polizei hat gestern alles mitgenommen. Alles bis auf den da.« Er grinste breit und legte eine Reihe ungepflegter brauner Zähne frei.

Mit der freien Hand fasste er in seine Manteltasche und holte einen Knopf heraus. Es war einer jener Perlmuttknöpfe, die Ernestine gestern auf dem Stoff im Erdreich gesehen hatte. Auf ihrer Bluse waren ähnliche.

»Wo hast du den Knopf her?«, fragte Herr Damian.

Frau Natalia fasste blitzschnell danach. Sie nahm ihn zwischen Zeigefinger und Daumen und hielt ihn gegen die Sonne. Sie schloss die Augen und summte leise. Dabei bewegte sie ihren Oberkörper rhythmisch vor und zurück. Alle sahen sie gebannt an. Auch Ernestine war von ihrem Verhalten gefesselt. Das Summen hatte eine fast hypnotisierende Wirkung.

»Der Knopf hat einer Frau gehört«, raunte Frau Natalia geheimnisvoll. Ihre Stimme war tief und melodiös. Wieder summte die Wahrsagerin. »Die Frau ist eines gewaltvollen Todes gestorben.«

»Oh mein Gott. Nati, hör auf. Das macht mir Angst!« Herr Damian ergriff ihre Hände und unterbrach damit den Singsang.

Alexander Koller applaudierte träge. »Wundervolle Vorstellung. Ich gratuliere. Das war eben reif für die Josefstadt. Du solltest zum Theater gehen.«

Frau Natalia lachte. »Auf gewisse Weise bin ich Schauspielerin.«

»War das jetzt nicht echt?« Herr Damian wirkte irritiert. Seine Augen wurden kugelrund. Mehr denn je hatte er Ähnlichkeit mit einem zu groß geratenen Kleinkind.

»Natürlich war es echt, mein Schatz!« Frau Natalia tätschelte liebevoll seinen Unterarm. Der Dicke beruhigte sich wieder. Dann räusperte er sich und wechselte abrupt das Thema. Er kehrte zum Geld zurück. »Wann zahlst du jetzt deine Schulden?«, wiederholte er seine Frage.

»In den nächsten Tagen«, entgegnete Alexander Koller. »Dann habe ich wieder Geld, versprochen.«

»Das hast du letzte Woche auch gesagt«, meinte Herr Damian.

»Schon möglich, aber diesmal bekomme ich das Geld, und zwar so viel, dass ich mir ein Zimmer leisten kann und nicht mehr länger unter der Brücke schlafen muss.« Der Obdachlose schien sich seiner Sache sehr sicher zu sein.

»Und woher soll der Geldsegen kommen?«, fragte Frau Natalia.

Alexander Koller grinste breit. »Das verrate ich nicht. Aber schau in deine Glaskugel. Vielleicht erfährst du dort von meinem Geheimnis.«

»Dann eben nicht«, meinte sie eingeschnappt. »Hauptsache, du zahlst deine Schulden.« Sie nahm ihm die Zuckerdose wieder weg. »Sonst war das der letzte Kaffee, den du bei uns getrunken hast.«

SECHS

»Hast du deine Powidltascherl schon gegessen?«, fragte Ernestine.

»Ich habe sie immer noch nicht bekommen.« Mittlerweile waren die Männer am Nebentisch mit ihrem Mittagessen fertig, und Anton fürchtete, die Köchin hatte auf ihn vergessen.

»Soll ich nachfragen gehen?« Ernestine schaute zur Küche, als gerade der dürre kleine Junge, Mihaelo, herauskam. Er trug einen Teller Powidltascherl und ein Glas Milch. Beides stellte er vor Anton auf den Tisch. »Na endlich«, seufzte dieser erleichtert.

»Die Jana lässt sich entschuldigen«, sagte der Junge. »Es hat länger gedauert, weil die Butter aus war und ich erst welche holen musste.«

»Na, Hauptsache, jetzt ist alles da«, meinte Anton. Der Junge wuselte wieder davon, und Ernestine setzte sich. Sie sah dem Kind hinterher und warf dann einen Blick auf ihre Armbanduhr. »Sollte der Bub um diese Zeit nicht in der Schule sein?«

»Ich fürchte, dass er es damit nicht so ernst nimmt.« Anton stach in sein Tascherl. Dunkler Powidl quoll aus dem frischen Erdäpfelteig. Die goldbraunen Brösel dufteten nach Vanille und Zimt.

»Ich glaube, ich muss dir ein Tascherl stibitzen«, meinte Ernestine. Anton, der grundsätzlich kein gieriger Mensch war, runzelte dennoch die Stirn. Er hatte so lange warten müssen, dass er jetzt nur ungern teilte. Aber er wollte nicht unhöflich sein. Großzügig reichte er Ernestine seine Gabel.

»Hm, köstlich!«, schwärmte sie.

Während sie kaute, erzählte Anton von dem Gespräch mit der Köchin.

»Seltsam, dass die Fürsorge sich nicht eingeschaltet hat«,

sagte Ernestine. »Vielleicht sollten wir den Fall melden? Jemand muss sich um den Jungen kümmern und dafür sorgen, dass er in die Schule geht.«

»Wahrscheinlich weiß man bei der Fürsorge gar nicht, dass der Bub existiert«, überlegte Anton. »Wenn die Mutter den Buben nicht gemeldet hat, fühlt sich auch keine Behörde für ihn verantwortlich.«

»Du meinst, dass er gar keine Geburtsurkunde besitzt?«

»Er wäre nicht das einzige uneheliche Kind, das nirgendwo aufscheint.« Anton widmete sich seiner Mehlspeise. Er musste schnell sein. Ernestines begehrlicher Blick richtete sich auf das nächste Powidltascherl.

»Der Böhmische Prater ist ein seltsamer Ort«, bemerkte sie nachdenklich. »Ich habe mich eben mit einer Wahrsagerin und einem Gewichtheber unterhalten und mit einem obdachlosen Landstreicher, der früher in einer Bank gearbeitet hat. Lauter Außenseiter, die hier ein Zuhause gefunden haben.«

Anton schaute auf Ernestines Hände. »Wo sind deine Handschuhe?«

»Die hat Frau, nein, falsch, Fräulein Bitterkopf mitgenommen.«

»Die vornehme alte Dame, die gestern so verwirrt gewirkt hat?«, fragte Anton.

»Ja. Ich werde ihr einen Besuch abstatten müssen. Sie wohnt bei ihrer Schwester und ihrem Schwager neben dem Ziegelwerk auf der anderen Seite des Laaer Bergs. Begleitest du mich?«

Anton schluckte sein Tascherl hinunter. »Habe ich denn eine Wahl?«

Ernestine lächelte ihn an. »Eigentlich nicht«, sagte sie. Ihr Blick fiel auf seinen Teller. »Die Tascherl sind wirklich außergewöhnlich köstlich.«

Seufzend reichte Anton ihr erneut seine Gabel.

»Danke, du bist der Beste.« Sie spitzte die Lippen und

schickte ihm einen Kuss. Das konnte den Verlust der Tascherl nur notdürftig kompensieren.

Eine weitere Portion Powidltascherl und einen Verdauungsspaziergang später erreichten sie das Ziegelwerk. Der Backsteinbau war schon von Weitem sichtbar. Eine stabile Ziegelmauer umgab das Werksgelände. Einfache Baracken standen eng gedrängt nebeneinander. Wäscheleinen spannten sich von einem Holzgebäude zum nächsten. Kleidungsstücke, deren ursprüngliche Farbe in ein unansehnliches Grau gewechselt war, hingen dort zum Trocknen, der Wind bewegte sie sacht hin und her.

Vereinzelt hockten Menschen vor den schäbigen Hütten. Sie sahen müde und erschöpft aus, die Kinder mit Gesichtern von alten Greisen. Ihre Blicke waren leer, genau wie die der Alten. Sie schienen die Hoffnung auf ein besseres Leben längst aufgegeben zu haben. All ihre Träume waren irgendwo in den Lehmgruben oder den Brennöfen verloren gegangen.

Ernestine wusste, dass sich die Arbeitsbedingungen der Menschen in den letzten Jahren deutlich verbessert hatten. Vor dem Krieg waren die Arbeiter den Ziegelwerkbesitzern rechtlos ausgeliefert gewesen. Man hatte sie nicht mit Geld bezahlt, sondern mit sogenanntem »Blech«. Das waren Münzen, die nur in den Läden am Werksgelände eingetauscht werden konnten. Für einen Laib Brot hatten die Menschen das Dreifache bezahlen müssen wie anderswo in der Stadt. Auf diese Weise hatten die Ziegelbarone sich doppelt an ihren Arbeitern bereichert. Auch wenn das »Blech« Geschichte war, hatte sich am Leben der Ziegelböhm kaum etwas verändert. Immer noch wohnten sie in schäbigen Baracken ohne Fließwasser und Elektrizität. Sie schufteten bis zu vierzehn Stunden am Tag, obwohl das schon längst nicht mehr erlaubt war. Nicht selten halfen die Kinder in den Fabriken mit, damit die Familien genug zu essen hatten. Die moderne Zeit schien hier nie angekommen zu sein.

Das Los dieser Arbeiter scherte niemanden. Während sich die Menschen überall in Gewerkschaften formierten, wusste man in den Ziegelwerken von Arbeitnehmerrechten kaum etwas. Es war längst an der Zeit, dass sich auch hier etwas verbesserte, fand Ernestine.

In all dem Elend sah das Schlösschen am Ende des Fabrikgeländes aus, als wäre es aus Versehen am falschen Ort gelandet. Ein sorgfältig gepflegter Garten mit akkurat geschnittenem Rasen umgab das saubere Backsteingebäude, Türmchen und verspielte Erker erinnerten an die Illustrationen in Rosas Märchenbuch. Ein schmiedeeisernes Tor stand offen. Zwei Löwen aus Stein bewachten die gekieste Einfahrt.

»Du willst wirklich unangekündigt vorsprechen?«, fragte Anton.

»Die Frau hat meine Handschuhe«, erwiderte Ernestine empört. »Ich werde erst wieder gehen, wenn ich sie zurückhabe.«

»Wie du meinst.«

Sie gingen auf den Hauseingang zu. Die hohe Tür war von Säulen gerahmt, ähnlich wie bei einem antiken Tempel. Wilder Wein und eine Rose kletterten auf der Fassade zu einem der Balkone hoch. Immer noch blühten ein paar der dunkelroten Blumen, sie verströmten einen betörenden Duft.

Beherzt fasste Ernestine nach einem goldenen Türklopfer in Form eines hässlichen Stiers und bediente ihn. Kurz darauf öffnete ihnen ein Dienstmädchen in schwarzer Uniform und weißer Spitzenschürze. Auf ihrem Kopf saß ein dazu passendes Häubchen.

Fragend sah sie Ernestine und Anton an.

»Guten Tag, ist Fräulein Bitterkopf zu Hause? Wir würden sie gerne sprechen.«

»Wer sind Sie? Das Fräulein erwartet keinen Besuch.« Das Mädchen sprach mit einem breiten böhmischen Akzent.

»Wir sind nicht angekündigt«, erklärte Ernestine. »Ich muss annehmen, dass Fräulein Bitterkopf gestern versehentlich meine Handschuhe mitgenommen hat. Sie hat sie wohl für ihre eigenen gehalten. Eine Verwechslung, die ihr gewiss unangenehm ist.«

Während sie sprach, kam eine Frau die breite Marmortreppe hinter dem Dienstmädchen herunter. Sie hörte Ernestines Worte.

»Martha, lass die Herrschaften herein«, forderte sie. Die Frau kam zu ihnen. Sie war um die sechzig, hatte ein gepflegtes Äußeres und trug ein dunkles Kleid, das eine Spur zu jugendlich für ihr Alter war. Eine lange doppelreihige Perlenkette hing um ihren Hals. Sie reichte ihr bis zu den breiten Hüften.

»Guten Tag, mein Name ist Sibille Henkel. Hermine Bitterkopf ist meine Schwester. Kommen Sie doch herein.« Sie streckte zuerst Ernestine, dann Anton die Hand zum Gruß entgegen. Die beiden stellten sich vor.

»Hermine sitzt mit meiner Schwiegertochter Annezka im Salon. Ich bringe Sie zu ihnen.« Sie machte eine einladende Geste und bat sie, ihr zu folgen.

»Ich nehme an, dass Sie Annezka bereits kennengelernt haben. Sie kümmert sich reizend um meine Schwester. Ich wüsste wirklich nicht, was ich ohne ihre Hilfe tun würde. Bestimmt hätte ich meine Schwester längst vor die Tür gesetzt.« Trotz ihres Lachens klang der Scherz ernst.

Durch einen breiten Flur gelangten sie an die Rückseite des Hauses, wo an einen sonnendurchfluteten Raum ein begrünter Wintergarten anschloss. Er erinnerte ans Palmenhaus im einst kaiserlichen Tiergarten Schönbrunn. Riesige Palmen in kunstvoll verzierten Trögen reichten bis zur Decke.

In einer Ecke befand sich eine Sitzgarnitur aus Bambus. Sie sah exotisch aus und passte hervorragend in den Raum. In zwei der Sessel saßen zwei Frauen, die Ernestine wiedererkannte. Es waren Hermine Bitterkopf und Annezka Henkel. Als die jüngere der Damen sie sah, stand sie erstaunt auf.

»Grüß Gott«, sagte sie höflich. »Wir haben uns doch gestern im Böhmischen Prater gesehen. Wie schön, dass Sie uns besuchen kommen. Was können wir für Sie tun?«

Ernestine erklärte den Grund ihres Kommens.

»Ich dachte mir gleich, dass die Handschuhe nicht Tante Mimi gehören«, sagte Annezka Henkel so leise, dass die alte Dame, die abwesend in die Ferne starrte, sie nicht hören konnte. Fräulein Bitterkopf schien die Besucher gar nicht wahrzunehmen.

»Ich werde die Handschuhe gleich holen lassen«, flüsterte Annezka Henkel. Sie schielte zur Tante ihres verstorbenen Mannes. »Ich würde Sie bitten, Tante Mimi nicht darauf anzusprechen. Sie ist ein bisschen …« Sie suchte nach den richtigen Worten.

»Meine Schwester ist nicht mehr ganz richtig im Kopf«, sagte Frau Henkel ohne Umschweife. Sie machte sich nicht die Mühe, ihre Stimme zu senken. »Manchmal ist das Leben gerecht. Wenn auch mit Verzögerung.«

Ernestine und Anton sahen sich an, erstaunt ob der unerwartet harten Worte. Annezka Henkel versuchte, die Sätze ihrer Schwiegermutter abzuschwächen. »Wir alle lieben Tante Mimi«, sagte sie und rang sich ein Lächeln ab, »auch wenn sie es uns nicht immer leicht macht.«

Frau Henkel verzog leidend den Mund. Es schien ihr überhaupt nichts auszumachen, ihre wahren Gefühle ihrer Schwester gegenüber offen zu zeigen. Verärgert sah sie die alte Frau an. Deutlich freundlicher wandte sie sich dann an Ernestine und Anton. »Dürfen wir Ihnen eine kleine Erfrischung anbieten? Wir wollten gerade Kaffee trinken.« Sie zeigte auf einen gedeckten Jausentisch im Salon. Drei verschiedene Kuchen, Kaffee und Milch standen bereit.

»Sehr gerne«, bedankte sich Ernestine. Sie nahmen Platz. Annezka Henkel half ihrer Tante beim Wechseln der Sitzgelegenheit. Kaum dass sie alle saßen, richtete Fräulein Bitterkopf sich auf. »Was wollen die Fremden hier?« Endlich schien sie die Gäste wahrzunehmen.

»Wir haben Fräulein Kirsch und Herrn Böck gestern im Böhmischen Prater kennengelernt. Kannst du dich erinnern?« Annezka Henkel ergriff die faltige Hand der Tante und streichelte sie liebevoll. Mehrere Ringe zierten die vom Rheuma entstellten Finger.

»Ich habe die Leute noch nie gesehen.« Die Stimme der Alten klang knarzig.

Entschuldigend hob Annezka Henkel die Schultern. Ihre Schwiegermutter verdrehte genervt die Augen. Sie seufzte laut. »Meine Schwester kann sich an gar nichts mehr erinnern. Ihr Hirn ist völlig leer. Nun ja, Gott sieht jede Sünde. Nichts bleibt ungestraft im Leben.«

»Wie meinen Sie das?«, fragte Ernestine.

»Nicht so wichtig«, meinte Frau Henkel. »Manchmal bin ich zynisch und denke laut. Vergessen Sie meine Worte.«

Sie fragte Anton, ob er Nuss- oder Zwetschenkuchen wollte. Anton entschied sich für beides.

»Ich bin froh, dass ich gestern nicht mit im Vergnügungspark war«, sagte Frau Henkel. »Es heißt, dass man eine Leiche gefunden hat. Wie gruselig.«

»Ja, es war wirklich schaurig«, bestätigte Annezka Henkel. Sie fasste an den Anhänger ihrer Kette, die um ihren Hals hing. Ein wunderschöner Schmetterling. Er war Ernestine gestern schon aufgefallen, eigentlich das Einzige, was ihr von Annezka Henkel in Erinnerung geblieben war. »Weiß man denn schon, wer die arme Person war?«, fragte die junge Frau.

»Bis jetzt nicht«, sagte Ernestine.

Fräulein Bitterkopf starrte ungeniert auf Ernestines Bluse. Sie tat das so eindringlich, dass Ernestine nervös wurde. »Habe ich einen Fleck auf meiner Kleidung?« Sie sah an sich herunter.

»Wo ist die Maria?«

»Welche Maria?«

»Die vom Rudolf.«

Frau Henkel schüttelte den Kopf. »Nicht schon wieder«,

raunte sie genervt. »Die Frau von Rudolf sitzt neben dir, Mimi. Annezka kümmert sich den ganzen Tag reizend um dich. Und wenn sie das nicht tun würde, ich schwöre bei Gott, ich würde dich in ein Heim stecken.«

Fräulein Bitterkopfs Augen weiteten sich. Sie waren ungewöhnlich hell. Abrupt drehte sie sich zu Annezka Henkel. Erkennen trat in ihren Blick. »Annezka«, wiederholte sie leise. »Braves Kind.«

»Iss deinen Kuchen«, forderte Sibille Henkel ungehalten. An Ernestine und Anton gerichtet sagte sie: »Die Phasen, in denen meine Schwester uns erkennt, werden immer kürzer. Sie ist sehr verwirrt und redet lauter unsinniges Zeug. Deshalb werden wir die Handschuhe heimlich aus ihrem Zimmer holen lassen. Martha legt sie Ihnen dann im Vorraum auf die Kommode.«

»Vielen Dank«, flüsterte Ernestine.

»Ich kann Ihnen ja gar nicht sagen, wie froh wir alle sind, dass Annezka sich um Hermine kümmert. Sie hier zu haben ist ein großes Geschenk für uns alle.« Dankbar lächelte sie ihre Schwiegertochter an. »Annezka ist der Trost, den wir haben, seit unser Rudolf tot ist.«

»Rudolf war Ihr Sohn?«, fragte Ernestine.

Frau Henkel nickte traurig. »Er ist im Krieg gefallen. Wie so viele seiner Freunde.« Sie stand auf und ging zu einem offenen Kamin am anderen Ende des Raums. Ernestine folgte ihr. Mehrere gerahmte Bilder standen auf dem gemauerten Sims. Bestimmt war es im Winter gemütlich, in einem der hohen Lehnstühle vor dem knisternden Feuer zu sitzen. Frau Henkel nahm eine der Fotografien auf.

»Hier, das war unser Rudolf, kurz vor seinem zwanzigsten Geburtstag.«

Ein hübscher, ernster Mann blickte Ernestine entgegen. Er hatte die großen hellen Augen seiner Mutter und das fein geschnittene Gesicht seiner Tante. Ansonsten bestand wenig Ähnlichkeit zwischen Mutter und Sohn. Er war groß und schlank, während Sibille Henkel zum Übergewicht neigte. Ernestine schaute zu zwei anderen Bildern. Eines zeigte die ganze Familie. Im Zentrum stand ein Ehepaar, Ernestine erkannte Frau Henkel, sie sah deutlich jünger aus. Ihre Taille war eine winzige Spur schlanker, und ihr Gesicht wies weniger Falten auf als jetzt. Der Mann neben ihr ähnelte einem weiteren jungen Mann auf dem Bild. Vielleicht ein anderer Sohn? Die beiden konnten ihre Verwandtschaft nicht verleugnen. Sie hatten das gleiche ausdrucksstarke Kinn, die gleiche klassisch geschnittene Nase. Außerdem war auf dem Bild Hermine Bitterkopf zu sehen sowie ein weiteres Ehepaar – Ernestine nahm an, dass es sich um die Großeltern handelte.

»Ein schönes Familienfoto«, sagte Ernestine.

Frau Henkel nickte schweigend.

»Sind die jungen Männer Ihre Söhne?« Ernestine deutete auf ein weiteres Bild, das die zwei Burschen in Anzügen zeigte. Sie waren etwas jünger als auf dem Familienfoto, vielleicht sechzehn oder siebzehn. Erste Bartansätze zeigten sich über den Oberlippen.

»Das sind Richard und Rudolf«, bestätigte Sibille Henkel. »Richard war nur zehn Monate älter. Kaum war er auf der Welt, wurde ich schon mit Rudolf schwanger.« Ein Schatten legte sich über ihr Gesicht.

»Ist Ihr älterer Sohn auch im Krieg gefallen?«

»Nein, er ist …« Sibille Henkel zögerte, bevor sie sagte: »Er ist auf tragische Weise verunglückt.«

»Das tut mir sehr leid«, erklärte Ernestine.

Frau Henkel stellte das Foto ihres Sohnes auf den Sims, rückte es zurecht, und sie kehrten zurück zum Jausentisch.

Anton hatte seinen Kuchen aufgegessen. Er holte seine Taschenuhr aus seiner Westentasche. »Wir sollten langsam aufbrechen«, meinte er. »Der Weg nach Hause ist lang.«

»Wohin müssen Sie denn?«, erkundigte sich Annezka Henkel.

»Nach Mariahilf.«

»Sind Sie mit dem Automobil unterwegs?«

»Nein.«

»Oh, da brauchen Sie wirklich einige Zeit«, meinte sie.

»Es ist Monate her, dass ich das letzte Mal in der Innenstadt gewesen bin.«

»Wir sollten einmal gemeinsam einen kleinen Ausflug machen«, schlug Sibille Henkel ihrer Schwiegertochter vor. »Martha kann sich einen Tag lang um Hermine kümmern. Du brauchst dringend eine Pause.«

»Es macht mir nichts aus, mich um Tante Mimi zu kümmern. Ich tu es gerne«, versicherte Annezka Henkel. Ihre Stimme verriet, dass sie ihre Worte ernst meinte.

»Trotzdem wird dir eine Pause guttun«, beharrte Sibille Henkel. »Wir könnten beim Demel einen Kaiserschmarren essen, im Kaufhaus Rothberger stöbern und im Salon Zwieback neue Kleider bestellen. So, wie ich es vor dem Krieg gemacht habe. Mit dem Unterschied, dass ich jetzt meine zauberhafte Schwiegertochter dabeihabe.«

Annezka Henkel errötete. »Danke.«

Anton stand als Erster auf, nur widerwillig folgte ihm Ernestine. Zu gerne hätte sie sich noch länger mit den Damen unterhalten.

Sie bedankte sich bei Sibille Henkel für die spontane Einladung. Wie angekündigt lagen ihre Handschuhe im Vorzimmer auf einer Kommode für sie bereit. Schwiegermutter und -tochter begleiteten sie zur Eingangstür.

»Bitte entschuldigen Sie noch einmal. Tante Mimi hat die Verwechslung bestimmt nicht böse gemeint«, sagte Annezka Henkel.

»Da wäre ich mir nicht sicher«, widersprach Sibille Henkel. »Meine Schwester kann sehr boshaft sein.«

Dann reichten sie einander die Hände, und Ernestine und Anton verließen das Anwesen.

Als sie den Garten hinter sich gelassen hatten, meinte Anton: »Frau Henkel scheint ihre Schwester nicht ausstehen zu können. Die alte Dame hat wirklich großes Glück, dass die Frau ihres Neffen sich so rührend um sie kümmert. Wäre Fräulein Bitterkopf auf die Hilfe ihrer Schwester angewiesen, wäre sie verloren.«

»Ich denke, dass Frau Henkel allen Grund hat, ihre Schwester nicht zu mögen.«

»Wie kommst du zu diesem Schluss?«

»Ich habe mir die Fotos am Kaminsims eingehend angesehen.«

»Ja und?«, fragte Anton.

»Das Familienfoto war sehr aufschlussreich.«

»Bitte mach es nicht so spannend.«

»Herr und Frau Henkel sind im Zentrum des Fotos. Fräulein Bitterkopf steht seitlich hinter ihrem Schwager.« Ernestine machte eine Pause. »Sie hat ihre Hand sehr vertraulich auf Herrn Henkels Oberarm liegen.«

»Was schließt du daraus?«

»Ich bin davon überzeugt, dass diese Geste mehr als nur freundschaftlich war.«

Anton blieb stehen und sah Ernestine an. »Du glaubst, Fräulein Bitterkopf hatte ein Verhältnis mit ihrem Schwager?«

»Ich bin mir sehr sicher. Es würde auch zu all den Bemerkungen passen, die ihre Schwester fallen gelassen hat, und zu dem, was Frau Natalia über sie erzählt hat.«

»Die grauenvoll aufdringliche Wahrsagerin?«

»Ja.«

Anton runzelte die Stirn. »Ich weiß nicht«, sagte er. »Es wäre schon sehr unverfroren, die eigene Schwester mit ihrem Mann zu betrügen. Noch dazu, wenn man unter ihrem Dach wohnt und auf ihre Kosten lebt.«

»Es ist auch frech, sich die Handschuhe einer fremden Person zu schnappen und zu behaupten, es waren die eigenen.«

Anton wiegte den Kopf. »Ich kann verstehen, dass du verärgert bist«, sagte er. »Aber der Vergleich hinkt. Das eine ist eine Verwechslung, das andere böser Betrug.«

»Möglich, dass ich ungerecht bin«, gab Ernestine zu. »Aber ich bleibe dabei. Ich glaube, dass Frau Henkel allen Grund hat, ihre Schwester zu hassen. Und ihren eigenen Ehemann wohl auch. Niemand legt einem Mann, der einem nichts bedeutet, die Hand auf den Oberarm. Noch dazu bei einem Fototermin.«

»Ich glaube, dass du das Gras wachsen hörst.«

»Es ist Herbst«, widersprach Ernestine. »Da höre ich bestenfalls die Blätter fallen.«

»Du weißt genau, was ich meine«, sagte Anton. »Du hast einfach eine blühende Phantasie.«

Ernestine antwortete nicht. In Gedanken ging sie noch einmal alle Fotos am Kaminsims durch. Es waren mindestens zehn gewesen. Angestrengt versuchte sie, sich zu erinnern, was ihr noch seltsam erschienen war. Doch es wollte ihr beim besten Willen nicht mehr einfallen. Hoffentlich waren das nicht die ersten Anzeichen von Altersdemenz.

Sobald sie zu Hause waren, würde sie das Kreuzworträtsel des Tages in der Kronenzeitung lösen. Es galt, das Gehirn zu trainieren. Die Vorstellung, eines Tages wie Fräulein Bitterkopf zu enden und die Menschen, die ihr wichtig waren, nicht mehr zu erkennen, war beängstigend.

SIEBEN

»Weiß man schon, wer die Leiche war, die man im Böhmischen Prater gefunden hat? Stimmen die Gerüchte, es könnte Mizzi Novotny sein?« Ernestine trug den Topf mit Krautrouladen, die Anton am Nachmittag zubereitet hatte, ins Wohnzimmer. Noch vor einem Jahr hatte Anton in der Wohnung gelebt, in der sie jetzt gemeinsam aßen. Dann hatte er sie seiner Tochter und ihrer Familie überlassen und war mit Ernestine ins ehemalige Kutscherhäuschen im Garten gezogen. Für sie beide reichte das Häuschen, und Heide, Rosa, Erich und das Kind, auf das sich alle freuten, wohnten nun in den Räumen über der Apotheke. Ernestines ehemaliges Mansardenzimmer war seit Kurzem Rosas Reich.

»Was wir mit Sicherheit sagen können, ist, dass es sich um eine Frau gehandelt hat«, sagte Erich. »Der Mediziner schätzt, dass sie zum Zeitpunkt ihres Todes um die dreißig war. So ganz genau kann man das natürlich nicht feststellen. Irgendwann im Laufe ihres Lebens hatte sie eine böse Schienbeinverletzung. Der Knochen weist immer noch Spuren einer mehrfachen Fraktur auf. Es ist anzunehmen, dass sie humpelte.«

»Mizzi Novotny hat sich als Mädchen das Schienbein gebrochen«, sagte Ernestine.

Alle hielten inne und sahen sie an.

»Nach dem Unfall musste sie wieder gehen lernen. Sie hinkte ein bisschen. Angeblich nur ganz wenig.«

Misstrauisch kniff Erich die Augen zusammen. »Woher weißt du das?«

»Ich habe mich mit dem Hutschenschleuderer im Böhmischen Prater unterhalten und mit Frau Natalia. Beide kannten Mizzi Novotny. Die Frau war angeblich eine Schönheit und ist kurz nach dem Krieg spurlos verschwunden. Sie hatte ein uneheliches Kind, den Namen des Vaters hat sie nie verraten. Der Bub arbeitet jetzt im Böhmischen Biergartl. Er heißt Michaelo und sollte eigentlich zur Schule gehen. Ich denke, dass wir den Fall der Fürsorge melden sollten.«

»Immer langsam«, forderte Erich, »eines nach dem anderen. Wer hat dir die Sache mit dem Unfall erzählt?«

»Milan Benesch, der Hutschenschleuderer.«

»Seine Mutter, Jana Benesch, kann sich auch vorstellen, dass Mizzi Novotny die Tote ist«, stimmte Anton zu. »Das Böhmische Biergartl hätte eigentlich eines Tages Mizzi Novotny gehören sollen, aber ihr Vater hat es in einer betrunkenen Nacht verspielt. Carel Prohaska hat den Mann übers Ohr gehaut.«

»Moment!« Erich hob abwehrend beide Hände. »Ist euch beiden klar, dass ihr möglicherweise polizeiliche Ermittlungen stört?«

Ernestine widersprach. »Im Gegenteil, mein Lieber«, sagte sie mit Nachdruck. »Anton und ich helfen der Polizei bei den Untersuchungen.« Sie machte eine dramatische Pause. »Und wir tun das nicht zum ersten Mal.«

»Ich weiß«, sagte Erich. »Und jedes Mal bitte ich euch, davon Abstand zu nehmen. Bestimmt habt ihr den Menschen eine Menge neugieriger Fragen gestellt.«

Ernestine hob die Schultern in einer unschuldigen Geste. »Wir haben dir viel Arbeit erspart.« Dann griff sie nach Messer und Gabel und schnitt ihre Krautroulade in mundgerechte Stücke.

»Das mit der Fürsorge ist übrigens wichtig«, fügte sie hinzu. »Ich glaube, der Junge geht nicht in die Schule. Vielleicht ist er nicht einmal gemeldet. Es könnte sein, dass niemand weiß, dass er im Böhmischen Prater lebt.«

»Das hat dir alles der Hutschenschleuderer erzählt?«, fragte Erich.

»Nein, das hat Anton herausgefunden.« Ernestine lächelte ihn an. »Wir sind ein gutes Team.«

Erich seufzte bloß laut. Es war ihm anzusehen, dass er

widersprechen wollte, es aber nicht tat, um den Frieden beim Abendessen nicht zu stören.

Heide setzte sich auf und legte beide Hände auf ihren Bauch. Liebevoll strich sie über eine Stelle.

»Strampelt es?«, wollte Erich wissen.

Heide nickte, und Erich beugte sich zu ihr, um sein Kind ebenfalls zu spüren. Der Anblick rührte Ernestine. »Habt ihr schon über Namen nachgedacht?«

Rosa mischte sich ein. »Wenn ich eine Schwester bekomme, soll es eine Mona werden. Oder eine Emma. Bei einem Bruder hätte ich gerne einen Peter.« Sie wickelte das Kraut von der Roulade und schob es zur Seite. »Lieber hätte ich einen Bruder.«

»Das kann man sich nicht aussuchen«, meinte Erich. »Ich bin mir sicher, dass du sowohl einen Bruder als auch eine Schwester lieben wirst.«

»Mal sehen«, meinte Rosa. »Ich würde so gerne wissen, was es wird. Ich hätte gestern die Wahrsagerin fragen können.«

»Du hast eine Wahrsagerin kennengelernt?«, fragte Heide.

»Frau Natalia«, erklärte Rosa. »Sie liest den Menschen die Zukunft aus den Karten und aus der Hand.«

»Ich nehme an, dass sie ihre Geschichten erfindet«, sagte Ernestine.

»Die Leute behaupten, sie würde tatsächlich die wahre Zukunft vorhersagen«, meinte Anton. »Was natürlich ein Unsinn ist. Aber sie scheint geschickt vorzugehen.«

»Ich glaube, dass sie unheimlich viel über die Bewohner des Böhmischen Praters weiß«, sagte Ernestine. »Sie erzählt den Leuten, was ohnehin offensichtlich und unabwendbar ist. Dann glauben sie, sie hätte ihnen die Zukunft vorhergesagt.«

»Du meinst, sie lenkt das Schicksal der Menschen?« Heide nahm einen Schluck Himbeersaft.

»In gewisser Weise ja«, sagte Ernestine. »Stell dir vor, Frau Natalia sagt Anton, dass er sich morgen auf einen köstlichen Apfelstrudel freuen darf. Was wird er tun? Einen Apfelstrudel backen, weil der Gedanke an die Mehlspeise plötzlich in seinem Kopf ist.«

Heide lachte. »Papa braucht keine Wahrsagerin, um an Apfelstrudel zu denken. Das schafft er ganz allein.«

»Es war ja bloß als Beispiel gedacht«, erklärte Ernestine. »Was ich damit sagen will: Frau Natalia sagt Ereignisse voraus, die möglicherweise nur deshalb eintreten, weil sie die Menschen erst auf die Idee bringt.«

»Eine interessante Theorie«, meinte Anton. »Eine Prophezeiung, die sich deshalb erfüllt, weil sie vorhergesagt wurde.«

Ernestine nickte zustimmend und kam wieder auf die Leiche zu sprechen. »Weiß man, woran Mizzi Novotny gestorben ist? War es ein gewaltvoller Tod?«

»Eine Verletzung am Kopf könnte die Todesursache gewesen sein. Ein stumpfer Gegenstand, mit dem man sie erschlagen hat, oder ein Sturz gegen eine harte Kante. Ihre Schläfe war gebrochen.«

»Oh mein Gott«, entfuhr es Heide. So als müsste sie ihr ungeborenes Kind vor den schrecklichen Bildern schützen, die in ihrem Kopf entstanden, hielt sie erneut beide Hände auf ihren Bauch. Sie schaute besorgt zu Rosa. Doch das Mädchen hing an Erichs Lippen und hörte fasziniert zu. »Das sind definitiv keine Gesprächsthemen fürs Abendessen«, sagte Heide.

»Schade!«, raunte Rosa. »Morgen darf ich in der Schule aber alles erzählen. Oder?«

»Nein, warte noch damit«, bat Erich. »Der Fall muss noch untersucht werden, da ein Gewaltverbrechen nicht ausgeschlossen werden kann.«

»Das ist alles so aufregend.« Rosas Wangen glühten. »Wenn ich groß bin, werde ich Detektivin. Ich habe schon ein eigenes Notizbuch, in dem ich alles Wichtige aufschreibe. Und der Fritzi hat eine Lupe.«

»Eine Lupe?«, fragte Heide.

»Damit kann man Spuren besser erkennen«, erklärte Rosa stolz. »Das habe ich in einem Buch gelesen.«

»Was für Bücher liest du denn?«, fragte Heide entsetzt.

»Spannende Rätselgeschichten«, sagte Rosa. »Die habe ich in der Schulbibliothek ausgeborgt.«

»Das Buch will ich sehen«, forderte Heide.

»Rätsel sind gut fürs Gehirn«, mischte sich Ernestine ein. »Ich sollte wieder anfangen, täglich ein Kreuzworträtsel zu lösen. Ich werde in letzter Zeit immer vergesslicher.«

»Wirklich?«, fragte Heide.

»Ja, ich nehme mir schon seit Wochen vor, Erich nach den unangenehmen Mitarbeitern zu fragen. Und immer vergesse ich es.« Sie wandte sich Erich zu. »Du hast schon lange nichts mehr von den beiden erzählt. Wie heißen sie doch gleich?«

»Julius Pinter und Werner Wedel«, sagte Erich. Er war im Sommer befördert worden, doch sein Aufstieg war nicht von allen Kollegen gutgeheißen worden. Immer öfter waren Stimmen gegen ihn laut geworden, die nichts mit seinen beruflichen Qualifikationen zu tun hatten, sondern seine Konfession betrafen.

Erich war Jude. Wie viele andere Juden praktizierte er seinen Glauben nicht, er besuchte weder den Tempel, noch hielt er sich an Essensvorschriften. Aber auf dem Papier war er Jude, und das allein reichte, dass es Ressentiments gegen ihn gab. Der Antisemitismus hatte in Wien eine lange Tradition. Im Moment flammte er wieder besonders heftig auf.

»Machen sie dir noch Probleme?«, wollte nun auch Anton wissen.

»Wedel ist weitgehend ruhig geworden«, sagte Erich. »Aber Pinter kann es nicht lassen. Neulich ist wieder das Buch ›Mein Kampf‹ im Personal gelegen. Das von dem kleinen Österreicher mit dem irren Blick, der in Deutschland die Macht ergreifen wollte. Man hat ihn aber ins Gefängnis gesteckt.«

»Adolf Hitler«, sagte Anton. »Ich habe von ihm in der Zeitung gelesen. Seine Partei wurde verboten. Aber im Moment sieht es so aus, als würde er es noch einmal probieren wollen. Diesmal auf legalem Weg mit einer Partei, die sich demokratischen Wahlen stellt.«

»Pah, der und Demokratie«, entfuhr es Ernestine. »Der Mann kann das Wort doch nicht einmal richtig buchstabieren. Ich habe in der Bibliothek in das Buch reingelesen. Es ist eine Schande, dass ein Verlag so was druckt.«

»Nun, zum Glück ist Hitler in Deutschland. Die Nachbarn werden schon dafür sorgen, dass er nicht zu groß wird«, sagte Heide zuversichtlich.

»Hoffentlich!«, meinte Erich. Er klang nicht ganz so optimistisch.

»Hast du diesem Pinter gesagt, dass er das Buch zu Hause lesen soll, nicht aber in die Arbeit mitnehmen darf?«, fragte Ernestine.

»Das geht nicht«, entgegnete Erich. »Ich kann meinen Mitarbeitern nicht vorschreiben, was sie lesen dürfen.«

»Macht Julius Pinter noch immer Stimmung gegen dich?«, fragte Heide besorgt.

»Er stichelt«, gab Erich zu, »aber bis jetzt recht erfolglos. Wedel hat schon akzeptiert, dass ich am längeren Hebel sitze. Und wenn Pinter mich noch länger ärgert, werde ich ihm mit unangenehmen Diensten das Leben schwer machen.«

Heide verzog ungläubig das Gesicht. »Das würdest du niemals tun.«

Erich zuckte mit den Schultern. »Noch habe ich nicht zu dieser drastischen Maßnahme gegriffen«, gab er zu. »Aber ich könnte es, wenn ich wollte. Und viel fehlt nicht mehr, das kann ich dir sagen.«

»Du hättest ihnen schon lange zeigen sollen, wer der Chef ist«, meinte Heide. »Es kann nicht sein, dass ein Mitarbeiter hinter deinem Rücken über dich herzieht.«

»Er zieht nicht über mich her«, widersprach Erich. »Er macht bloß dumme Judenwitze. Die wenigsten Kollegen lachen darüber. Nur Wedel hin und wieder.«

»Beleidigende Witze sind alles andere als harmlos«, fand

Ernestine. »Wer sie erzählt, erniedrigt eine Gruppe von Menschen und stellt sich selbst über sie. Du solltest nicht zuwarten, sondern die beiden rasch in ihre Schranken weisen. Den einen dafür, dass er die Witze erzählt, und den anderen, weil er darüber lacht.«

Erich verzog leidend den Mund. Er war beruflich wie auch privat äußerst harmoniebedürftig und ging Konflikten gerne aus dem Weg.

»Es mag unangenehm sein«, fuhr Ernestine fort. »Aber wenn du jetzt nicht reagierst, wird es immer schlimmer. Die beiden werden nicht aufhören, und eines Tages lachen alle im Büro über dich.«

»Ihre Witze haben nichts mit meinen beruflichen Fähigkeiten zu tun«, entgegnete Erich.

»Umso wichtiger ist es, das Gerede abzustellen.«

Erich seufzte schwer. »Ich werde mich bemühen.«

Anton sah seinen Schwiegersohn mitfühlend an. »Ich kann dich gut verstehen«, meinte er. »Ich würde die Witze vermutlich auch dulden.«

Ernestine und Heide widersprachen vehement. »Nein«, sagten sie fast zeitgleich.

Damit war das Thema vorerst erledigt. Aber alle ahnten, dass es wiederkehren würde.

ACHT

Fanny Woda ärgerte sich wieder einmal über sich selbst. Warum hatte sie die Reifen ihres alten Fahrrads gestern Abend nicht aufgepumpt, so wie sie es vorgehabt hatte? Jetzt mühte sie sich mit platten Reifen ab und holperte über jedes Steinchen am Weg. Die Kette müsste ebenfalls geschmiert und neu gespannt werden. Laut schepperten die rostigen Glieder gegen die wackelige Abdeckung. Früher hatte Gustav diese Aufgaben erledigt. Fahrradreparaturen seien »Männersache«, hatte er immer gesagt. Doch das war lange her, gehörte zu einem anderen Leben, einem Leben voller Freude und Lust. Was die Ziegelwerke in all den Jahren zuvor nicht geschafft hatten, war dem Krieg in wenigen Monaten gelungen. Er hatte Fannys Ehemann zerstört.

Ein Fremder war von der Front zurückgekehrt. Ein Mann, dessen Herz zwar schlug, der atmete und aß, aber innerlich tot war. Dort, wo früher Liebe gewesen war, klaffte jetzt ein großes Loch. Dabei hätten sie allen Grund, sich zu freuen. Sie wohnten nicht mehr in den Baracken, sondern in einem kleinen Häuschen, das sie von Gustavs Tante geerbt hatten.

An manchen Tagen war Gustavs Leere ansteckend. Dann fühlte auch Fanny nichts mehr. Dieser Zustand jagte ihr Angst ein. Dann setzte sie sich auf ihr Fahrrad und drehte eine große Runde. Manchmal radelte sie völlig ziel- und planlos durch die Gegend. Sobald sie den Fahrwind im Gesicht spürte, die Sonne auf der Haut oder den Regen im Haar, wusste sie, dass sie am Leben war.

Heute hatte Fanny ein Ziel, sie war auf dem Weg in die Ankerbrotfabrik. Seit ein paar Wochen arbeitete sie nun dort. Zusammen mit Gustavs kleiner Invalidenrente reichte der Lohn, um über die Runden zu kommen, und seit sie umgesiedelt waren, fiel die Miete für ein schimmliges Loch auch noch weg. Die Arbeit in der Brotfabrik war nicht sonderlich schwer und die Kollegen nett. Es war besser als in den Ziegelwerken, wo Fanny sich mit dem Schleppen den Rücken und die Hände ruiniert hatte. Rasch trat sie in die Pedale. Sie wollte nicht gleich in den ersten Wochen zu spät kommen. Zum Glück ging es bergab. Beim Heimfahren dauerte es viel länger, da zog sich der lange Weg beschwerlich den Laaer Berg hinauf.

Jetzt hatte sie das Waldstück hinter sich gelassen, vor ihr tauchten die ersten grünen Häuserdächer aus dem herbstlichen Nebel auf. Schwer lag die feuchtkalte Luft über den Weingärten. Es roch nach Erde und fauligen Blättern. Fanny musste aufpassen, dass sie auf dem feuchten Untergrund nicht ausrutschte. Doch sie war eine geübte Fahrradfahrerin.

Fanny war eine der ersten Frauen gewesen, die ein eigenes Rad besaßen. Damals hatte es noch als unschicklich gegolten, wenn Frauen auf einem Drahtesel fuhren. Was hatte sie sich alles anhören müssen! Dass sie unfruchtbar werden würde, dass ihr ein Bart wachsen und die Brüste verschwinden würden. Alles Unsinn. Fanny hatte vier gesunden Kindern das Leben geschenkt.

Drei davon hatte der Krieg ihr wieder genommen. Das Schicksal war grausam. Es half nichts, damit zu hadern. Man musste den Schmerz akzeptieren. Er war Teil von ihr und gehörte zu ihr, genau wie all die schönen Erinnerungen, die sie in sich trug.

Fanny schob die düsteren Gedanken beiseite. Sie konzentrierte sich auf den Weg, der sich nun verengte. Sie musste das Tempo drosseln. Vorsichtig zog sie die Bremsen. Immer beide gleichzeitig: die vordere und die hintere. Für den Fall, dass eine nicht funktionierte. Das laute Quietschen schnitt durch die morgendliche Stille. Ein Vogel erschrak und stob krächzend aus dem Gebüsch.

Fanny lenkte ihr Rad über den schmalen Schotterweg zwischen den Weingärten hindurch. Es war eine Abkürzung, die sie nicht gerne nahm, da immer wieder dicke Wurzelstöcke am Weg lagen. Doch auf diese Weise sparte sie zehn Minuten ein. Genau die Zeit, die sie zu spät dran war.

Das Rad holperte über die erste Wurzel, Fanny wurde durchgeschüttelt. Sie hielt beide Hände griffbereit über den Bremshebeln, als ihr Blick auf einen dunklen Stoffhaufen fiel. Er lag mitten vor ihr am Weg. Mit jedem Meter, den sie zurücklegte, wurde der Haufen größer. Es war ein alter Militärmantel. Wer ließ einen Mantel einfach im Weingarten liegen? Noch dazu einen aus so dickem Stoff?

Vorsichtig bremste sie und rollte auf den Haufen zu. Ein böser Verdacht beschlich sie. War da etwa ein Mann unter dem Mantel?

Schon ein paar Meter weiter wurde ihre Vorahnung Gewissheit. Der Mantel war nicht leer. Ein Mensch war damit zugedeckt oder darin eingewickelt. Sie bremste vollständig und stieg ab. »Hallo?« Vorsichtig machte sie ein paar Schritte auf den am Boden Liegenden zu. Der Statur nach zu urteilen war es ein Mann. Fanny legte ihr Fahrrad am Boden ab.

»Brauchen Sie Hilfe?« Sie beugte sich über den Körper und erschrak. Leblose Augen starrten sie weit aufgerissen an. Fanny unterdrückte einen Schrei und presste die Hand gegen ihren Mund. Der Mann am Boden war tot. Und er war keines natürlichen Todes gestorben, so viel war klar. Eine große Wunde klaffte an seinem Hinterkopf. Der dunkle Fleck, der sich unter seinem Körper ausgebreitet hatte, war Blut. Fanny starrte auf die Wunde und auf den Mann. Dann fiel ihr Blick auf einen Gegenstand, der etwas abseits im Weingarten, neben einem abgeernteten Rebstock lag. Es war eine Schaufel. Fanny kannte das Werkzeug nur allzu gut. Sie selbst hatte damit im Ziegelwerk jahrelang Lehm aus der Grube geschaufelt. Auf dieser Schaufel klebten keine Reste von Lehm, was daran hing, waren getrocknetes Blut und Hautfetzen.

Fanny erwachte aus ihrer Starre. Sie ergriff ihr Fahrrad, riss es hoch und schwang sich auf den Sattel. Ohne zu bremsen, sauste sie den Berg hinunter. Heute würde sie zu spät zur Arbeit kommen. Aber es gab einen triftigen Grund. Sie musste zur Polizei, und zwar so schnell sie konnte.

NEUN

Anton stand in der Küche und drückte gekochte Erdäpfel durch eine Presse. »Das ist jetzt mein dritter und letzter Versuch«, sagte er. »Wenn der auch scheitert, dann lass ich es bleiben.«

Seit den frühen Morgenstunden versuchte er sich an der Herstellung von Powidltascherln. Aber jedes Mal war er unzufrieden mit dem Ergebnis. Einmal war der Teig zu hart, dann wieder so weich, dass er sich beim Kochen auflöste. Anton fand einfach nicht die richtige Mischung aus Mehl, Erdäpfeln und Grieß für einen geschmeidigen Teig.

Ernestine konnte seine Unzufriedenheit nicht recht verstehen, ihr hatten alle Tascherl geschmeckt. Bevor Anton sie wegwerfen konnte, hatte sie sie zur Seite genommen und gerettet. Mittlerweile war sie so satt, dass sie beim besten Willen kein weiteres Tascherl mehr essen konnte. Ganz egal, wie perfekt es war.

»Wir könnten noch einmal in den Böhmischen Prater fahren und Jana Benesch nach dem Rezept fragen«, schlug sie vor.

»Denkst du, sie verrät mir ihr Geheimnis?«

»Warum nicht? Einen Versuch wäre es bestimmt wert. Bevor du noch Stunden in der Küche stehst und weitere Tonnen von Erdäpfeln verarbeitest.«

»Du hast recht«, sagte Anton. »Lass uns noch einmal zum Laaer Berg fahren. Es wäre doch gelacht, wenn ich dieses Rezept nicht bekommen könnte. Die Tascherl von Frau Benesch sind einfach unglaublich gut.«

Er wandte sich an Minna. »Hörst du? Wir machen bald wieder einen Ausflug!«

Die Hundedame sauste ins Vorzimmer und kehrte mit ihrer Leine im Maul zurück.

»Ich hatte eher ans Wochenende gedacht«, meinte Anton. »Aber meinetwegen können wir auch gleich fahren.«

»Wenn Rosa hört, dass wir ohne sie im Böhmischen Prater waren, wird sie beleidigt sein. Sie hat beim letzten Mal schon gejammert und sich beschwert, dass wir sie nicht mitgenommen haben. Die Ponys haben es ihr wirklich angetan.«

»Zweimal fahren?«, überlegte Anton. »Der Weg ist sehr lang, meinst du nicht?«

»Denk an die Powidltascherl.«

Anton nahm die Schürze ab und hängte sie neben dem Herd an einen Haken. »Schon überredet«, sagte er.

Ernestine lächelte. »Das ging aber schnell.«

»Ich bin ein entscheidungsfreudiger Mann. Es müssen nur die richtigen Argumente fallen!«

Schon beim Betreten des Gastgartens bemerkte Ernestine, dass etwas anders war als beim letzten Mal. Die Stimmung war gedrückt. Am Tisch neben der Küche saßen mehrere Männer und tuschelten aufgeregt miteinander. Frau Natalia und ihr Partner Herr Damian waren auch dabei.

»Warum bringt man einen Sandler um? Der hat ja nix, was man dem noch wegnehmen könnte.«

Ernestine grüßte fröhlich in die Runde. Zur Antwort erhielt sie bloß ein wortloses Nicken. Anton und sie nahmen am Nebentisch Platz.

»Ich glaub, dass der Alex etwas gewusst hat. Und deshalb hat er sterben müssen.«

Neugierig spitzte Ernestine die Ohren. Von wem war da die Rede? Etwa von Alexander Koller?

»Was soll er denn gewusst haben?«, fragte einer der Männer. Es war der Hutschenschleuderer Milan Benesch. Auch der Wirt Carel Prohaska saß mit am Tisch. Wieder war sein Gesicht gerötet, wohl vom Bier, das vor ihm stand.

»Keine Ahnung. Aber es muss etwas gewesen sein, das für irgendwen gefährlich war. Wer erschlägt denn einen Landstreicher? Noch dazu mit einer Schaufel. Das ist einfach nur grausam.«

Es entstand eine Pause.

Ernestine nutzte sie. »Darf ich fragen, über wen Sie sich unterhalten?«

Frau Natalia richtete sich auf. Sie trug heute ein dunkelviolettes Kleid mit goldenen Sternen darauf. Es erinnerte Ernestine an Rosas Faschingskostüm, als sich das Mädchen vor einiger Zeit als Zauberin verkleidet hatte. Nur der spitze Hut fehlte. Frau Natalias Kopf zierte wieder ein kunstvoll drapiertes Tuch.

»Haben Sie es noch nicht gehört? Die Zeitungen sind voll mit der Geschichte. Jemand hat Alexander Koller mit einer Schaufel erschlagen.«

Ernestine hatte richtig vermutet. Das Gespräch mit dem Mann im alten Militärmantel hatte sie noch genau in Erinnerung. Immer noch fragte sie sich, was dazu geführt hatte, dass er im Leben so abgeglitten war.

»Wo hat man ihn umgebracht?«, fragte Ernestine.

»In den Weingärten. Die Fanny Woda, eine Arbeiterin aus der Brotfabrik, hat ihn gefunden. Die Fanny ist eine von uns, sie hat früher auch in den Ziegelwerken gearbeitet. Wirklich grausam muss das für sie gewesen sein. Ich möchte keinen Menschen mit einem zertrümmerten Kopf finden.«

»Wurde der Mann mit einer Schaufel aus den Weingärten erschlagen?«, fragte Ernestine.

»Was?« Die Männer starrten sie verständnislos an.

»Woher hatte der Mörder die Schaufel? Das ist doch ein Werkzeug, das man für gewöhnlich nicht mit sich herumträgt.« Ernestine neigte den Kopf zur Seite. »Ich jedenfalls habe nie eine Schaufel dabei. Sie etwa?« Sie richtete ihre Frage an den Wirt.

»Keine Ahnung, wo die Schaufel her war«, sagte Carel Prohaska.

»Ich hab ghört, dass es eine Schaufel aus den Ziegelwerken

gwesen ist«, erklärte Herr Damian. »Ich frag mich, wer was gegen den Alex ghabt hat. Der war doch völlig harmlos. Er war zwar lästig und hat seine Schulden nicht bezahlt. Aber deshalb muss man ihn ja ned gleich erschlagen. A ordentliche Ohrfeigen hätte da auch greicht.«

»Wenn es stimmt, was die Jana erzählt hat, dann hat er vorgestern mit dem Emil so gschimpft, dass der weinend davongelaufen ist«, raunte Milan Benesch, der Hutschenschleuderer.

»Der Deppate?«, fragte der Wirt.

»Ja, vielleicht hat er sich gerächt? Der Emil is ja ned ganz richtig im Kopf.« Milan Benesch tippte sich mit dem Zeigefinger an die Stirn. Sein Haar war heute noch eine Spur ungepflegter, und sein Bart hatte eine Länge erreicht, die wohl keine Frau mehr attraktiv finden konnte. Er sah aus, als hätte er reichlich getrunken. Sein Gesicht glänzte.

»Meinen Sie den jungen Mann mit der geistigen Behinderung?«, fragte Ernestine. Es dauerte, bis sie den Kellner, den Carel Prohaska so wüst beschimpft hatte, wieder vor sich sah.

»Der Emil hat an Narren am Alex gfressen ghabt. Der hat den geliebt wie an Vater oder an Bruder oder einen besten Freund. Der hätt ihm nie was Böses antan«, sagte Herr Damian.

»Wo ist der Emil eigentlich?«, fragte Carel Prohaska.

»Als er ghört hat, dass der Alex tot ist, hat er sich verkrochen. Bestimmt hockt er im Stall bei den Ponys und heult denen die Ohren voll«, sagte Frau Natalia.

»Warum hat der Alex mit dem Emil gschimpft?«, wollte der Wirt wissen.

»Der Emil hätt dem Alex a Abendessen aufheben sollen. Aber der Depp hat's vergessen und die Knödel selbst aufgessen. Daraufhin is der Alex ausgezuckt und hat ihm eine gschmiert«, erklärte Milan Benesch.

»Des ist ja nix Ungewöhnliches«, meinte Herr Damian. »Der Emil hat in seinem Leben schon so viele Ohrfeign kriegt, das is für ihn ganz normal.«

»Von mir hat der Depp schon unzählige Male eine abghaselt. Der schreit ja förmlich danach. Grad so, als hätt er auf der Stirn a Schild kleben: ›Schmier mir eine.‹«

Die Männer lachten über den geschmacklosen Witz von Carel Prohaska.

»Der Schwachkopf muss dankbar sein, dass wir ihn hier dulden und durchfüttern. Woanders hätten s' den längst erschlagen wie an Straßenköter«, fuhr der Wirt großspurig fort. Seine schwere Zunge war dem Alkohol geschuldet.

»Für anstrengende Arbeiten ist er wohl niemandem zu dumm«, bemerkte Ernestine grimmig. Sie fand es schrecklich, wie abfällig über den jungen Mann geredet wurde. »Seit wann lebt Emil hier? Hat er denn einen Nachnamen?«

»Der Emil ist einfach nur der Emil.« Der Wirt kratzte sich nachdenklich den kahlen Kopf. »Ich glaub, der war schon immer da.«

»Emil ist mit einer Gruppe Zigeuner aus der Bukowina gekommen«, erklärte Frau Natalia. »Die hatten einen Sommer lang hier ihre Wohnwägen aufgestellt. So lange, bis der Herr Henkel sie davongejagt hat. Das fahrende Volk macht immer Probleme, egal, wo die auftauchen, verschwinden Gegenstände oder Kinder. Die sind aufs Grundstück der Henkels gegangen und haben aus den Ziegelwerken Werkzeug gestohlen. Wie sie dann weitergezogen sind, haben sie den Emil einfach dalassen. Und seither schläft der Depp im Stall bei den Ponys. Den Sascha stört er nicht. Der sagt, dass seine Viecher ruhiger sind, wenn der Emil bei ihnen ist.«

»Das ist eine alte Weisheit. Jeder weiß, dass die Deppaten mit die Viecher gut können. Der Emil füttert und striegelt die Ponys, und im Gegenzug darf er im Stall schlafen. Das ist nur gerecht so.«

»Und der Sascha hat einen billigen Stallknecht. Der ist nicht bled.« Der Wirt lachte.

»Genau wie du, Carel. Du lasst den Emil ja auch für dich arbeiten und zahlst ihm nix.«

»Der kriegt von mir jeden Tag a Mittagessen«, verteidigte sich Carel Prohaska mit donnernder Stimme.

»Ich frag mich, was noch alles passieren wird«, raunte Herr Damian. »Zuerst die Leiche unterm Musikpavillon, jetzt der Alex. Kommt da noch was? Nati? Wird es noch mehr Unglück geben?« Ängstlich sah der Gewichtheber seine Partnerin an.

Sie tätschelte ihm beruhigend den mächtigen Oberarm. »Soll ich die Geister befragen?«

»Ja, bitte!« Die Köchin Jana Benesch war aus der Küche in den Garten getreten. Sie hatte eine fleckige Schürze umgebunden und ein ebenso schmutziges Kopftuch auf. Müde setzte sie sich zu den anderen an den Tisch. »Ich will wissen, was noch auf uns zukommt. Sag uns, wer den Alex erschlagen hat und warum.«

Frau Natalia sah fragend in die Runde. »Wollt ihr das alle?«

»Ja, red mit die Geister«, forderte nun auch der Wirt.

»Was, wenn die Antworten nicht allen gefallen? Die Geister sind schonungslos ehrlich. Vielleicht wird ein weiterer Tod angekündigt?« Frau Natalia klang dramatisch.

»Jetzt seids keine Hosenscheißer«, schimpfte Carel Prohaska ungehalten.

»Sagt mir hinterher nicht, dass ihr es lieber nicht gehört hättet. Ich kann die Geister nicht beeinflussen. Was sie uns mitteilen wollen, werden sie los.«

»Fang endlich an«, forderte der Wirt.

Frau Natalia schloss die Augen und breitete die zu kurz geratenen Arme weit aus. Leise summte sie, während sie den Oberkörper sachte vor und zurück bewegte. Ihr üppiger Busen wippte dabei, ihr Doppelkinn wackelte. Alle Augen waren auf die Wahrsagerin gerichtet. Auch Ernestine und Anton konnten sich der fesselnden Wirkung nicht entziehen.

»Ich sehe Unheil«, raunte die kleinwüchsige Frau. Ihre Stimme klang unnatürlich, blechern, so als käme sie aus einer Dose unter ihrem lila Kleid und nicht aus ihrem Mund. »Großes Unheil«, wiederholte sie. »Es hat mit der Vergangenheit zu tun. Jemand kann nicht ruhen, weil ihm Unrecht widerfahren ist.«

Der Wirt schnappte nach Luft, während Herr Damian nervös mit den Fingern auf die Tischplatte trommelte. Die Köchin fasste nach seiner Hand und hielt sie fest, um das Klopfen zu verhindern.

Als es wieder still war, sprach Frau Natalia weiter. »Erst wenn das Unrecht gesühnt wurde, kann wieder Frieden einkehren. Davor wird es noch weitere Tote geben.«

»Aufhören!« Der Hutschenschleuderer schlug mit der Faust so fest auf die Tischplatte, dass die Gläser klirrten. Augenblicklich riss Frau Natalia die Augen auf. Sie blinzelte benommen. Es wirkte, als wäre sie eben aus einer Trance erwacht. »Ich will nichts mehr hören!«, schimpfte Milan Benesch. »Das ist alles Unfug. Das blöde Gerede macht mir Angst.«

»Es ist kein blödes Gerede«, empörte sich Frau Natalia. »Es ist die Wahrheit. Eine Warnung der Geister. Sie sprechen aus der Anderswelt zu mir. Die Geister kennen unsere Zukunft. Wir können uns nicht dagegen wehren.«

»Ich hab genug davon! Und ob ich mich wehren kann. Ich pfeif auf den Schas.« Benesch stand auf, legte ein paar Münzen auf den Tisch und stapfte verärgert davon.

»Ist wohl ein bisserl zartbesaitet, unser Milan«, sagte Carel Prohaska.

»Der Milan hat den Alex gern mögen«, meinte Herr Damian. »Sein Tod nimmt ihn mit.«

»Genau wie uns alle«, sagte Jana Benesch. Sie stand auch auf. »Irgendwer sollte nach dem Emil schauen. Der Junge ist bestimmt völlig durch den Wind.«

»Wenn Sie wollen, sehe ich nach ihm«, bot Ernestine sich an.

»Sie kennen den Emil doch gar nicht?«, entgegnete Jana Benesch verwundert.

»Das macht doch nichts«, sagte Ernestine. »Um Trost zu spenden, muss man sein Gegenüber nicht gut kennen.«

Die Köchin schien kurz nachzudenken, schließlich sagte sie: »Wenn Sie sich so drum reißen, dann schauen S' nach dem Deppen. Mir soll's recht sein. I weiß mir mit meiner Zeit was Besseres anzufangen.«

»Am Nachmittag hat einer von den Bauern in Simmering eine Sau abgestochen. Er bringt das Fett vorbei. Dann weißt gleich, was du heut noch tun wirst«, sagte der Wirt, an die Köchin gerichtet. »Am Wochenende gibt's wieder einmal Grammelknödel auf der Speisekarte.«

»Das klingt köstlich!« Anton meldete sich zu Wort. »Ich hätte da eine große Bitte.« Er wandte sich an Jana Benesch. »Würden Sie mir Ihr Rezept für die Powidltascherl verraten? Sie sind mit Abstand die besten, die ich je gegessen habe.«

»Wirklich?« Die Wangen der Köchin liefen rot an.

»Ja, unbedingt«, versicherte Anton.

»Ich bin grad dabei, welche zu machen. Wolln S' zuschauen?«

Sofort stand Anton auf. »Nichts würde ich lieber tun.«

»Na, dann kommen S' mit!« Sie winkte ihn zu sich. Anton schaute zu Ernestine.

»Geh nur«, sagte sie. »Ich spaziere zum Ponystall.«

»Aber seien S' vorsichtig«, riet Carel Prohaska. »Vielleicht war es am Ende ja doch der Emil, der den Alex erschlagen hat. In seinem Kopf stimmt was nicht. Das kann a jeder sehen. Der Emil war immer komisch. A Zigeunerkind eben.«

»Wir sind alle komisch«, sagte Frau Natalia. »Sonst wären wir ja nicht hier. Das ist das Gute am Böhmischen Prater. Da kriegen alle ihren Platz.«

»Alle, aber die Mörder ned!«, widersprach Carel Prohaska.

»Emil ist kein Mörder«, sagte Frau Natalia überzeugt.

»Das wissen wir nicht! Und solange die Polizei den Mörder nicht gfunden hat, ist es besser, wenn wir vorsichtig sind.« Der Wirt erhob sich schwerfällig. Mit ihm löste sich die Runde auf. Nach und nach kehrten auch die anderen wieder zu ihrer Arbeit zurück.

Ernestine ging über die Wiese zur Pferdekoppel am Rand des Vergnügungsparks. Herr Sascha, der Besitzer der Ponys, saß in einem Liegestuhl in der Sonne und flickte eine bunte Satteldecke. Er war um die sechzig, hatte einen Kugelbauch und einen eisgrauen Vollbart. Zu Weihnachten hätte er einen überzeugenden heiligen Nikolaus abgegeben.

»Heute ist Ruhetag«, sagte er zu Ernestine. Er runzelte die braun gebrannte Stirn. »Wobei ich mir nicht vorstellen kann, dass Sie gekommen sind, um eine Runde zu reiten. Oder etwa doch?«

»Nein, danke!« Ernestine lachte. »Ich suche Emil.«

»Den Schwachkopf?«

»Im Böhmischen Biergartl macht man sich Sorgen um ihn. Der überraschende Tod von Alexander Koller hat ihm wohl sehr zugesetzt.«

»Seit wann macht sich der Prohaska um andere Sorgen? Der Mann kümmert sich sonst doch immer nur um sich selbst. Der geht über Leichen, wenn es sein muss.« Herr Sascha legte die Decke zur Seite und richtete sich auf. Hinter ihm stand ein bunter Wohnwagen aus Holz. Das war wohl sein Zuhause. »Der Emil ist schon eine ganze Weile im Stall. Er hat die Ponys gestriegelt und dann gefüttert. Eigentlich hätte er mit mir Kaffee trinken wollen. Aber bis jetzt ist er nicht wieder aufgetaucht.« Er kratzte sich die Stirn. »Das ist aber nicht ungewöhnlich. Der Bursche vergisst ständig die Hälfte von dem, was man ihm sagt. Nur wenn es um die Ponys geht, da ist er verlässlich. Die Viecher sind sein Ein und Alles.«

Ernestine sah sich um. Ob der Bretterverschlag hinter dem Wohnwagen der Stall war? Sie konnte sich vorstellen, dass man im Sommer dort schlief. Aber im Winter? Wenn es schneite und nachts fror? So als könnte er ihre Gedanken lesen, sagte Herr Sascha: »Niemand zwingt den Emil, dass er bei den Ponys schläft. Der macht das ganz freiwillig. Es ist ihm auch nie kalt. Weil er ganz nah bei den Viechern liegt und sich eine Decke mit ihnen teilt. Der ist nicht ganz klar im Oberstübchen. Aber das stört meine Ponys nicht. Die mögen ihn. Und solange er sie ordentlich striegelt und füttert, soll es mir recht sein, wenn er im Stall wohnt. Es kostet mich nix.«

Ernestine fügte in Gedanken hinzu: Im Gegenteil. Der Bursche ist eine billige Arbeitskraft. Laut sagte sie: »Darf ich in den Stall schauen?«

»Nur zu.« Herr Sascha winkte sie weiter. »Sagen Sie dem Emil, dass ich den Kaffee allein trinke, wenn er nicht kommt.«

Ernestine ging auf den Bretterverschlag zu. Statt einer Tür lagen zwei Holzlatten quer auf einem Sockel. Sie hob sie hoch und kletterte durch. Es dauerte eine Weile, bis ihre Augen sich an das Halbdunkel gewöhnten. Es roch nach frischem Heu, Stroh und Pferden. Eines der Tiere schnaubte leise. Alle drei standen dicht beisammen und·dösten vor sich hin.

»Hallo, Emil? Sind Sie hier?«

Ernestine sah sich suchend um. In einer Ecke lagen zwei sorgfältig zusammengefaltete Decken. Daneben stand eine kleine Holzkiste. Die Habseligkeiten von Emil. Das hier war seine Schlafstätte. An der Rückwand des Verschlags hingen Sättel, hinter einer niedrigen Holztür befand sich frisches Heu. Ernestine konnte niemanden entdecken. Schon wollte sie wieder gehen, als sie ein Rascheln vernahm. Es kam von den Ponys. Sie blinzelte und erkannte Füße neben den Hufen.

»Servus, Emil«, sagte sie freundlich. »Die Köchin vom Böhmischen Biergartl hat mich hergeschickt, damit ich nach Ihnen sehe. Man macht sich Sorgen um Sie. Geht es Ihnen gut?«

Langsam schob eine Hand das braune Pony zur Seite. Gefügig trat das Tier aus dem Weg. Der junge Mann, den Ernestine vom Sonntag im Böhmischen Biergartl kannte, machte einen Schritt vorwärts. Sein Haar war zerzaust. Es stand ihm borstig vom Kopf ab, ein paar Strohhalme steckten darin. Seine schräg stehenden Augen waren rot unterlaufen und verweint. Immer noch schniefte der Bursche. Mit dem Handrücken wischte er sich über die Nase. Sein Mund stand offen, die zu breite Zunge hing ein Stück weit heraus. Wegen seiner Behinderung fiel es Ernestine schwer, sein wahres Alter zu schätzen. War er zwanzig? Oder schon älter?

»Alesch ist tot.« Er sprach verwaschen und undeutlich. Seine Worte waren kaum zu verstehen.

»Ich weiß«, sagte Ernestine. »Haben Sie seinen Leichnam gesehen?«

Der Mann nickte. Seine Augen füllten sich mit Tränen. Er zitterte. Hatte der Wirt nicht gesagt, eine Arbeiterin aus der Brotfabrik hätte die Leiche gefunden?

»Wann haben Sie ihn gesehen?«, fragte sie möglichst sanft. Sie wollte den Mann nicht noch weiter verunsichern. »Heute Morgen?«

»Am Abend. Es war finster. Ich wollte frisches Gras für die Ponys holen. Bei den Weingärten gibt's eine Stelle, da ist es besonders zart. Das mögen die Ponys.«

»Und da haben Sie Alexander Koller gefunden?«

Er nickte traurig.

»Warum haben Sie niemandem Bescheid gegeben?«

»Ich hab's den Ponys gesagt.«

»Die Ponys konnten keine Hilfe holen.«

»Der Alesch hat keine Hilfe mehr gebraucht. Der war tot.« Die Logik des Mannes war ungewöhnlich, aber in sich schlüssig.

»Haben Sie außer den Ponys irgendjemandem von dem Toten erzählt?«

»Hätte ich das tun sollen?« Er duckte sich, so als würde er Schläge befürchten. Sorgenvoll sah der Bursche Ernestine an und zog dabei die Schultern hoch. Sein ohnehin kurzer Hals verschwand fast vollständig.

»Es ist ungewöhnlich, dass man über eine Leiche stolpert und mit keinem Menschen darüber spricht.«

»Ich hab davor noch nie einen Toten gefunden«, erklärte Emil. »Niemand hat mir gesagt, was man da machen muss.«

»Wie spät war es, als Sie ihn gefunden haben?«

»Es war schon finster.«

»Nachdem Sie Alexander Koller gefunden haben, sind Sie zurück zum Stall gelaufen und haben sich schlafen gelegt?« Die Geschichte klang unglaubwürdig. Gleichzeitig konnte Ernestine sich nicht vorstellen, dass der einfältige Mann sie anlog. Dazu schien er gar nicht in der Lage zu sein. Sein Hirn arbeitete ohne Hinterhalt oder Tricks.

»Ich hab den Ponys das Gras gebracht und sie gefüttert. Dann hab ich mich hingelegt.« Er machte eine Pause. »Aber ich hab nicht schlafen können. Ich hab immer das Bild vom Alesch vor mir gehabt. Der ist jetzt tot. Er war mein Freund.«

»Haben Sie gesehen, wer Alexander Koller umgebracht hat? War jemand am Tatort?«

»Ich war dort.«

»Außer Ihnen?«

Emil schüttelte den Kopf. »Der Alesch ist tot«, wiederholte er heiser.

»Haben Sie eine Idee, warum man ihn umgebracht hat? Hatte Herr Koller Feinde? Hat er sich vor etwas gefürchtet?«

»Er ist tot. Im Kopf war ein Loch.« Die Schultern des Mannes bebten. Er zitterte. Eines der Ponys stupste liebevoll den Kopf an seinen Oberarm. So als wollte es ihn trösten. Gedankenversunken strich Emil über das Fell.

»Haben Sie viel Zeit mit Alexander Koller verbracht?«

»Er war mein Freund.«

»Aber er hat auch mit Ihnen geschimpft. Die anderen haben einen Streit gehört. Angeblich haben Sie seine Knödel gegessen.«

Tränen traten in Emils schräg stehende Augen. »Das wollte ich nicht. Ich hab gesagt, dass mir das leidtut. Ich hätte ihm nie was weggegessen. Das schwöre ich.«

»Hat Herr Koller Sie geschlagen?«

»Der Alesch war immer gut zu mir. Der hat mich nie ghaut.«

»Worüber haben Sie sich mit Ihrem Freund unterhalten?«

»Er hat mir die Buchstaben beigebracht«, sagte Emil. Dabei hellte sich sein Gesicht auf. Er klang stolz. »Ich kann meinen Namen lesen.«

»Das ist großartig«, lobte Ernestine.

»Mehr nicht. Aber ich kenne das E, das M, das I und das L.« Er schaute auf seine Schuhspitzen. Sie waren dreckig, genau wie seine Kleidung. Ernestine fragte sich, ob er sie jemals wusch. Ein strenger Geruch nach Stall haftete ihm an.

»Jetzt ist Alesch tot. Er wird mir nix mehr beibringen.«

»Wenn Sie lernen wollen, wird sich jemand anderer finden, der Sie unterrichtet. Da bin ich mir sicher.«

Emil schien nicht daran zu glauben.

»Als Sie Ihren toten Freund gefunden haben, haben Sie da irgendetwas angefasst? Den Leichnam berührt?«

Emils Körperhaltung erstarrte. Offenbar gab es etwas, was er bis jetzt verheimlicht hatte. Geduldig wartete Ernestine. Als sie schon dachte, er würde nicht mehr antworten, fasste er in seine Hosentasche und holte etwas hervor. Er streckte seinen Arm aus. Langsam öffnete er die kurzen, dicken Finger. Ein Perlmuttknopf kam zum Vorschein. Ernestine kannte ihn. Sie hatte ihn schon einmal gesehen. Alexander Koller hatte ihn gefunden. Mit großer Wahrscheinlichkeit gehörte er zu dem Kleid der Toten.

»Hatte Alexander Koller den Knopf bei sich?«, fragte Ernestine.

Emil nickte.

»Hielt er ihn in der Hand?« Die Vorstellung, dass Emil einem Toten etwas aus den Fingern genommen hatte, erschreckte sie. Doch der Bursche schüttelte den Kopf.

»Der ist neben ihm gelegen.« Er steckte den Knopf wieder in die Hosentasche ein. Dann wandte er sich von Ernestine ab. Er ging zur Stallrückseite, holte eine Bürste und fing an, das größte der drei Ponys zu striegeln. Egal, wie sehr Ernestine sich auch bemühte, er würde nicht mehr mit ihr reden. Das Gespräch war für ihn beendet. Dabei hätte Ernestine so viele Fragen gehabt, auf die sie sich von Emil eine Antwort wünschte. Außerdem hätte sie ihm gerne den Knopf abgenommen. Aber sie wusste, dass Emil den Schatz nicht hergab.

Anton notierte Schritt für Schritt, wie Jana Benesch den Teig für ihre Powidltascherl zubereitete.

»Seltsam«, murmelte er. »Ich habe nichts anders gemacht.«

»Manchmal sind die Erdäpfel zu wassrig«, meinte Jana Benesch.

»Möglich, dass das der Grund war«, sagte Anton. »Haben Sie auf alle Fälle vielen Dank für diese lehrreiche Lektion. Sie haben mir sehr geholfen. Und wenn meine Tascherl nur halb so gut werden, dann bin ich schon sehr zufrieden. Sie sind bestimmt die geschickteste böhmische Köchin, die ich bisher kennengelernt habe.«

Jana Benesch errötete und lachte. »Da sind Sie nicht der Erste, der das sagt.«

»Das kann ich mir gut vorstellen.«

»Vor ein paar Jahren hat mir Otto Henkel ein Angebot gemacht. Er wollte, dass ich im Ziegelschlösschen arbeite.« Jana Benesch bestäubte die ausgestochenen Tascherl mit Mehl. »Hätte mir einen Haufen Geld bezahlt, der Herr Henkel.«

»Und warum haben Sie nicht angenommen?«, wollte Anton wissen. Er stellte sich vor, dass eine Anstellung im Hause Henkel angenehmer war, als in einem einfachen Gasthaus für wenig Lohn zu schuften.

Abwehrend hob die Köchin beide Hände. »Nie und nimmer will ich dort kochen«, sagte sie. »Jeder weiß, dass es in dem Haus spukt.«

»Wie bitte?«, fragte Anton. »Sie glauben, dass dort Geister unterwegs sind?«

»Einer mit Sicherheit«, erwiderte Jana Benesch überzeugt.

Anton wusste nicht, was er darauf antworten sollte, und so fuhr die Köchin fort: »Der tote Sohn der Familie. Richard hat er geheißen, der ist im Weinkeller erstickt. Seither geistert er durchs Haus. Fragen Sie die Nati, die wird Ihnen das bestätigen.«

»Die Wahrsagerin glaubt, mit allen Toten kommunizieren zu können«, entgegnete Anton zweifelnd.

»Dass der Geist vom toten Richard Henkel noch im Haus ist, glaubt nicht nur die Nati«, widersprach Jana Benesch. »Das weiß auch der Rest der Familie. Seit der Richard Henkel dort im Keller verreckt ist, geht niemand mehr hinunter. Die haben den ganzen Weinkeller einfach abgesperrt und nimmer betreten. Angeblich lagern dort noch Fässer mit gutem Wein, den niemand jemals trinken wird.«

»Woran ist der junge Mann denn erstickt?«, wollte Anton wissen. »Das klingt nach einer schrecklichen Geschichte.«

»Ja, das war schiarch«, bestätigte Jana Benesch. »Der Richard Henkel wollte keine Ziegel brennen. Der hat von einem richtig guten Wein geträumt, und den hat er auch gekeltert. Leider war er selbst sein bester Abnehmer. An einem Abend soll er so viel gesoffen haben, dass er eingeschlafen und im Schlaf an seiner Speibe erstickt ist. Darauf haben die Henkels den Keller abgesperrt und nimmer betreten.« Jana Benesch stellte einen Topf mit Wasser auf den Herd. »Würde ich auch nicht tun. Aber wenn ich so viel Geld hätte wie die Henkels, wäre ich weggezogen. Wer will schon an dem Ort leben, wo das eigene Kind im Keller erstickt ist?«

Anton schüttelte sich bei dem Gedanken. »Das ist wirklich eine schreckliche Geschichte«, stimmte er der Köchin zu.

»Deshalb koch ich lieber hier meine Powidltascherl«, sagte Jana Benesch und breitete die Arme aus. »Da gehör ich her. Mein Bub ist nicht der Hellste im Kopf, das weiß ich, aber er ist gesund und am Leben. Er schleudert die Hutschen mit die Gäste jeden Sonntag so hoch in die Luft, dass die Leute vor Freude juchzen. Um in seiner Nähe zu bleiben, nehme ich ein paar Schimpfereien vom Carel gerne in Kauf. Und der tote Henkelbub soll allein durch das Schloss geistern. Ich werde ihm keine Gesellschaft leisten.«

Auch wenn Anton nicht an die Existenz von Geistern glaubte, so war die Vorstellung, dass ein Teil eines Hauses verriegelt war, weil dort jemand ums Leben gekommen war, doch gruselig.

Laut sagte er: »Ich kann verstehen, dass Sie in der Nähe Ihres Sohnes bleiben wollen. Ich bin selbst Vater und Groß-vater.«

»Für meinen Buben würde ich alles tun«, fügte Jana Benesch hinzu. »Wirklich alles.«

Obwohl Anton für Heide und Rosa ähnlich empfand, lösten die Worte ein gewisses Unbehagen bei ihm aus. Vielleicht war es die Drohung, die darin mitschwang, die dafür verant-wortlich war.

ZEHN

Bei der Heimfahrt erzählte Anton Ernestine von dem Gespräch mit Jana Benesch, während Ernestine ihm von ihrer Unterhaltung mit Emil berichtete. Nach ihrer Ankunft mit der Tramway 52 bei der Haltestelle Ecke Mariahilfer Straße / Kirchengasse trennten sie sich. Ernestine ging noch rasch zum Bäcker, Anton spazierte nach Hause. Als Ernestine mit frischem Brot die Apotheke erreichte, kam Erich ihr entgegen. Noch bevor er sie begrüßen konnte, überfiel sie ihn mit Vorwürfen.

»Warum hast du uns nichts vom toten Obdachlosen erzählt? Am Laaer Berg wurde jemand auf offener Straße mit einer Schaufel erschlagen, und Anton und ich müssen durch Zufall davon erfahren.«

Erichs Schuhe waren voller Erde, weshalb er sie vor der Tür abstellte. Er hatte den ganzen Nachmittag im Weingarten verbracht und bisher keine Zeit gefunden, sie zu säubern. »Ich wusste nicht, dass ihr über jedes Verbrechen, das in Wien passiert, informiert werden wollt«, brummte er müde. Offenbar war Ernestines Begrüßung gar nicht nach seinem Geschmack.

»Es geht nicht um jedes Verbrechen, sondern um einen Mord an einem Mann, den wir am Wochenende kennengelernt haben«, fuhr sie unbeirrt fort.

»Hätte ich riechen sollen, dass ihr den Mann kennt?« Es war nicht das erste Mal, dass Ernestine und er ein Gespräch dieser Art führten. Im Grunde wiederholte es sich bei jedem kniffeligen Kriminalfall, in den Ernestine sich einmischte. Immer wieder steckte sie ihre neugierige Nase in Dinge, die sie und Anton regelmäßig in Gefahr brachten.

»Alexander Koller war ein Mann, der nichts besaß«, sagte Ernestine. »Bei ihm war materiell nichts zu holen. Wer ihn umgebracht hat, muss an etwas anderem interessiert gewesen sein.«

»Mit dieser Frage werden meine Kollegen und ich uns beschäftigen.« Erich betonte die Worte »meine Kollegen und ich«. Damit dieser Wink wirklich ankam, fügte er hinzu: »Es ist kein Fall für pensionierte Lateinlehrerinnen und Apotheker im Ruhestand.«

Er ging ins Wohnzimmer, wo Rosa und Anton gemeinsam in einem Lehnsessel saßen. Anton las seiner Enkeltochter aus »Durchs wilde Kurdistan« von Karl May vor, dessen Geschichten Rosa im Sommerurlaub entdeckt hatte. Seither verschlang sie die Bücher. Am allerliebsten war es ihr jedoch, wenn Anton ihr vorlas. Und da er die Abenteuergeschichten des deutschen Schriftstellers selbst gerne mochte, waren die Vorlesestunden zu einem beliebten Ritual zwischen Anton und seiner Enkeltochter geworden.

Als Erich und Ernestine ins Zimmer kamen, hatte Anton gerade ein Kapitel beendet. Rosa sprang auf. »Ich laufe vor dem Abendessen noch rasch zu Fritzi«, erklärte sie. »Wir haben unseren ersten Kriminalfall zu lösen.«

»Tatsächlich? Das klingt aufregend. Worum geht es?«, wollte Anton wissen.

»Die Stifte vom Günther Pfeifer sind verschwunden. Er hat letzte Woche zum zweiten Mal neue von seiner Mama bekommen, und jetzt sind zwei davon schon wieder weg. Ausgerechnet Rot und Grün. Die Farben brauchen wir in der Schule am öftesten.«

»Das ist wirklich ärgerlich«, stimmte Anton zu. »Da freut er sich bestimmt, wenn ihr ihm helfen könnt, sie wiederzufinden.«

»Wenn wir den Fall lösen, kriegen wir jeder einen Schokoriegel. Ich will den mit der orangen Schleife, Fritzi einen blauen.«

»Das klingt gerecht«, meinte Anton.

»Zuerst wollte er uns bloß ein Himbeerbonbon geben.

Fritzi wäre einverstanden gewesen, aber ich habe nachverhandelt«, erzählte Rosa stolz.

»Gut gemacht!« Anton lächelte. »Jetzt müsst ihr die Stifte nur noch finden. Günther kann sie überall verloren haben.«

»Sie wurden nicht verloren«, widersprach Rosa ernst. »Es ist ein Kriminalfall. Fritzi und ich haben eine Detektei gegründet. Die Stifte wurden gestohlen.«

Besorgt zog Anton die Augenbrauen hoch. »Bevor ihr jemanden des Diebstahls beschuldigt, solltet ihr alle anderen Möglichkeiten durchgehen. Eine falsche Behauptung würde man euch rasch sehr übel nehmen.«

Rosa schüttelte ernst den Kopf. »Natürlich tun wir das nicht. Wir gehen professionell vor!« Um zu zeigen, wie ernst sie ihre Aufgabe nahmen, fasste sie in ihre Rocktasche und zog das Notizheft heraus, das sie beim letzten Mal schon erwähnt hatte. Es war bereits verknittert und hatte Eselsohren. »Hier schreiben wir alles auf, was wichtig ist.« Dann sauste sie los.

»In einer Stunde gibt's Abendessen«, rief Anton ihr hinterher. »Wenn Fritzi will, kann er mit uns essen.«

»Ich frag ihn!« Und schon war Rosa bei der Tür draußen.

Anton schlug das Buch zu, legte es zur Seite und schaute auf die Pendeluhr an der Wand. »Heide ist immer noch in der Apotheke«, meinte er besorgt. »Ich werde nach ihr sehen. Vielleicht braucht sie Hilfe. Das Abendessen ist schon fertig. Das muss nur noch gewärmt werden.«

»Eine gute Idee«, meinte Erich. »Vielleicht sollte ich auch nach ihr sehen.«

»Erich, bitte weich mir nicht aus!« Ernestine hielt ihn am Ärmel fest. »Ich würde mich wirklich sehr gerne mit dir über den toten Landstreicher unterhalten. Es gibt da etwas, das ich dir erzählen möchte. Es könnte von Wichtigkeit sein.«

»Du hast also schon wieder herumgeschnüffelt?« Erich seufzte laut.

»Herumschnüffeln klingt sehr abwertend«, wehrte sich Ernestine. »Es war purer Zufall, dass ich etwas erfahren habe.«

»So wie immer.« Erich ging zum Tisch und setzte sich. Ernestine folgte ihm wie sein Schatten.

»Ihr braucht mich ja nicht mehr«, meinte Anton. »Ich bin dann in der Apotheke.« Noch bevor einer der beiden widersprechen konnte, verließ er die Wohnung.

Kaum dass er weg war, setzte Ernestine die Unterhaltung fort, der Erich nur allzu gern entkommen wäre.

»Ist es nicht seltsam, dass kurz nachdem eine Leiche im Böhmischen Prater gefunden wurde, ein besitzloser Obdachloser brutal erschlagen wird? Der Zusammenhang ist offensichtlich.«

»Zum jetzigen Zeitpunkt können wir das nicht bestätigen. Wir stehen erst ganz am Anfang der Ermittlungen. Was willst du mir denn mitteilen?« Erich gab sich geschlagen.

»Der Mord an Alexander Koller war eine geplante Tat. Kein zufälliger Mord und keine Handlung im Affekt«, war Ernestine überzeugt.

»Und wie kommst du zu dem Schluss?«

»Niemand läuft mit einer schweren Schaufel in der Tasche abends durch die Weingärten«, sagte Ernestine.

»Was macht dich so sicher, dass der Mann am Abend erschlagen wurde? Es kann genauso gut nachts oder in den Morgenstunden passiert sein. Noch haben wir keine Ergebnisse der Obduktion.«

Ernestine erzählte Erich von ihrer Unterhaltung mit Emil.

»Der geistig behinderte Bursche hat den Toten am Abend schon gefunden und niemanden benachrichtigt?«, fragte Erich fassungslos. »Das ändert natürlich vieles.«

»Wie du eben richtig festgestellt hast, ist Emil behindert. Sein Kopf arbeitet langsamer und nach einer eigenen Logik. Für ihn war klar, dass sein Freund tot war, weshalb er nichts mehr für ihn tun konnte. Er hat ihn liegen lassen und ist zurück zu den Ponys gegangen.«

»Es erscheint mir trotzdem sehr seltsam«, meinte Erich. »Ich werde mich mit dem Burschen unterhalten müssen.«

»Wusstest du, dass Alexander Koller vor dem Krieg in einer Bank gearbeitet hat? Er war Sekretär. Als er aus dem Krieg zurückkehrte, war die Bank pleite. Der Mann war gebildet.«

»Ja, das haben wir bereits herausgefunden«, bestätigte Erich. »Er gehört zu den zahlreichen Verlierern der letzten Jahre. Im Krieg hat er seine Lebensfreude, seine Gesundheit und jede Hoffnung verloren, danach seine Arbeit, seine Wohnung und seine Frau. Sie ist ihm davongelaufen und hat sich einen Mann gesucht, der Geld verdiente. Außer der Kleidung, die er am Leib trug, besaß er nichts mehr.«

»Was heißt, er hat seine Gesundheit verloren? War Koller etwa krank?«

»Syphilis. Er wusste, dass seine Jahre gezählt waren. In seinem Ausweis steckte ein Arztbrief. Die Diagnose wurde schon im Krieg gestellt. Er scheint sich die Krankheit in einem Bordell in Rumänien als kleines Geschenk eingehandelt zu haben.«

»Wovon hat er gelebt?«, fragte Ernestine. »Hat er eine Invalidenpension bekommen?«

»Syphilis gilt nicht als Kriegsverletzung.«

»Aber irgendwie hat er sich über Wasser gehalten. Wie?«

»Gelegenheitsarbeiten«, sagte Erich. »Er hat im Böhmischen Prater immer wieder ausgeholfen. Hat hier und da was repariert oder beim Schreiben eines Briefes geholfen. Aufgrund seiner früheren Tätigkeit war er im Umgang mit der Sprache und mit Zahlen recht geschickt. Was man von vielen Bewohnern im Prater nicht behaupten kann. Ich glaube, dass einige weder lesen noch schreiben können.«

Ernestine steckte ihren Daumennagel in den Mund und wollte nachdenklich daran kauen, hielt sich dann aber selbst davon ab. Sie fasste in die Tasche ihres Kleides und holte eine kleine Dose mit Antons Pfefferminzbonbons heraus. Sie klappte den Deckel auf.

»Willst du ein Bonbon? Die Minze hilft beim Nachdenken.«

Bereitwillig griff Erich in die Dose. Ernestine steckte sich gleich zwei Bonbons in den Mund und schob je eines in jede Wange. Sie sah aus wie ein Goldhamster.

»Jemand, der anderen beim Schreiben von Briefen hilft, kennt möglicherweise Geheimnisse«, meinte sie nachdenklich. Trotz der Bonbons sprach sie deutlich, was jahrelanger Übung geschuldet war. Ernestines Verbrauch an Pfefferminze war enorm.

»Als Emil Alexander Koller gefunden hat, lag ein Knopf neben dem Toten.«

»Ja und?«

»Ich glaube, dass es ein Knopf vom Kleid der Leiche war, die Minna ausgegraben hat.«

»Mizzi Novotny? Du glaubst, dass er etwas über den Tod von Mizzi Novotny wusste?«

»Das wäre durchaus möglich. Meinst du nicht? Es kann kein Zufall sein, dass er so kurz nach dem Auftauchen der Leiche eines gewaltvollen Todes stirbt. Am Montag hat er noch damit geprahlt, dass er bald genug Geld haben werde, um seine Schulden zu bezahlen.«

»Du denkst an Erpressung?« Erich verschränkte die Arme vor der Brust.

»Es wäre möglich«, meinte Ernestine. »Ausschließen würde ich es auf keinen Fall.«

Sie schob beide Bonbons in die rechte Wange und trennte sie dann erneut. »Weiß man, woher die Schaufel stammt, mit der Koller erschlagen wurde?«

»Ja, sie ist aus der Ziegelfabrik. Am Griff befand sich ein H, das ist das Logo des Werks.«

»Das bedeutet, dass jemand zuvor die Schaufel dort gestohlen hat. Jemand, der im Werk arbeitet?«

Erich wiegte den Kopf. »Darüber habe ich auch schon nachgedacht«, gab er zu. »Tatsache ist, dass fast alle, die im Böhmischen Prater wohnen, irgendwann im Laufe ihres Lebens einmal in den Ziegelwerken gearbeitet haben. Die tote

Mizzi Novotny ebenso wie der Hutschenschleuderer Milan Benesch oder der Wirt Carel Prohaska. Sie alle haben irgendwann einmal Lehm geschaufelt und Ziegel gebrannt. Manche nur wenige Wochen lang, andere über viele Jahre. Nur die Wahrsagerin und der Gewichtheber waren nie dort. Sie und ihr seltsamer Partner – Herr Damian, der Mann hat keinen Nachnamen – waren früher mit dem fahrenden Volk unterwegs.«

»Das ist seltsam.« Erstaunt richtete Ernestine sich auf. »Frau Natalia hat sich kürzlich sehr negativ über Zigeuner geäußert.« Ernestine überlegte. »Oder hat sie gesagt, andere würden Zigeuner des Diebstahls beschuldigen? Sie hat auch von der Angst gesprochen, das fahrende Volk würde Kinder verschwinden lassen.«

»Vielleicht war es ihr peinlich, zuzugeben, dass sie selbst aus einer der Volksgruppen stammt«, überlegte Erich. »Sie trägt auffallend viel helle Schminke. Ich kann mir gut vorstellen, dass sie damit ihre wahre Hautfarbe verbergen will. Auch Herr Damian könnte Vorfahren haben, die in Wohnwägen durch Europa zogen. Diese Menschen sind nirgendwo willkommen und müssen ihr Leben lang mit Ablehnung und Vorurteilen kämpfen. Gut nachvollziehbar, dass sie ihre Herkunft verleugnen wollen, jetzt, da sie sich niedergelassen haben.«

»Frau Natalia behauptete, dass Emil einfach zurückgelassen wurde«, sagte Ernestine. »Ob sie selbst damit zu tun hatte?«

»Gut möglich.«

»Hast du schon etwas über die Tote in Erfahrung bringen können?« Nun lenkte Ernestine das Gespräch in eine andere Richtung. »Handelt es sich wirklich um Mizzi Novotny, wie alle behaupten?«

»Es schaut ganz so aus. Ihr Verschwinden und der Bau des Pavillons fallen in die gleiche Zeit. Sie könnte nachts gestolpert und in die Baugrube gefallen sein.«

»Sehr unwahrscheinlich, oder?«

»Ja und nein«, sagte Erich. »Der Mann, der den Pavillon aufgestellt hat, ist ein Säufer. Als er das Gelände notdürftig zudeckte, hat er die Leiche im Suff nicht bemerkt. Der Holzbau hat kein Fundament. Das Ding wäre irgendwann in den nächsten Jahren zusammengebrochen. Minna hat im Grunde allen einen Dienst erwiesen.«

»Sie ist eine kluge Hündin.«

Träge hob die Cockerspaniel-Dame ihren Kopf, wedelte zweimal mit dem Schwanz, blieb aber auf dem Teppich neben dem Sofa liegen.

»Weißt du schon mehr über Mizzi Novotny? Hat sie außer ihrem Sohn noch lebende Verwandte, enge Freunde?«

»Der Junge, Mihaelo, ist ihr Sohn. Genau wie du vermutet hast, ist er nirgendwo gemeldet und besucht auch keine Schule. Offiziell gibt es den Jungen gar nicht. Er ist eine Art Phantom. Ich habe bereits die Fürsorge eingeschaltet. Sie sollte sich in den nächsten Tagen um ihn kümmern.«

»Gibt es sonst noch jemanden, eine Schwester, einen Bruder, eine Tante – irgendwen?«

Erich schüttelte den Kopf. »Niemanden«, sagte er. »Mizzi Novotnys Vater hat sich, kurz nachdem er sein Gasthaus an Carel Prohaska überschrieben hatte, das Leben genommen. Er ist betrunken in die Donau gesprungen. Unterhalb von Hainburg hat man seine Leiche wieder herausgefischt.«

»Oh mein Gott. Ist das alles tragisch!«

»Da hast du recht, eine Wohlfühlgeschichte klingt anders«, gab Erich zu. »Mizzi Novotny galt als eine besondere Schönheit. Jeder, der sich an sie erinnert, schwärmt von ihrem Aussehen, lässt aber sonst kein gutes Haar an ihr. Die inneren Werte scheinen mit den äußeren nicht übereingestimmt zu haben. Sie hat sich nie um ihr eigenes Kind gekümmert und es schon kurz nach der Geburt Jana Benesch überlassen. Als sie 1919 spurlos verschwand, zweifelte niemand daran, dass sie den Buben einfach zurückgelassen hat. Er war ihr völlig egal.«

»Warum hat Jana Benesch den Buben aufgenommen?«

»Vielleicht glaubt sie, er wäre ihr Enkel. Milan Benesch hat Mizzi gemocht.«

»So wie ein Haufen anderer Männer auch«, sagte Ernestine. »Die Leute waren der Meinung, dass Mizzi Novotny mit einem reichen Verehrer weggegangen ist«, ergänzte sie. Sie erinnerte sich an die Worte der Köchin.

»Ja, das hat man mir auch gesagt. Aber kennengelernt hat den großen Unbekannten nie jemand«, sagte Erich. »Es gibt eine Menge Gerüchte über ihre Liebhaber, aber keine konkreten Namen. Die einen reden von einem schönen Schauspieler, die anderen von einem reichen Bankier. Wenn du mich fragst, das alles klingt wie ein Märchen, das man sich zur Unterhaltung abends beim Lagerfeuer erzählt. Vielleicht hat auch Mizzi Novotny selbst die Gerüchte in die Welt gesetzt, um sich interessanter zu machen? Es würde zu dem Bild passen, das die Leute von ihr zeichnen.« Erich verschränkte die Arme vor der Brust. »Wenn Milan Benesch der Vater des Kindes ist, wie seine Mutter glaubt, warum hat Mizzi dann seinen Namen nicht genannt? In einer Gemeinschaft wie im Böhmischen Prater hätte er Verantwortung übernehmen müssen und es wahrscheinlich auch getan.«

»Vielleicht wollte sie gar nicht, dass er das tut. Oder nein …« Ernestine schaute nachdenklich drein. »Das kann nicht sein«, sagte sie. »Von Jana Benesch hat sie Hilfe von Anfang an eingefordert und angenommen.«

»Ob sie Frau Benesch bloß ausgenutzt hat? Sie hat die alte Frau in dem Glauben gelassen, dass Mihaelo ihr Enkel ist, in Wirklichkeit war der Bub von wem anderen?«

»Das kann schon sein«, sagte Ernestine. »Auf alle Fälle muss sie Carel Prohaska gehasst haben. Der Wirt hat sie um ihren Besitz gebracht und war dann wohl auch noch für den Tod ihres Vaters mitverantwortlich.«

»Das ist wirklich böse«, stimmte Erich zu. »Wobei ich zugeben muss, dass man mir die Geschichte deutlich harmloser erzählt hat. Ich habe bloß erfahren, dass das Wirtshaus früher im Besitz von Fräulein Novotnys Vater gewesen war.« Erich strich sich nachdenklich übers Kinn. »Ich denke, dass eine gewisse Skrupellosigkeit zum Alltag im Böhmischen Prater dazugehört. Sieh dir die Menschen an, die dort wohnen. Es sind Gestrandete, vom Leben betrogen. Viele von ihnen nehmen es mit der Wahrheit nicht so genau und scheuen auch vor kleinen Lügen nicht zurück. Frau Natalia verdient ihren Unterhalt, indem sie Menschen erfundene Geschichten auftischt.«

»Wahrsagerinnen gibt es nicht nur im Böhmischen Prater«, entgegnete Ernestine. »Ich glaube, dass die Menschen dort nicht unehrlicher oder schlechter sind als überall sonst auch. Sie haben bloß eine seltsame Vorstellung davon, was richtig ist. Jana Benesch glaubt, Mihaelo etwas Gutes zu tun, indem sie ihn in der Küche mitarbeiten lässt, anstatt dafür zu sorgen, dass er in die Schule geht. Und der schwachsinnige Emil wird von allen schamlos ausgenutzt.«

»Nächstenliebe schaut in meinen Augen anders aus. Wobei ich fürchte, dass jemand wie Emil es auch in einer anderen Umgebung schwer hätte.«

»Da gebe ich dir recht«, sagte Ernestine und kehrte mit ihren Gedanken zur Schaufel zurück. »Lass uns noch einmal über die Mordwaffe reden«, schlug sie vor. »Das Werksgelände der Ziegelfabrik ist von einer hohen Mauer umgeben. Da erscheint es mir nicht so einfach, eine Schaufel unbemerkt mitzunehmen. Bestimmt liegt das Werkzeug nicht bloß herum. Es wird Geräteschuppen geben, wo Schaufel und Spaten gelagert werden. Denkst du nicht, dass ein Verlust aufgefallen wäre?«

»Die Schaufelfrage lässt dich nicht los. Ich werde mich erkundigen«, versprach Erich. »Wobei ich wenig Hoffnung habe. Im Grunde kann die Schaufel schon vor Jahren vom Firmengelände verschwunden sein. Hat die Wahrsagerin nicht behauptet, die Zigeuner hätten Werkzeug gestohlen? Wenn die Gegenstände in einem der Wohnwägen oder in einer Holzbaracke im Böhmischen Prater liegen, fällt das niemandem auf. Wer schaut schon auf ein H auf einem Schaufelgriff? Und selbst wenn man das H sieht – ich glaube nicht, dass es jemanden scheren würde.«

»Nachfragen schadet trotzdem nicht«, meinte Ernestine.

»Es steht auf meiner Liste«, versprach Erich. Eine Weile schwiegen beide. Erich rang sichtlich nach Worten, schließlich fing er unbehaglich an: »Ich weiß den Gedankenaustausch mit dir wirklich zu schätzen. Aber …«

»Aber du willst nicht, dass ich mich in laufende Ermittlungen einmische«, ergänzte sie.

»Bitte versteh mich, es ist zu deinem Besten. Ich könnte mir niemals verzeihen, wenn dir oder Anton etwas zustößt. Im Böhmischen Prater läuft ein Mörder herum, und solange wir ihn nicht gefasst haben, ist das ein gefährlicher Ort.«

»Ich habe Rosa versprochen, dass wir am Wochenende noch einmal mit ihr einen Ausflug dorthin machen«, gestand Ernestine vorsichtig.

Erich raufte sich das rotblonde Haar. »Warum?«

»Sie ist ganz vernarrt in die Ponys und freut sich auf die Tiere«, sagte Ernestine entschuldigend. »Wir versprechen auch, dass wir ganz vorsichtig sind und Rosa nicht aus den Augen lassen. – Außerdem glaube ich, dass der Mörder es weder auf kleine Mädchen noch auf alte Lateinlehrerinnen abgesehen hat«, fügte sie hinzu. »Der Mord ist ganz bestimmt geplant gewesen. Alexander Koller musste sterben, weil er etwas wusste, was jemandem hätte gefährlich werden können.«

»Was immer das war«, sagte Erich, »die Polizei wird es herausfinden.« Er sah Ernestine so eindringlich an, dass es ihr schwerfiel, dem Blick nicht auszuweichen. »Die Polizei!«, wiederholte er.

»Ich habe schon verstanden.«

ELF

Fräulein Irmi stellte Kaffee und Kekse in Erichs Büro. »Am Nachmittag kommt der Hausarbeiter«, sagte sie. »Dann bekommen Sie endlich ein neues Türschild. Wurde auch höchste Zeit.«

Seit drei Monaten war Erich Oberkommissar. Er hatte sein winziges Büro gegen das seines Vorgängers eingetauscht und schaute jetzt nicht mehr in den Innenhof und auf das angrenzende Polizeigefängnis, das von den Wienern liebevoll Liesl genannt wurde, sondern direkt auf die ehemalige Elisabethpromenade, die seit Kriegsende wieder Rossauer Lände hieß.

Erich bedankte sich bei der Sekretärin. Sie war die Seele der Abteilung und sorgte für das leibliche Wohl aller. Wenn es keine Kekse waren, so brachte sie Kuchen mit ins Büro. Backen gehörte zu ihren Lieblingsbeschäftigungen, und wie es aussah, hatte sie niemanden in ihrem privaten Umfeld, den sie damit glücklich machen könnte.

»Sind Pinter und Wedel im Haus?«, fragte Erich. Fräulein Irmi wusste, dass die beiden Kollegen seine persönlichen Sargnägel waren. Erst vorgestern hatte Julius Pinter wieder eine Karikatur mit einem hässlichen Judenwitz im Personalraum liegen lassen. Erich hatte zu spät bemerkt, dass Werner Wedel hinter seinem Rücken kicherte. »Der Chef is auch ein Jud! Wenn wir nicht aufpassen, nimmt er Fräulein Irmis Kuchen mit nach Hause, damit seine Frau nix backen muss. Die Juden sind geizige Groscherlzähler, das weiß jeder.«

Erich war immer noch unschlüssig, wie er darauf reagieren sollte. In der Kollegenschaft erwartete man wohl, dass er mitlachte. Wahrscheinlich würde er so den beiden den Wind aus den Segeln nehmen, und die Witze wären bald nicht mehr interessant. Aber das Lachen wollte ihm nicht gelingen. Es blieb ihm sprichwörtlich im Hals stecken. Das lag wohl daran, dass hinter Pinters Gehässigkeiten der pure Neid steckte. Bis zum Schluss hatte er gehofft, selbst zum Oberkommissar ernannt zu werden. Als dann Erich die Stelle bekommen hatte, hatte er getobt wie ein Rumpelstilzchen. Und jetzt bemühte sich Pinter, Erich das Leben so schwer wie möglich zu machen. Er lieferte Berichte und Informationen mit Verspätung ab, formulierte Protokolle so umständlich, dass niemand sie mehr verstand, und sorgte mit tausend Kleinigkeiten dafür, dass Erichs Ruf als gewissenhafter Vorgesetzter Schaden nahm. Vielleicht hoffte er immer noch darauf, Erichs Posten eines Tages zu ergattern.

»Wedel holt die Berichte aus der Pathologie, und Pinter kümmert sich um einen Taschendieb, der am Naschmarkt seit Wochen sein Unwesen treibt. Die Kollegen dort haben ihn endlich erwischt.«

»Sehr gut«, sagte Erich. Er hatte die beiden bewusst nicht für die Untersuchungen im Böhmischen Prater eingeteilt. Erich vertraute ihnen nicht. Im Grunde hatte er mit ihnen zwei Mitarbeiter, die gegen ihn agierten. Sie waren ihm keine Unterstützung, sondern eine Last. Alles, was sie taten, musste er kontrollieren.

Aber leider waren ihm die Hände gebunden. Solange sich keiner der beiden einen gravierenden Fehler leistete und Ermittlungen offensichtlich behinderte, musste er sie in seiner Abteilung mitschleppen.

»Die Ehefrau vom Kollegen Meier hat ihren Gatten heute Morgen krankgemeldet«, sagte Fräulein Irmi. »Er liegt mit einem Blinddarmdurchbruch im Allgemeinen Krankenhaus. Der Kollege fällt für die nächsten Wochen aus.«

»Oh nein«, stöhnte Erich. Das hatte ihm gerade noch gefehlt. Die Abteilung war ohnehin ständig unterbesetzt, und Meier war einer seiner fähigsten Mitarbeiter. Egal, womit er ihn beauftragte, Meier lieferte prompt gute Arbeit. Er war loyal und immun gegen alle internen Sticheleien, die sich gegen Erich richteten.

»Sie werden Wedel oder Pinter mit auf den Laaer Berg nehmen müssen.« Fräulein Irmi sah Erich mitleidig an. Sie wusste, wie belastet die Beziehung der drei war. Sobald sie judenfeindliche Karikaturen im Personalraum liegen sah, räumte sie diese weg.

»Nehmen Sie den Wedel«, riet die Sekretärin. »Der würde gerne mal was Spannendes untersuchen. Ich glaube, dass ihm seit Wochen langweilig ist. Nur deshalb beteiligt er sich an Pinters Spielchen. Wedel kann Ihnen eine gute Stütze sein. Sobald er weniger Zeit mit Pinter verbringt, wird er auf Ihre Seite wechseln. Der ist ein Fähnchen im Wind, er dreht sich je nach Wetterlage.«

»Ich kann Wendehälse nicht ausstehen«, brummte Erich finster.

Fräulein Irmi zuckte mit den Schultern. »Es war nur ein Vorschlag«, meinte sie. »Natürlich können Sie auch alles allein erledigen.« Sie nahm das leere Tablett vom Tisch auf. »Aber dann können Sie sich genauso gut gleich ein Bett hier aufschlagen. Ihre Frau und Ihre Kinder werden Sie dann nur noch hin und wieder zu Gesicht bekommen. Bald werden Sie ein Fremder für sie sein.«

Sie drehte sich um und ging zur Tür. Erich sah ihr betroffen nach. Vermutlich hatte die Sekretärin recht. Er brauchte die Unterstützung der Kollegen. Aber konnte er Wedel wirklich trauen, oder würde der ihm, genau wie Pinter, bei der ersten sich bietenden Gelegenheit in den Rücken fallen? Erich konnte es nur herausfinden, indem er Wedel eine Aufgabe übertrug. Aber womit sollte er ihn betrauen?

Die Schaufelfrage kam Erich in den Sinn. Es war eine unangenehme Recherche, die aber möglicherweise von großer Bedeutung sein könnte.

Der Kollege sollte sich im Henkelwerk nach fehlendem Werkzeug erkundigen. Dazu musste er sich mit Werkmeistern unterhalten und Geräteschuppen inspizieren. Mal sehen, ob er etwas Brauchbares herausfand.

»Wenn Werner Wedel ins Haus kommt, schicken Sie ihn bitte zu mir«, forderte Erich.

Fräulein Irmi hob ihre schmal gezupften Augenbrauen. »Das ist eine kluge Entscheidung«, meinte sie. »Sie werden es bestimmt nicht bereuen.«

»Mal sehen!« Erich wünschte, er könnte ihre Zuversicht teilen.

ZWÖLF

Das anhaltend freundliche Herbstwetter lockte weiterhin vergnügungshungrige Wiener auf den Laaer Berg, darunter auch zahlreiche Schaulustige, die sehen wollten, wo die Gebeine einer Toten ausgebuddelt worden waren und wo man einen armen Landstreicher mit einer Schaufel erschlagen hatte.

Mit Neugier und Schauder bestaunten die Menschen den Musikpavillon und strichen durch die Weingärten am Fuße des Laaer Bergs.

Ernestine und Anton waren mit Rosa zielstrebig zur Ponykoppel marschiert, wo das Mädchen vier Runden auf dem großen braunen Tier reiten durfte. »Das ist mein Lieblingspony«, sagte Rosa, nachdem sie wieder aus dem Sattel gestiegen war. »Es hat mich sofort wiedererkannt.«

»Woran hast du das gemerkt?«, wollte Anton wissen.

»Es hat mich freundlich mit den weichen Nüstern angestupst«, sagte Rosa. Heide hatte ihrer Tochter drei kleine Äpfel mitgegeben. Für jedes Tier einen.

Während Ernestine und Rosa die Ponys fütterten, kämpfte Anton mit Minna. Die Hundedame war am Stall interessiert und zog mit aller Kraft an der Leine, um hinzugelangen.

»Bleib hier!«, befahl Anton. Aber Minna witterte etwas Spannendes, riss sich los und lief in den Stall. Es war eine fette Maus, der sie hinterherjagte. Das Tier verkroch sich im Heu, und Minna buddelte ihm bellend nach.

Anton folgte ihr verärgert. »Minna, das ist nicht lustig!«, schimpfte er und erschrak, als er in zwei helle, schräg stehende Augen blickte.

»Oh, Verzeihung! Ich habe Sie nicht bemerkt.« Er entschuldigte sich. Vor ihm stand Emil. Der Mund des jungen Mannes stand offen. Sein Haar war ungewaschen und struppig. Stroh hing darin.

»Können Sie schreiben?«

»Wie bitte?« Anton sah den Mann verständnislos an.

»Können Sie schreiben?«

»Ja, natürlich kann ich schreiben. Warum fragen Sie?«

»Der Alesch hat mir versprochen, dass er auf meine Karten was draufschreibt. Aber der ist jetzt tot.«

»Ich habe davon gehört«, sagte Anton. »Es tut mir sehr leid. Er war Ihr Freund, richtig?«

Emil nickte. Er war so klein, dass er Anton gerade mal bis zur Schulter reichte. Sein Körper war gedrungen, der Hals so kurz und breit, dass es aussah, als säße der Kopf direkt zwischen den Schultern.

»Ja, er war mein Freund.«

»Mein herzliches Beileid«, sagte Anton einfühlsam.

»Schreiben Sie mir eine Karte?«

»Wie bitte?« Anton verstand die Frage nicht. Statt zu antworten, drehte Emil sich um und ging in die hinterste Ecke des Stalls, wo zwei Decken am Boden lagen. Eine der Decken hob er an und holte ein kleines Holzkästchen hervor. Wie einen kostbaren Schatz trug er es vorsichtig zu Anton. Es war eine einfache Zigarrenkiste. »Havanna Tabak«, stand auf einem abgegriffenen Etikett. Emil klappte den Deckel auf.

»Die gehören alle mir«, sagte er stolz. Ordentlich sortiert lagen Ansichtskarten in der Schachtel. Der junge Mann nahm die oberste Karte heraus. Sie zeigte eine Giraffe aus der einst kaiserlichen Menagerie in Schönbrunn. Emil drehte die Karte um. »Der Alesch hat das geschrieben.«

»Mit besten Grüßen aus Schönbrunn!«, war in schönster Schreibschrift darauf zu lesen. Sie erinnerte Anton an seine Zeit beim Militär. Fein säuberlich wie für die Vervielfältigung mit einem Hektografen waren die Buchstaben auf die Karte gesetzt worden. Nur das G und das S hoben sich ab. Sie waren kunstvoll verschnörkelt wie die kalligrafisch gestalteten Anfangsbuchstaben in mittelalterlichen Handschriften.

»Eine leere Karte ist nicht echt. Die zählt nix«, sagte Emil.

Er holte eine weitere Ansichtskarte aus seiner Sammlung. Der Stephansdom war darauf zu sehen. Emil drehte die Karte um. Die Rückseite war leer. Enttäuscht tippte er mit seinem kurzen Zeigefinger auf die weiße Stelle.

»Der Alesch wollte mir zeigen, wie man schreibt. Aber ich kann nur meinen Namen, sonst nix.«

Emil kramte nach einer Karte mit einer Tänzerin in einem orientalisch anmutenden Kostüm. Er drehte sie um. In einfachen Buchstaben stand »Emil« darauf. Das E stand auf dem Kopf. Es sah aus wie die Schrift von einem Kind, das noch nicht zur Schule ging. Rosa hatte im Alter von vier ihren Namen ähnlich geschrieben.

»Soll ich Ihnen etwas auf die Karte schreiben?«, bot Anton sich an.

Das runde Gesicht hellte sich auf. Die schräg stehenden Augen leuchteten freudig. »Ja, bitte.«

Anton fasste nach den Taschen in seinem Sakko. Sie waren leer. Er hatte keinen Stift dabei.

In dem Moment betrat jemand den Stall und brüllte: »Emil, du Fetzenschädel! Beweg deinen faulen Arsch zum Biergartl. Dort is die Hölle los. Die Jana braucht deine Hilfe.« Es war der Wirt, Carel Prohaska. Er schrie so laut und furchteinflößend, dass nicht nur Emil, sondern auch Anton erstarrt war. Der Schwachsinnige klappte seine Kiste zu, versteckte seinen Schatz unter den Decken und rannte aus dem Stall. »Entschuldigung«, flüsterte er unterwürfig. Er hielt den Kopf gesenkt. Zu gerne hätte Anton ihn ermutigt, aufrecht zu gehen. Es wäre am Wirt gewesen, sich zu entschuldigen. Er hatte sich gewaltig im Ton vergriffen. Der Mann sollte dankbar sein, dass Emil ihm aushalf. Aber bevor Anton noch etwas sagen konnte, waren die beiden schon verschwunden. Er blieb verdattert zurück. »Minna?«

Die Hundedame kroch aus dem Heuhaufen. Im Maul trug sie eine tote Maus. Stolz legte sie das Tier wie eine Jagdtrophäe vor Anton auf den Boden.

»Oh, Minna, das ist ekelhaft«, sagte er. Streichelte der Hundedame aber trotzdem über den Kopf, schließlich hatte sie ihre Arbeit gut erledigt.

Die Tische im Böhmischen Biergartl waren alle voll besetzt. Nur im hintersten Winkel waren noch drei Plätze an einem runden Tisch frei. Annezka Henkel und ihre Tante Hermine Bitterkopf saßen dort im Schatten einer Kastanie. Ernestine lief zielstrebig zu ihnen, bevor jemand anderer ihnen die Tischhälfte wegschnappen konnte. »Grüß Gott, dürfen wir Ihnen Gesellschaft leisten?«

»Ja, natürlich. Sehr gerne.« Annezka Henkel wies auf die leeren Stühle. Die alte Frau starrte teilnahmslos in die Ferne. Sie schien weder Ernestine noch Anton oder Rosa wahrzunehmen. Am Nebentisch entdeckte Ernestine die Wahrsagerin Frau Natalia und ihren Begleiter, den Gewichtheber Damian. Sie nickte den beiden grüßend zu.

»In all den Jahren habe ich noch nie erlebt, dass an zwei Wochenenden hintereinander so viele Menschen in den Böhmischen Prater kommen«, sagte Annezka Henkel. »Der Garten ist voll. Herr Prohaska könnte doppelt so viele Gäste bewirten, wenn er mehr Tische aufstellen würde.«

In der Mitte der Tischplatte lag neben dem Salz- und Pfefferstreuer ein Stein. Auf dem Stein stand eine Zahl.

»Die waren letzte Woche noch nicht da«, bemerkte Ernestine.

»Der Wirt hat auf jeden Tisch einen Stein mit einer Zahl gelegt, um den beiden Burschen das Servieren zu erleichtern. So wissen sie genau, welche Bestellung auf welchen Tisch kommt«, erklärte Annezka Henkel. »Bis jetzt hat es sehr gut geklappt. Alle sind zufrieden.« Ernestine schaute auf den Stein. Ihr Tisch hatte die Nummer sechs.

Kaum dass sie saßen, kam auch schon Carel Prohaska zu ihnen und nahm ihre Wünsche auf. Anton bestellte wieder einmal Powidltascherl und ein Glas Milch für sich und dazu ein Himbeerkracherl und einen Langosch für Rosa und eine Melange und ein Stück Gugelhupf für Ernestine.

»Darf ich in der Zwischenzeit mit Minna zu den Schaukeln gehen und zuschauen?«, fragte Rosa.

»Ja, natürlich. Wir rufen dich, wenn der Langosch da ist.« Und schon sauste Rosa mit der Hundedame fort.

»Ich finde die Idee mit den Tischnummern sehr gut«, meinte Ernestine. Sie nahm den Stein in die Hand und strich mit dem Zeigefinger über die Zahl. »Herr Prohaska bringt den Zettel mit den Bestellungen in die Küche. Dann stellt die Köchin alles auf ein Tablett und legt die Tischnummer dazu. So brauchen die Burschen sich nichts merken.«

»Ja, es ist wirklich gut durchdacht und so einfach«, bestätigte Annezka Henkel. »Der arme Junge hat mir letzten Sonntag richtig leidgetan. Er hat sich so bemüht, und trotzdem wurde er ausgeschimpft.«

»Welchen der beiden meinen Sie?«, fragte Ernestine.

»Beide«, sagte Annezka Henkel. »Sowohl der kleine Junge als auch der Schwachsinnige bemühen sich, so gut sie eben können. Sie sind beide keine ausgebildeten Kellner.«

Carel Prohaska hatte nun auch die Bestellungen der anderen Tische aufgenommen. Mit seinem vollgeschriebenen Block lief er in die Küche.

»Wie schön, dass wir uns hier wiedersehen«, sagte Ernestine. »Kommen Sie oft in den Böhmischen Prater?«

»Tante Mimi liebt den Ort«, sagte Annezka Henkel. »Er erinnert sie an ihre Vergangenheit. Nicht wahr?« Fragend schaute sie zu der alten Dame. Hermine Bitterkopf schien sie nicht zu hören. Ihr leerer Blick ging in die Ferne. Wie letztes Wochenende trug die alte Frau ein Kleid, für das sie vor dem großen Krieg Bewunderung erhalten hätte. Jetzt betrachtete man sie eher mit Bedauern. Ein eng geschnürtes Korsett hinderte sie am freien Atmen. Ihr Kragen reichte bis zu den Ohren und war bis oben hin zugeknöpft. Sie hielt sich übertrieben aufrecht.

»Soll ich dir noch ein Glas Zitronenlimonade bestellen?« Annezka Henkel hob das leere Glas der alten Dame. Die wässrigen Augen der Frau folgten ihren Bewegungen. Annezka Henkel interpretierte die Bewegung als ein Ja. Sie kannte Fräulein Bitterkopf wohl besser als jeder andere. Ernestine hätte die emotionslose Geste niemals als Zustimmung deuten können.

»Ich sag dem Wirt Bescheid. Bin gleich wieder da!« Annezka Henkel stand auf und ging ins Gasthaus.

»Ist es nicht großartig, dass der Herbst uns noch mit so wunderschönen, sonnigen Tagen beschenkt?« Ernestine richtete ihre Worte an Fräulein Bitterkopf. Sie redete übertrieben laut und deutlich.

Die alte Frau starrte sie verärgert an. »Ich bin nicht taub.«

»Oh, Verzeihung!« Ernestine brauchte einen Moment, um die Situation neu einzuschätzen. »Ich dachte, Sie würden mich nicht hören.«

»Warum? Meine Ohren funktionieren einwandfrei!« Die alte Frau starrte Ernestine feindselig an.

»Sie haben sich bisher nicht an den Unterhaltungen beteiligt, weshalb ich annahm, dass Sie –« Weiter kam sie nicht. Ungeduldig unterbrach Fräulein Bitterkopf sie.

»Warum spielt die Musik nicht? Mein Vater hat den Ziegelböhm die Musik erlaubt. Wenn sie am Sonntag tanzen dürfen, dann arbeiten sie am Montag fleißiger, hat er immer gesagt. Ich glaube es ja nicht. Lauter arbeitsscheue Leute sind das. Man sollte sie alle zusammenpacken und wieder zurück nach Böhmen schicken, wo sie hingehören. Niemand hat die Böhm hier in Wien gebraucht. Wir haben genug eigenes Gesindel.« Sie hielt inne und schien zu überlegen. »Aber wenn sie weg sind, dann gibt's auch keine Mehlspeisen mehr und keine Musik. Das wäre traurig.« Sie biss sich auf die Unterlippe. »Schwierig ist das. Sehr schwierig.«

»Haben Sie früher gerne getanzt?« Ernestine bemühte sich, das Gespräch in Gang zu halten.

»Oh ja!« Ein verträumter Ausdruck stahl sich auf das faltige Gesicht. Er ließ die Züge weicher erscheinen. »Ganze Nächte lang hab ich getanzt. Das war schön. Damals war ich das begehrteste junge Fräulein bei jeder Tanzveranstaltung. Die Männer haben die Augen nicht von mir lassen können. Ich war wie eine Prinzessin. Sie sind mir alle zu Füßen gelegen.« Sie kicherte. »Das hat die Sibille geärgert. Aber sie war selber schuld. Hätt sie halt besser auf sich gschaut und nicht so viel Kuchen gegessen. Dann wär sie nicht so fett geworden, und dann hätt der Otto sie auch nicht …« Sie brach mitten im Satz ab.

»Der Otto ist Ihr Schwager?«

Fräulein Bitterkopf presste die Lippen zusammen und sah wieder an Ernestine vorbei.

Sie machte einen neuen Anlauf. »Ich habe gehört, dass die junge Frau, deren Knochen man letzte Woche gefunden hat, auch eine Schönheit gewesen sein soll.«

»Die Mizzi?« Fräulein Bitterkopf hob die schmalen Augenbrauen. »Die war schön, das stimmt. Aber sie war auch ein ausgefuchstes Luder. Die hat die Männer nach Strich und Faden ausgenommen. Unseren Ferdi …«

Annezka Henkel kehrte wieder zurück zum Tisch. »Tante Mimi, du bist ja mit einem Mal ganz redefreudig. Das ist schön.«

Die alte Frau sah sie verständnislos an. Es war, als würde ein Schalter umgelegt. Kaum trat Annezka Henkel auf, tauchte ihr Geist in einen Sumpf des Vergessens. Ernestine fragte sich, ob die alte Frau bloß eine großartige Schauspielerin war oder wirklich mit ihren Erinnerungen kämpfte.

»Ich habe noch eine Zitronenlimonade bestellt«, sagte Annezka Henkel freundlich. »Und ein Salzbrezerl, du hast seit dem Frühstück nichts gegessen.«

»Ich bin nicht hungrig«, entgegnete die alte Dame. »Ich will auch keine Zitronenlimonade. Ich will ein Glas Champagner.«

»Den gibt es im Böhmischen Prater nicht!« Annezka Henkel senkte die Stimme, damit die Gäste an den umliegenden Tischen sie nicht hören konnten.

»Dann sollen sie welchen bestellen. Mein Vater zahlt den Ziegelböhm schließlich genug. Das Gsindel soll froh sein, dass es hier arbeiten darf.«

»Psst!« Annezka Henkel legte den Finger an den Mund. Entschuldigend schaute sie zu Ernestine und Anton. »Sie meint es nicht so. Es ist die Krankheit, die solche Worte aus ihr herauslockt.«

»Welche Krankheit?«, fragte die alte Frau ungehalten. »Ich bin völlig gesund.« Sie schaute zur Eingangstür des Gasthauses. »Der Einzige, der hier krank ist, ist der schwachsinnige Krüppel. Der sollte niemals hier geduldet werden. Werft den Tölpel raus!« Die alte Frau hob die Stimme. Beschämt bemühte sich Annezka Henkel um Schadensbegrenzung.

Emil schien die gehässigen Worte gehört zu haben. Verstört stolperte der junge Mann mit einem vollen Tablett durch den Gastgarten und blickte sich nervös nach allen Seiten um. Seine Zunge hing dabei weit aus dem Mund.

»Hier, wir warten!« Herr Damian zeigte auf sich und die Menschen, die mit ihm am Tisch saßen. Bereitwillig lief Emil mit dem Tablett zu ihm. Er kontrollierte den Zettel auf seinem Tablett und verglich ihn mit der Zahl auf dem Stein am Tisch. Er schien zufrieden. Behutsam stellte er das Tablett auf dem Tisch ab und verteilte die Getränke.

»Das ist meins!« Frau Natalia schnappte nach einem Limonadenglas. Herr Damian zögerte, dann nahm er die Milch entgegen. Als alles am Tisch war, eilte Emil wieder zurück in die Küche. Die Gäste prosteten sich gut gelaunt zu. Frau Natalia drehte sich zu Ernestine, mit einem Blick, als würde sie sie bedauern, weil sie mit Hermine Bitterkopf am Tisch sitzen musste. Lachend erhob sie das Glas und nahm einen Schluck, ohne die Augen von Ernestine zu lösen. In einem Zug leerte sie das Glas und stellte es zurück.

Doch statt auf dem Tisch landete es klirrend am Boden.

Die Wahrsagerin verdrehte dramatisch die Augen, sodass nur noch das Weiße zu sehen war. Sie schnappte nach Luft, fasste sich mit beiden Händen an die Kehle.

»Nati, was ist mit dir?« Herr Damian beugte sich besorgt über sie. Ergriff ihre Hände und zog sie zu sich. Frau Natalia krampfte zitternd. Dann sackte sie zusammen und ließ den Kopf leblos zur Seite fallen.

»Nati, wach auf! Was ist los? Komm schon, hör auf mit dem Theater. Wir wissen, dass du mit Geistern reden kannst.« Panisch klatschte Herr Damian ihr mit der Hand ins Gesicht. Sie reagierte nicht, und er schien zu begreifen, dass sie nichts vortäuschte.

»Nati, um Himmels willen. Wach auf!« Er hob den Kopf und wandte sich zum Gastgarten. »Einen Arzt! Wir brauchen einen Arzt!«, rief er verzweifelt.

Niemand fühlte sich angesprochen. Offenbar waren weder Ärzte noch Krankenschwestern unter den Gästen. Ernestine stupste Anton an, der schließlich aufstand.

»Ich bin bloß Apotheker«, sagte er. »Aber vielleicht kann ich helfen. Im Krieg war ich Sanitäter.«

Bereitwillig trat Herr Damian zur Seite, während Anton sich über die Frau am Boden beugte und dann umständlich niederkniete. Sein rechtes Knie machte ihm seit Jahren zu schaffen. Sein Blick fiel auf einen Zettel, der vom Tablett auf den Boden gesegelt war. Dann auf den Gugelhupf und den Kaffee auf dem Tisch. Verrückt, was man wahrnahm, wenn die Sinne geschärft waren. Besorgt ergriff er die schlappe Hand, um den Puls zu fühlen. Doch er spürte nichts. Er drückte fester mit dem Daumen, in der Hoffnung, doch noch etwas wahrzunehmen. Ohne Erfolg. Traurig schüttelte er den Kopf.

»Tun Sie was, bitte!« Herr Damian flehte ihn an. Anton machte sich daran, die Frau zu reanimieren. Er hatte gehofft, nie wieder einen leblosen Oberkörper bearbeiten zu müssen. Wie oft hatte er es getan? Gedrückt und Luft in tote Kameraden gepustet, nur um dann festzustellen, dass er sie nicht retten konnte?

Die Bilder, die vor seinem inneren Auge auftauchten, vermischten sich mit denen des Gastgartens. Plötzlich sah er nicht mehr die Wahrsagerin vor sich liegen, sondern einen Soldaten, dessen Körper bis zur Unkenntlichkeit entstellt war. Hundert Mal pro Minute drückte er schnell in die Brustmitte der Frau. Es tat sich nichts. Sie war tot. Anton wusste es, und trotzdem drückte er weiter. So lange, bis ihm die Kraft ausging. Erschöpft beendete Anton die Maßnahmen. Für die Wahrsagerin kam jede Rettung zu spät. Wie lange hatte er gedrückt? Vier Minuten? Eine halbe Stunde? Die Zeit hatte ihre Bedeutung verloren.

»Weiter, machen Sie bitte weiter!«, flehte Herr Damian mit zitternder Stimme. Er kniete neben Anton. Tränen rannen über sein kantiges Gesicht. Er schluchzte leise.

Ernestine trat zu ihm, legte ihm mitfühlend die Hand auf die breiten Schultern. »Tragen wir sie zu einer Bank«, schlug sie vor. »Frau Natalia sollte nicht am Boden liegen.« Gemeinsam hoben sie den leblosen Körper auf und betteten ihn auf eine schmale Holzbank an der Wand des Gasthauses. Bereitwillig machten die Gäste Platz.

Anton strich die Augenlider der Wahrsagerin zu. Sobald das Weiß nicht mehr zu sehen war, wirkte sie friedlich, so als wäre sie eingeschlafen und nicht qualvoll erstickt.

»Was ist passiert?«

»Vielleicht ein Herzinfarkt?«

»Ein Anfall?«

»Oder eine Wespe hat sie in die Kehle gestochen. So was passiert manchmal.«

Neugierig drängten sich die Gäste um die Tote. Theorien wurden entwickelt, erste Gerüchte in Umlauf gebracht. Carel Prohaska trat aus dem Gasthaus und lief zu ihnen.

»Des derf ned wahr sein«, stöhnte er auf. »Scho wieder a Leich. Wenn des so weitergeht, bi i bald des Böhmische Leichengartl.«

Ernestine sah ihn finster an. Seine Bemerkung war geschmacklos. »Rufen Sie nach der Polizei.«

»Warum Polizei? Wir brauchen an Leichenwagen.«

»Und die Polizei«, beharrte Ernestine. »Wenn jemand so schnell verstirbt, kann das auch andere als natürliche Gründe haben.«

»Wie bitte?«

Anton stand auf. »Ich bin kein Arzt«, sagte er leise. »Aber man sollte Gift nicht ausschließen. Der Ausschlag ist seltsam.« Er zeigte auf ausgeprägte dunkelrote Flecken, die den Hals der Toten überzogen. Sie waren eben noch nicht da gewesen und hatten gewiss nichts mit Antons Versuchen zu tun, die Frau wiederzubeleben.

»Meiner Seel. Des hat mir no gfehlt.« Carel Prohaska verdrehte leidend die Augen und hob die Hände in Richtung Himmel. »Warum ausgerechnet bei mir? Kann der schiarche Trampel ned woanders sterben?«

Die gehässigen Worte gingen unter in dem Durcheinander, das nun folgte. Zum Glück hatte Herr Damian sie nicht gehört. Er hockte weinend neben seiner geliebten Partnerin und hielt trauernd ihre kleine Hand. Ihren Kopf hatte er in seinen Schoß gebettet. Bleich und sehr tot sah die kleinwüchsige Frau aus, in den massigen Armen des Gewichthebers wirkte sie wie eine zu groß geratene Puppe.

Ernestine wandte sich an den Wirt. »Haben Sie ein Telefon?«

»Na, so was Modernes besitz i ned. Wir san im Böhmische Prater und ned auf der Ringstraßen.«

»Wer hat das nächste Telefon?«

Annezka Henkel hob die Hand. »Ich denke, wir sind die Einzigen am Laaer Berg mit einem Telefonanschluss.« Sie stand auf. »Ich laufe hinüber«, bot sie sich an. »Kann Tante Mimi in der Zwischenzeit hierbleiben?«

»Ja, natürlich.«

Die alte Frau schien die Aufregung zu genießen. Mit geröteten Wangen verfolgte sie das Drama, das sich vor ihren Augen abspielte. Als wäre es ein Theaterstück, das nur für ihr Vergnügen zum Besten gegeben wurde. Für einen kurzen Moment war es Ernestine, als umspielte ein zufriedenes Lächeln die schmalen Lippen der alten Frau. Sie musste zwei Mal hinsehen, um sich zu vergewissern, dass es bloß ein Zucken der Mundwinkel gewesen war. Doch auch das wirkte gruselig und völlig unpassend. Vielleicht war Hermine Bitterkopf doch verrückter, als es eben noch ausgesehen hatte.

DREIZEHN

Es war kurz nach Mitternacht, als Erich endlich nach Hause kam. Anton hatte Rosa am Abend drei Kapitel aus Karl Mays Abenteuerroman vorgelesen, bis das Mädchen nach dem aufregenden Nachmittag im Böhmischen Prater endlich einschlafen konnte. Er selbst war kurz darauf ins Bett gefallen. Heide hatte Erich eigentlich noch sehen wollen, doch schon nach wenigen Minuten im Lehnsessel waren ihr die Augen schwer geworden. Sie war eingenickt und dann ebenfalls ins Bett gegangen.

Nur Ernestine konnte keine Ruhe finden. Eingewickelt in mehrere Decken saß sie auf der Terrasse im Garten und wartete auf Erich. Als sie die Gartentür quietschen hörte, sprang sie auf.

»Um Himmels willen!« Erich machte einen Satz nach hinten. »Warum liegst du nicht längst im Bett und schläfst? Du hast mir einen ordentlichen Schreck eingejagt.«

»Entschuldige. Das wollte ich nicht.« Sie zeigte neben sich auf die Gartenbank, wo eine weitere Decke für Erich lag.

»Willst du eine Tasse Tee?« Auf dem Tisch stand eine halb volle Kanne. »Pfefferminze mit Honig.«

Erich überlegte kurz, dann setzte er sich. »Vielleicht ist es ganz gut, noch kurz zu plaudern«, meinte er. Um sich vor der nasskalten Luft zu schützen, die vom Gras und von den Sträuchern aufstieg, wickelte er die Decke fest um sich. Ernestine schenkte Tee in ein Häferl und reichte es ihm.

»Danke. Hm, das tut gut«, stellte er fest.

»Frau Natalia ist vergiftet worden. Stimmt's?«

Erich nickte. »Ja. Die Obduktion wird uns hoffentlich sagen, um welches Gift es sich handelte, aber der Arzt konnte sofort erkennen, dass sie keines natürlichen Todes gestorben ist.«

»Das war nun der zweite Mord innerhalb kurzer Zeit«,

sagte Ernestine. »Frau Natalia hat sich damit gerühmt, die Geheimnisse der Menschen im Böhmischen Prater zu kennen. Auch sie scheint etwas gewusst zu haben, was sie das Leben kostete.«

»Denkst du immer noch, dass es einen Zusammenhang zwischen der Leiche unter dem Musikpavillon und dem toten Landstreicher und jetzt auch der toten Wahrsagerin gibt?«

»Ich bin mehr denn je davon überzeugt«, sagte Ernestine. »Alles andere erscheint mir nicht schlüssig.«

»Aber was für einen Zusammenhang sollte es da geben? Ich tappe völlig im Dunkeln. Von Mizzi Novotny wissen wir nicht, ob sie wirklich ermordet wurde. Es kann doch sein, dass sie nachts unterwegs war, über etwas gestolpert, ausgerutscht und mit dem Kopf gegen einen Stein gefallen ist. Am nächsten Tag hat der betrunkene Jaro Nagy mit den Bauarbeiten an dem Pavillon angefangen, die Leiche nicht bemerkt und sie mit dem bereits aufgehäuften Erdreich zugeschaufelt. Mizzi Novotny hat niemandem gesagt, dass sie nachts oder frühmorgens unterwegs war, stattdessen streute sie Gerüchte über einen reichen Liebhaber, den es gegeben hat oder auch nicht. Wir wissen es nicht.«

»Selbst wenn Jaro Nagy betrunken war, er muss sie beim Schaufeln bemerkt haben«, widersprach Ernestine. »So viel Restalkohol kann man gar nicht in sich haben, dass man eine tote Frau übersieht, die gestolpert und tödlich verunglückt ist.« Dann fragte sie: »Hast du mit dem Zimmermann gesprochen?«

»Ja, Anton hat mir von einem Gespräch erzählt, das er im Böhmischen Biergartl mit angehört hat. Daraufhin habe ich dem Mann einen Besuch abgestattet. Er hat zugegeben, dass er gepfuscht und kein ordentliches Fundament gelegt hat. Angeblich hat es ihm an Material gefehlt.« Erich verzog den Mund. »Wenn du mich fragst, hat der Mann noch nie ordentlich gearbeitet. Er hatte schon um zehn Uhr vormittags eine Fahne, als hätte er eine ganze Flasche Rum intus. Leiche will er keine gesehen haben.«

»Zeitlich würde es gut passen. Der Pavillon wurde im Herbst 1919 errichtet. Genau in dem Monat, in dem Mizzi Novotny verschwand.«

»Besser noch, Jaro Nagy hat einen Tag nach ihrem Verschwinden mit den Arbeiten begonnen«, sagte Erich. »Was mich nachdenklich stimmt, ist die Tatsache, dass ich bis jetzt mit niemandem gesprochen habe, der Mizzi Novotny ernsthaft nachtrauert. Man bedauert ihren Tod und ist schockiert über den Fund der Leiche. Aber Anteilnahme zeigte niemand. Auch Jana Benesch nicht, die sich um Mizzi Novotnys Sohn kümmert.«

»Stimmt«, pflichtete Ernestine ihm bei. »Heute Nachmittag hat sogar die verwirrte Hermine Bitterkopf schlecht über sie gesprochen. Sie hat Mizzi Novotny als Luder bezeichnet, das die Männer ausnahm. Sie hat sogar einen Namen genannt: Ferdl oder Ferdi. Sagt dir der Name etwas?«

»Im Moment nicht«, gab Erich zu. »Aber ich werde dem nachgehen. Der Ziegelbaron heißt Otto Henkel. Sein Sohn, der im Krieg gefallen ist, hieß Rudolf. Der Sohn, der Jahre zuvor im Weinkeller verstarb, war Richard. Und dann gibt es einen Neffen, Severin Breitner. Er wird eines Tages alles erben. Im Moment sehe ich weit und breit keinen Ferdinand.«

»Ein Neffe wird alles erben?«, fragte Ernestine. »Nicht die Schwiegertochter, Annezka Henkel?«

»So habe ich das gehört. Ich muss gestehen, dass ich mich mit der Familie Henkel noch nicht eingehend genug beschäftigt habe, um alle Verwandtschaftsgrade zu kennen«, sagte Erich. »Die einzige Spur, die zu ihnen führt, ist eine Schaufel, die aus ihrem Werksgelände gestohlen wurde. Was ich über die Familie weiß, ist das, was allgemein bekannt ist. Dass Severin Breitner das Unternehmen erben wird, stand neulich sogar in der Zeitung.«

»Was genau stand in der Zeitung?«, fragte Ernestine.

»Dass das Ziegelimperium an Severin Breitner gehen wird, den Neffen des Besitzers. Der Mann hat jedoch einen zweifelhaften Ruf. Er soll sich im großen Stil dem Glücksspiel hingeben und dabei bereits Unmengen von Geld verloren haben.«

»Ein ordentliches Erbe käme ihm also ganz recht.«

»Ein Erbe kommt einem immer recht. Oder etwa nicht?« Erich verzog grinsend das Gesicht.

»Ja natürlich. Aber wenn man auf einem Berg Spielschulden sitzt, dann kann man es wohl kaum erwarten, endlich zu erben.«

»Wie auch immer«, sagte Erich. »Das ist alles bloß ein Nebenschauplatz. Das eigentliche Drama spielt sich im Böhmischen Prater ab. Hier haben wir jetzt schon zwei Mordopfer und eine Leiche, von der wir nicht sicher wissen, wie sie verstarb.«

»Ich habe keinerlei Beweise dafür«, gab Ernestine zu. »Aber mein Instinkt sagt mir, dass das Ziegelwerk nicht bloß ein Nebenschauplatz ist. Die Familie Henkel hat den Böhmischen Prater mitfinanziert. Fräulein Bitterkopfs Großvater hat den Betrieb des ersten Gasthauses auf dem Gelände gestattet und dafür gesorgt, dass die Arbeiter einen Ort haben, an dem sie sich vergnügen können.«

»Ich glaube nicht, dass er das aus reiner Nächstenliebe gemacht hat«, sagte Erich. »Zufriedene Arbeiter leisten mehr. Und soviel ich weiß, hat das Gasthaus ursprünglich zum Unternehmen gehört. Erst nach und nach sind die Gaststätte, die Ringelspiele und Langoschbuden in den Besitz der Betreiber übergegangen.«

»Otto Henkel hat in das Unternehmen eingeheiratet, und trotzdem heißt es jetzt Henkel und nicht Bitterkopf«, sagte Ernestine.

»Er hat wohl gemeint, dass ihm als Familienoberhaupt auch der Name des Betriebs zusteht.«

»Seltsam, dass seine Frau zugestimmt hat. Findest du nicht?«

Erich zuckte mit den Schultern. »Das ist nicht die einzige

Ungereimtheit im Böhmischen Prater.« Er trank seinen Tee aus und stand auf. Sorgfältig faltete er die Decke zusammen. »Danke für den Tee. Ich muss jetzt dringend ins Bett. Morgen früh steht ein Gespräch mit dem Gerichtsmediziner an, dann fahre ich auf den Laaer Berg. Ich will mich mit den Herrschaften dort eingehender unterhalten. Außerdem werde ich bei der Fürsorge Druck machen. Der Junge wohnt immer noch im Gasthaus. Irgendwie kommt die Behörde nicht in die Gänge.«

»Wahrscheinlich weiß man nicht, wo man ihn sonst unterbringen soll. Es gibt so wenige Pflegefamilien, und die Kinderheime sind alle voll«, sagte Ernestine. Sie wusste, wovon sie sprach. Eine ihrer ehemaligen Arbeitskolleginnen arbeitete jetzt in der KÜST, der Kinderübernahmestelle der Stadt Wien, wo täglich Kinder zur Begutachtung abgegeben wurden, wenn sie zu Hause nicht ausreichend versorgt werden konnten. Alleinerziehenden Frauen wurde grundsätzlich die Kompetenz abgesprochen, ihre Kinder selbst großzuziehen. Sie wurden von den Behörden überwacht.

»Dürfen Anton und ich uns auch umhören?«, fragte Ernestine. »Drei Paar Ohren hören mehr als eines.«

Erich verzog leidend den Mund.

»Wir unterhalten uns bloß mit den Leuten, hören hier und dort ein bisschen zu und bringen Namen in Erfahrung. So wie den von Jaro Nagy.«

Erich seufzte laut. »Würde es irgendetwas ändern, wenn ich sage, dass es mich stört?«

»Es würde nichts ändern«, gab Ernestine zu. »Aber ich würde mich wohler fühlen, wenn du uns deshalb nicht böse wärst.«

»Ich bin euch nie böse«, entgegnete Erich. »Es geht darum, dass ich nicht will, dass ihr in Gefahr geratet. Im Böhmischen Prater läuft ein Mörder herum, der schon zwei Mal zugeschlagen hat. Die Vorstellung, dass er sich von zwei neugierigen Pensionisten bedroht fühlt, die zu viele Fragen stellen, gefällt mir nicht.«

»Wir geben gut auf uns acht«, versprach Ernestine. »Und wir nehmen Rosa nicht mehr mit.«

Erich wandte sich zum Gehen. »Ich kann dich ohnehin nicht aufhalten.« Die gefaltete Decke legte er auf den Sessel. »Aber seid um Himmels willen vorsichtig. Heide und ich wollen, dass die Kinder mit Großeltern aufwachsen.«

Die Worte lösten in Ernestine ein warmes Gefühl der Dankbarkeit aus. Das Leben hatte ihr keine eigenen Kinder geschenkt. Als Lehrerin war es ihr nie gestattet gewesen, eine Familie zu gründen. Umso schöner war es, dass sie im Alter ihren Platz in einer Familie gefunden hatte. Sie wusste, wohin sie gehörte.

»Gute Nacht, schlaf gut.«

VIERZEHN

Der Duft von Fräulein Irmis Gugelhupf erfüllte Erichs Büro. Eigentlich müsste das Gehalt der Sekretärin aufgebessert werden, denn sie gab einen Teil ihres Lohns für ihre Kollegen aus. Erich dachte über ein Sparschweinchen nach, in das jeder Mitarbeiter, der von ihren Kuchen und Keksen naschte, ein paar Münzen einwerfen sollte.

»Was haben die Untersuchungen im Ziegelwerk ergeben?« Erich reichte seinem Mitarbeiter Werner Wedel einen Teller mit einem Stück Gugelhupf.

»Danke.«

Auch Erich bediente sich.

»Genau wie Sie vermutet haben, wird das Werkzeug jeden Abend gesäubert und dann eingesperrt. Seit Jahren ist nichts mehr abhandengekommen.« Wedel stach mit der Gabel ein Stück vom Kuchen ab und schob es sich genüsslich in den Mund.

»Aber davor schon?«, fragte Erich.

»Während des Krieges hat es einen Vorfall gegeben, bei dem Werkzeug im großen Stil gestohlen wurde«, berichtete Wedel. »Schaufel, Spaten, Spitzhacken. Aber auch Zangen und Schraubenzieher. Einfach alles, was nicht niet- und nagelfest war.«

»Hat man den Dieb gefasst?«

»Offiziell nicht«, sagte Wedel. »Aber man hat angenommen, dass ein gewisser Jaro Nagy dahintersteckte. Der wiederum hat die Schuld den Zigeunern in die Schuhe geschoben, die ein paar Wochen zuvor den Böhmischen Prater verlassen hatten. Weil man ihm nichts beweisen konnte, hat man Jaro Nagy entlassen, und plötzlich ist nichts mehr weggekommen. Ob das nun an Nagy oder an den Zigeunern lag, weiß man nicht.«

»Jaro Nagy«, wiederholte Erich. Das war der Zimmermann, mit dem er sich schon unterhalten hatte.

»Ich habe mir den Kerl sofort vorgeknöpft«, sagte Wedel stolz. »Das ist ein windiger Tschecherant. Hat zu Mittag schon a Fahne gehabt, dass man meinen könnte, er wäre in ein Bierfassl gefallen.«

»Hat er sich daran erinnert, dass ich schon mit ihm geredet habe?«

»Nein.« Wedel klang enttäuscht. Offenbar hatte er gehofft, neue Erkenntnisse zu liefern.

Erich fragte weiter: »Haben Sie ihn auf das Werkzeug angesprochen?«

»Ja, natürlich. Und er hat alles abgestritten. Er hat behauptet, er habe nie was gestohlen. Das wären die Zigeuner gewesen. Aber was interessant ist: Der Mann hat den Musikpavillon gebaut, unter dem man die Leiche gefunden hat. Aber das wissen Sie sicher auch schon. Warum haben Sie mich wegen dem Werkzeug nachfragen lassen, wenn Sie die Information ohnehin hatten?« Der Mitarbeiter klang verstimmt.

»Ich hatte keine Ahnung, dass Jaro Nagy die Geräte offenbar im großen Stil beiseitegeschafft hat. Haben Sie herausfinden können, was damit passiert ist?«

»Ein Teil davon tauchte im Böhmischen Prater auf. Niemand will gewusst haben, wie das Werkzeug dort hingekommen ist. Aber Tatsache ist, dass immer noch Schaufeln und Spitzhacken aus dem Ziegelwerk in den Schuppen herumliegen und von den Menschen eifrig verwendet werden.«

»Das heißt, jeder hätte sich bedienen können, ohne dass es aufgefallen wäre«, ergänzte Erich.

»Genau so ist es. Wenn eine Schaufel fehlte, hätte das niemand bemerkt. Besonders viele Gegenstände habe ich im Stall des Ponybesitzers gefunden und bei dem Hutschenschleuderer. Beide haben Spitzhacken und Schaufeln aus dem Werk.«

Erich stellte seinen Teller zurück auf den Tisch. »Sie haben gute Arbeit geleistet. Danke.«

Erstaunt hob Wedel den Kopf. Offenbar hatte er nicht mit Lob gerechnet. »Obwohl Sie den Nagy bereits kannten?«

»Ja, natürlich. Jetzt haben wir Gewissheit. Ich habe ja bloß ein Gerücht gehört.«

Sichtlich zufrieden stach Wedel erneut in den flaumigen Gugelhupf.

»Als Nächstes sollten wir uns um den Wirt kümmern«, sagte Erich. »Ich will wissen, wer die Getränke eingeschenkt hat und wie lange sie unbeaufsichtigt herumgestanden sind. Wer hatte die Möglichkeit, etwas in die Gläser zu mischen?«

Wedel richtete sich auf. »Darf ich den Kerl übernehmen?«

Erich zögerte kurz. Eigentlich hatte er selbst in den Böhmischen Prater fahren wollen. Aber jetzt saß ein hoch motivierter Werner Wedel vor ihm. Sollte er ihm vertrauen? Oder würde er die Sache absichtlich vermasseln, damit Erich hinterher dumm aussah?

Rasch versuchte er, Vor- und Nachteile abzuwägen. Schließlich entschied er sich, Wedel die Aufgabe zu überlassen.

»Ja, bitte«, sagte er. »Quetschen Sie Prohaska aus und lassen Sie sich genau erzählen, wie er zum Besitzer des Böhmischen Biergartls wurde. Wahrscheinlich wird er Ihnen eine beschönigte Geschichte erzählen.«

»Damit lass ich ihn nicht durchkommen, das verspreche ich Ihnen, Chef.«

Es war das erste Mal, dass er Erich so nannte.

Später, als Erich in den Personalraum ging, um sein schmutziges Kaffeehäferl abzustellen, hörte er, wie Wedel und Pinter sich unterhielten.

»Ich fahr jetzt auf den Laaer Berg. Der Fall ist kniffeliger, als wir zuerst dachten. Endlich mal eine spannende Aufgabe«, sagte Werner Wedel. »Drei Leichen auf einem Haufen. Das nenn ich einen Kriminalfall.«

»Sag bloß, du warst gerade im Büro vom Judenschwein.« Julius Pinter senkte die Stimme.

»Er ist mein Vorgesetzter«, entgegnete Wedel. »Und solange er mich ordentlich behandelt, werde ich nicht gegen ihn schießen. Jude hin oder her. Es ist mir hundertmal lieber, an einem spannenden Fall zu arbeiten, als immer bloß Akten von einem Zimmer ins andere zu tragen. Dafür bin ich nicht zur Kriminalpolizei gegangen. Irgendwann will ich auch die Karriereleiter hochklettern, und dazu muss ich Erfolge vorweisen können.«

»Und du glaubst, dass du die kriegst, indem du einer Judensau in den Arsch kriechst.« Pinter spuckte auf den Boden.

»Wer ist da gerade die Sau? Pfui Teufel. Wisch das weg. Das ist ekelhaft.« Angewidert ließ Wedel seinen Kollegen stehen und ging in den Nebenraum.

Rasch schlüpfte Erich zurück in sein Büro. Er wollte nicht, dass die Männer mitbekamen, dass er gelauscht hatte. Auch wenn er sehr froh über das war, was er eben gehört hatte. Pinter war dabei, einen Verbündeten zu verlieren. Das war gut. Sehr gut sogar.

FÜNFZEHN

»Rosa und Fritzi sind dem Detektivfieber verfallen«, sagte Anton. »Sobald sie beisammen sind, stecken sie ihre Nasen in das kleine rote Notizheft und brüten über dem Geheimnis der verlorenen Stifte. Ich hoffe wirklich, dass sie keine Unschuldigen verdächtigen.«

»Deine Sorge ist bestimmt unbegründet«, beruhigte ihn Ernestine. »Sie gehen sehr gewissenhaft vor. Gestern habe ich mitbekommen, wie sie Farbanalysen durchgeführt haben.«

»Sie haben *was* gemacht?« Anton legte die Morgenausgabe der Wiener Zeitung zur Seite und sah Ernestine fragend an. Sie nahm sich das Blatt, um nach dem Kreuzworträtsel zu suchen.

»Sie haben Proben mit verschiedenen Rot- und Grünstiften gemacht und dabei bemerkt, dass die verschwundenen Stifte ihres Schulkollegen einen ganz bestimmten Farbton haben. Niemand in der Klasse hat Stifte dieser Marke. Deshalb haben sie die Arbeitshefte durchgesehen und auf den Farbton untersucht. Sie haben ihn nicht gefunden. Jetzt glauben sie, dass jemand aus der Nebenklasse die Stifte eingesteckt hat.«

»Warum sollte jemand aus der Nebenklasse zu ihnen kommen und Stifte mitnehmen?«

»Nicht absichtlich, sondern aus Versehen. Der Werk- und Zeichenunterricht findet im gemeinsamen Zeichensaal statt.«

»Mir gefällt diese Schnüffelei trotzdem nicht. Man spioniert Freunden nicht hinterher.«

»Aber warum denn? Wenn sie herausfinden, wo die Stifte sind, helfen sie damit allen. Sie beschuldigen ja niemanden des Diebstahls. Im Gegenteil, sie gehen sehr überlegt vor, und am Ende verdienen sie je einen Schokoriegel.«

»Den hätte ich ihnen auch so gekauft«, meinte Anton.

»Das wäre nicht dasselbe«, widersprach Ernestine. »Ich

finde die Idee mit dem Überprüfen der Farbtöne sehr klug. Man braucht schon ein sehr geschultes Auge, um die verschiedenen Rot- und Grüntöne zu unterscheiden.«

»Hm.« Anton enthielt sich einer Antwort.

»Ich wünschte, uns fiele auch eine kluge Vorgehensweise ein, um herauszufinden, wer die arme Frau Natalia vergiftet hat. Das Warum liegt ja auf der Hand.«

»Tut es das?«, fragte Anton.

»Die Frau kannte die Geheimnisse der Menschen im Böhmischen Prater. Ihre Wünsche, Ängste und Sehnsüchte. Hätte sie darüber nicht Bescheid gewusst, hätte sie keine Ratschläge bezüglich der Zukunft geben können.«

»Das war bloß Firlefanz«, sagte Anton. »Du wirst doch nicht glauben, dass sie tatsächlich in die Zukunft schauen konnte?«

»Natürlich glaube ich das nicht.« Ernestine lachte. »Darüber haben wir doch schon gesprochen. Frau Natalia war neugierig. Sie hat ihre Nase in die Angelegenheiten anderer gesteckt. Und das ist ihr offenbar zum Verhängnis geworden.«

Anton hob mahnend den Zeigefinger. »Diesen Satz solltest du dir zu Herzen nehmen, meine Liebe!«

Ernestine wischte seine Worte mit einer ungeduldigen Handbewegung zur Seite. »Ich bin zwar neugierig, das gebe ich gerne zu. Aber nicht unvernünftig.«

Anton wiegte den Kopf, verkniff sich aber einen Widerspruch.

»Ich frage mich, ob die Bestellung nicht eigentlich für unseren Tisch gedacht war«, überlegte Ernestine. »Ich hatte nicht den Eindruck, dass Herr Damian Milch bestellt hatte. Er hatte sie zwar genommen, aber irgendwie sah er dabei erstaunt aus. So als wollte er dem armen Emil nur keine zusätzlichen Probleme bescheren. Der junge Mann hat so schon nervös gewirkt. Die bösen Kommentare von Fräulein Bitterkopf waren für alle hörbar.«

»Die Melange und der Gugelhupf blieben unberührt«, erinnerte sich Anton. »Aber der Mann hatte den Zettel auf dem Tablett. Es war ein Neuner. Ich habe ihn gesehen, als ich mich über Frau Natalia gebeugt habe.«

»Oder ein Sechser. Diese Nummer hatte nämlich unser Tisch. Carel Prohaska war nicht schlau genug, einen Punkt neben die Zahl zu machen. Es hätte ebenso ein Sechser sein können wie ein Neuner.«

Anton richtete sich auf. »Das ist interessant, weil Emil Probleme mit Buchstaben und der richtigen Schreibrichtung hat.«

»Wie kommst du darauf?«

Anton erzählte von der Begegnung im Stall. Und davon, wie Emil ihm stolz gezeigt hatte, dass er seinen Namen selbst geschrieben hatte.

»Alexander Koller hat dem Burschen also das Schreiben beigebracht«, überlegte Ernestine. »Ein Grund mehr, dass der behinderte Mann als Mörder nicht in Frage kommt. Niemals hätte er den Landstreicher erschlagen.«

»Gibt es denn jemand, der das behauptet? Bis jetzt habe ich eher gehört, dass Emil Alexander Koller verehrt hat und sehr mochte.«

»Ich habe gestern einen Haufen böser Stimmen vernommen«, sagte Ernestine. »Wenn man nichts Genaueres weiß, ist der Erste, dem die Schuld zugewiesen wird, immer einer, der sich nicht wehren kann. In einer Gruppe von Außenseitern wird es fast immer ein Mann wie Emil sein, der angeschwärzt wird. Seine Behinderung macht ihn selbst unter den Bewohnern im Böhmischen Prater zu einem, mit dem kaum jemand etwas zu tun haben will. Man nutzt seine Gutmütigkeit aus und missbraucht ihn für schwere Arbeiten. Aber wirklich mögen tut ihn niemand. Alexander Koller, Frau Natalia und ihr Lebensgefährte Herr Damian waren da wohl Ausnahmen.«

»Solange Erich den Fall untersucht, wird kein Unschuldiger im Gefängnis landen«, beruhigte Anton. »Er würde niemals jemanden hinter Gitter bringen, der nichts verbrochen hat. Und schon gar nicht deshalb, weil ein paar gehässige Menschen etwas behaupten.«

»Das weiß ich doch«, sagte Ernestine. »Es geht nicht ums Gefängnis. Daran habe ich gar nicht gedacht. Ich mache mir Sorgen, dass böse Gerüchte dem jungen Mann zusetzen, dass er sich in die Enge getrieben fühlt.«

»Du meinst, dass er sich selbst Leid zufügt?«

»Oder etwas Unbedachtes tut, was zu noch mehr Chaos führt. So wie er vielleicht die Bestellung vertauscht hat.«

Plötzlich verlor Antons Gesicht an Farbe. »Wenn die Bestellung nicht für Tisch neun bestimmt war, sondern für Tisch sechs, hätte das bedeutet, dass einer von uns die vergiftete Limonade getrunken hätte. Rosa vielleicht.« Seine Stimme brach bei der Vorstellung, dass seine geliebte Enkeltochter in Gefahr gewesen war.

Ernestine winkte ab. »Rosa hatte ein Himbeerkracherl bestellt, ich eine Melange und du die Milch. Die Zitronenlimonade war für Fräulein Bitterkopf.«

»Rosa hätte trotzdem davon trinken können. Stell dir vor, das alte Fräulein hätte ihr die Limonade geschenkt. Oder sie hätte versehentlich danach –«

»Anton, hör auf!« Ernestine unterbrach ihn ernst. »Diese Gedanken bringen uns keinen Schritt weiter. Sie machen nur Angst, und damit ist uns nicht geholfen.«

»Sie zeigen uns immerhin, wie gefährlich die Angelegenheit ist«, sagte Anton mit düsterer Miene. »Erich hat völlig recht. Wir dürfen uns nicht weiter einmischen. Es ist ein Mordfall, und um so was kümmert sich die Polizei. Die Männer sind dafür ausgebildet. Sie wissen, was zu tun ist.«

»Wir mischen uns nicht ein«, widersprach Ernestine. »Wir sammeln bloß hilfreiche Informationen, damit Erich den Mörder schneller findet.« Sie überlegte. »Oder die Mörderin. Es kann ja genauso gut eine Frau sein, nach der wir suchen.«

»Ich suche gar niemanden«, entgegnete Anton.

Ernestine kaute nachdenklich auf ihrer Unterlippe. »Hast

du ein Pfefferminzbonbon für mich? Meine Dose ist schon wieder leer.«

Anton griff in seine Hosentasche und zog eine kleine Dose heraus. Er reichte sie Ernestine.

»Vielen Dank.« Sie holte ein Bonbon heraus und wollte Anton die Dose zurückgeben, doch er hob abwehrend die Hand. »Behalt sie ruhig«, meinte er. »Du hast mehr Bedarf an Pfefferminze.«

»Denkst du, dass es viel Kraft braucht, um jemanden mit einer Schaufel zu erschlagen?«

Anton schüttelte den Kopf. »Keine Ahnung. Ich habe es noch nie versucht und habe auch nicht vor, es jemals zu tun.«

»Alexander Koller war ein hagerer Mann, der gebückt ging. Der Mantel, den er trug, schleifte über den Boden. Und er war auch nicht sonderlich kräftig. Mit einem gezielten Hieb hätte man ihn bewusstlos und mit einem weiteren totschlagen können.«

Anton kniff die Augen zusammen. »Das sind ganz schreckliche Bilder, die ich gerade vor mir sehe. Bitte lass uns über etwas anderes reden.«

»Aber es ist wichtig«, widersprach Ernestine. »Ich glaube, dass man mit der richtigen Technik nicht viel Kraft braucht. Was bedeuten würde, dass auch eine weniger kräftige Person Alexander Koller hätte erschlagen können.«

»Du meinst eine Frau?«

»Eine Frau oder ein Kind.«

»Ernestine, bitte mach dich nicht lächerlich. Warum hätte ein Kind den Landstreicher erschlagen sollen?«

Unschuldig hob Ernestine die Hände. »Ich will einfach alle Optionen aufzählen. Auch die unwahrscheinlichen.«

»Kümmert sich die Fürsorge denn endlich um den kleinen Jungen?«, fragte Anton.

»Erich hat versprochen, ihnen noch einmal Bescheid zu sagen. Vielleicht ist es besser, wir haken nach. Durchaus möglich, dass er darauf vergisst. Er hat so viel um die Ohren.«

Bevor Anton etwas dagegen sagen konnte, fügte sie hinzu: »Wenn es um das Kindeswohl geht, sind alle Menschen gefordert. Wir müssen diese Aufgabe nicht der Polizei überlassen. Die Fürsorge kann und muss auch von uns eingeschaltet werden.«

»Wir sollten es Erich trotzdem sagen.«

»Natürlich!«, sagte Ernestine. »Wir werden ihm heute Abend ja auch erzählen, dass wir Fräulein Bitterkopf aufgesucht haben, um sie zu warnen.«

Anton sah sie verständnislos an. »Du willst was tun?«, fragte er.

»Wir müssen das Fräulein warnen«, wiederholte Ernestine entschieden. »Ich glaube, dass das Gift für sie bestimmt gewesen ist. Auch wenn die alte Dame verwirrt und nicht sonderlich freundlich zu ihren Mitmenschen ist, so sollte sie wissen, dass sie möglicherweise in Gefahr ist.«

»Wie kommst du auf die Idee, dass das Gift ihr gegolten hat?«

»Denk doch nach, Anton«, forderte Ernestine. »Sie war es, die die Zitronenlimonade geordert hat. Und Frau Natalia ist daran gestorben.«

»Wenn das Gift in der Limonade war. Das wissen wir ja noch gar nicht.«

»Wo soll es denn sonst gewesen sein?«

»Keine Ahnung. Es ist die Aufgabe der Polizei, das herauszufinden«, beharrte Anton.

»Bis die Polizei weiß, wo das Gift war, und das Fräulein vielleicht warnt, ist es möglicherweise schon zu spät. Denk daran, wie schnell der Mörder handelt. Innerhalb einer Woche zwei Tote. Fräulein Bitterkopf sollte so rasch wie nur irgendwie möglich informiert werden. Und ihre Nichte, die sich so rührend um sie kümmert, natürlich auch.«

»Per Telefon?«

»Machst du Scherze? So etwas kann man doch unmöglich am Telefon erklären.«

Anton zögerte immer noch, was Ernestine dazu bewog, einfach aufzustehen. Sie rief nach Minna und bereitete die Hündin auf einen Ausflug in den Böhmischen Prater vor. Voller Vorfreude bellte die Cockerspaniel-Dame Anton an. Schließlich rappelte er sich auf.

»Mir bleibt auch nichts erspart«, seufzte er.

Ernestine trat zu ihm und strich ihm zärtlich über die Wange. »Du rettest vielleicht einer Frau das Leben.«

»Oder ich gefährde deines und meines. Je nachdem, von welcher Seite man es betrachtet.«

»Mir ist die heldenhafte des Retters lieber!«

»Mir auch«, gestand Anton.

SECHZEHN

Das große schmiedeeiserne Tor zum Garten stand offen. Ein Gärtner in einer langen dunkelgrünen Schürze und mit einem ramponierten Strohhut auf dem Kopf stutzte die Rosenbüsche rechts und links des gekiesten Wegs, der zu dem schlossähnlichen Gebäude führte. Er blickte nur kurz auf, nickte Ernestine und Anton zu und fuhr dann mit seiner Arbeit fort.

»Wie stellst du dir dieses Zusammentreffen vor?«, fragte Anton. »Wir können doch nicht einfach anklopfen und sagen: ›Entschuldigung, aber wir glauben, dass jemand gestern versucht hat, Fräulein Bitterkopf zu vergiften. Frau Natalia ist nur aus Versehen erstickt. Eigentlich hätte Ihre Verwandte sterben sollen. Passen Sie gut auf die alte Dame auf, und noch einen schönen Tag. Auf Wiedersehen.‹«

»Nicht ganz mit diesem Wortlaut«, sagte Ernestine. »Aber vom Inhalt her stimmt es.«

»Das geht nicht, Ernestine. Das können wir nicht tun.«

»Warum nicht? Willst du zusehen und abwarten, bis die alte Dame in den nächsten Tagen erschlagen, vergiftet, aus dem Fenster gestoßen oder weiß der Kuckuck wie umgebracht wird?«

Anton neigte den Kopf zur Seite. »Mir ist bei der ganzen Sache nicht wohl.«

»Natürlich ist dir nicht wohl!« Ernestine nickte ernst. »Es geht ja auch um keine Kleinigkeit, sondern um ein schwerwiegendes Verbrechen. Wir reden über Mord.«

Anton stöhnte laut auf.

»So, und jetzt bringen wir die Sache hinter uns. Ich sehe es als unsere Pflicht an, die alte Frau zu warnen«, sagte Ernestine und zog Anton beherzt mit sich. Sie stiegen die Stufen zum Haupteingang hoch und klopften mit dem goldenen Stier.

»Das ist der geschmackloseste Türklopfer, den ich jemals

gesehen habe«, sagte Ernestine. »Man muss den Stier an den Hoden anfassen, um anzuklopfen. Ich habe es das letzte Mal schon ekelhaft gefunden. Wer denkt sich bloß so was aus!«

»Wirklich? An den Hoden?« Anton starrte auf das goldene Tier, konnte aber besagten Körperteil nicht ausmachen, da die Tür geöffnet wurde.

Es war wieder das böhmische Dienstmädchen, Martha, das vor ihnen stand. Die junge Frau sah heute verändert aus. Ihr Gesicht war gerötet, die Augen vom Weinen verschwollen. Sie schniefte, ihr lief die Nase, und das weiße Spitzenhäubchen saß schief in ihrem zerzausten Haar.

»Wer ist da?«, rief eine männliche Stimme aus dem Obergeschoss nach unten. In diesem Moment kam Sibille Henkel die Treppe herunter in die Eingangshalle gelaufen. Auch sie wirkte völlig aufgelöst.

»Sie?«, fragte sie überrascht. »Es tut mir sehr leid, aber Sie kommen zu einem äußerst ungünstigen Zeitpunkt. Sie müssen wieder gehen. Wir haben eben die Polizei kontaktiert. Sie sollte bald eintreffen. Zumindest hoffen wir das.«

»Die Polizei?«, fragte Ernestine entsetzt. »Ich hoffe, Ihrer Schwester ist nichts zugestoßen?«

Abrupt blieb Frau Henkel stehen und starrte Ernestine fassungslos an. »Woher? Wieso? Warum?«, stotterte sie in abgehackten Worten.

»Wer zum Teufel ist da an der Tür?« Ein stattlicher Mann mit grauem Vollbart und mächtigem Bauch kam ebenfalls die Treppe herunter. Er trug einen Anzug, der deutlich zu elegant war für einen Tag zu Hause. Ernestine vermutete, dass er sich im Weggehen befunden hatte, daran aber gehindert worden war. Sie kannte das Gesicht von den Fotos am Kaminsims: Otto Henkel.

»Wer sind Sie? Was wollen Sie hier? Wir haben gerade gar keine Zeit für unangekündigten Besuch. Bitte gehen Sie wieder. Lassen Sie sich einen Termin geben.«

»Das sind Herr Böck und Fräulein Kirsch.« Die Stimme

kam von Annezka Henkel. Auch sie stand nun auf der Treppe. Es fehlte noch Fräulein Bitterkopf, dann wären alle Familienmitglieder in der Eingangshalle versammelt.

»Du kennst die Herrschaften?«, fragte Herr Henkel.

»Warum haben Sie gefragt, ob meiner Schwester etwas zugestoßen ist?« Sibille Henkel hatte die Sprache wiedergefunden.

Alle redeten nun wild durcheinander.

»Wir haben uns im Böhmischen Prater kennengelernt«, erklärte Annezka Henkel. Auch sie hatte geweint. Ihre Augen waren rot unterlaufen, und sie zitterte.

»Ist Ihre Schwester wohlauf?«, fragte Ernestine.

»Meine Schwester ist tot!« Frau Henkels Stimme brach.

Einige Augenblicke lang waren alle still.

Ernestine brach das Schweigen. »Oh mein Gott«, entfuhr es ihr. Sie fasste sich mit der Hand an die Brust. »Wir sind zu spät. Ich hatte es befürchtet.«

»Zu spät wofür … Was geht hier vor?« Herr Henkel sah zuerst Ernestine, dann Anton misstrauisch an.

»Wie ist Ihre Schwester verstorben?«, fragte Ernestine.

»Sie ist im Schlaf erstickt. Sie sieht ganz …« Sibille Henkel vergrub ihr Gesicht in den Händen. »Ich werde diesen Anblick nie wieder aus dem Kopf bekommen. Die Arme. So einen Tod hat selbst sie nicht verdient.«

»Sibille, was redest du da? Denk nach, was du sagst! Natürlich hat sie den Tod nicht verdient. Weder so noch sonst irgendwie. Hermine sollte noch am Leben sein.«

»Sollten wir nicht Dr. Brenner verständigen?« Annezka Henkel sah fragend in die Runde.

»Wozu? Hermine ist tot. Daran kann ihr Hausarzt auch nichts mehr ändern.« Otto Henkel wirkte ungehalten. Sein Kopf war hochrot.

»Warum sagten Sie, Sie seien zu spät gekommen?«, wiederholte Sibille Henkel ihre Frage.

»Lasst uns doch alle in den Salon gehen«, schlug Annezka

Henkel vor. »Dort können wir uns in Ruhe unterhalten und müssen nicht auf den Stufen stehen. Martha wird uns Kaffee servieren.« Sie überlegte. »Oder Melissentee, der beruhigt die Nerven.«

»Den hat Mimi vor dem Schlafengehen immer getrunken. So was trinke ich sicher nicht! Am Ende werden wir von der Person hier auch noch vergiftet«, schrie Otto Henkel aufgebracht und zeigte auf das Dienstmädchen.

»Ich habe niemanden vergiftet!«, beteuerte Martha und schluchzte laut.

»Hör mit dem Geheule auf«, forderte Otto Henkel. »Heb dir die Tränen für die Polizei auf.«

»Ich habe das Fräulein Bitterkopf nicht umgebracht. Ich schwör es bei allem, was mir wichtig und heilig ist.« Martha bekreuzigte sich. Offenbar war das Mädchen schon lange in Wien, denn die meisten böhmischen Hausangestellten waren keine Katholiken. Einige wenige hatten sich im Laufe der Jahre angepasst und besuchten regelmäßig die heilige Messe, gemeinsam mit ihren Dienstgebern. Allerdings nicht, weil es ihnen ein Anliegen war, sondern weil es von ihnen gefordert wurde.

»Elsa, die Köchin, soll den Kaffee servieren«, bestimmte Sibille Henkel. »Ich finde den Vorschlag, in den Salon zu wechseln, sehr gut. Kommen Sie bitte mit und lassen Sie uns in Ruhe reden. Warum sind Sie ausgerechnet jetzt zu uns gekommen?«

»Und das Fräulein Bitterkopf?« Marthas Stimme war kaum mehr als ein Hauch. »Was passiert denn mit ihr? Wir können sie doch nicht einfach …«

»Was soll mit ihr sein? Sie liegt tot im Bett. Lebendig wird sie nicht mehr. Auch dann nicht, wenn wir uns neben sie setzen.« Sibille Henkels Worte klangen distanziert und ungehalten. Der Tod ihrer Schwester schien sie nicht sehr mitzunehmen. Hatte sie überhaupt schon realisiert, was passiert war? Es war nicht ungewöhnlich, dass Trauernde nach dem

Verlust eines nahestehenden Menschen zuerst wütend und trotzig wurden. Sie schützten sich vor dem Schmerz, indem sie den Tod nicht wahrhaben wollten.

»Gut, dann gehen wir in den Wintergarten«, lenkte Otto Henkel ein. »Martha soll auch ein paar Butterkekse dazu reichen. Oder von dem Apfelstrudel, den es gestern gab. Zucker beruhigt den Magen.«

Kurz darauf saßen sie in bequemen Korbsesseln zwischen Palmen, Farnen und Orchideen.

»Wann haben Sie entdeckt, dass Ihre Tante verstorben ist?«, erkundigte sich Ernestine.

»Vor etwa einer Stunde«, sagte Annezka Henkel. »Ich war schon seit einiger Zeit munter und hatte bereits ein kleines Frühstück zu mir genommen. Um zehn habe ich dann gedacht, dass es jetzt höchste Zeit wäre, Tante Mimi aufzuwecken. Sie schlief morgens gerne länger. Aber zehn war auch für sie eine ungewöhnlich späte Uhrzeit.«

»Meine Schwester hat es mit einem geregelten Alltag nie sonderlich ernst genommen«, sagte Sibille Henkel bitter. »Als junge Frau hat sie die Nacht zum Tag gemacht, durchgetanzt und dann den halben Tag verschlafen. Jetzt hat sie nicht mehr getanzt, aber trotzdem noch geschlafen, wann ihr danach war.«

»Das klingt nach einem unbeschwerten Leben, das in vollen Zügen genossen wurde«, meinte Ernestine.

»Sie hat ein Lotterleben geführt«, widersprach Sibille Henkel. »Und sie hat es auf meine Kosten getan.«

»Hör endlich auf, das stimmt so nicht«, widersprach ihr Mann. »Die Ziegelwerke haben euch beiden gehört. Du hast deinen Teil durch die Ehe mit mir geteilt, und Mimi musste das nie. Sie hat ihren Teil freiwillig uns überlassen.«

»Ha, dass ich nicht lache«, platzte Sibille Henkel heraus. Sie holte ein Taschentuch aus der Tasche ihres Kleides und prustete lautstark hinein. »Mimi hat nie geheiratet. Sie hat sich nie an einen Mann gebunden, nur damit der Betrieb erhalten bleibt. Sie hat keine Kinder in die Welt gesetzt, die der Krieg und andere Schicksalsschläge ihr wieder genommen haben. Sie konnte leicht großzügig sein und ihren Teil des Ziegelwerks auf uns überschreiben, weil sie wusste, dass wir für sie sorgen werden und sie bis zu ihrem letzten Atemzug gut leben kann.« Sie machte eine kurze Pause, wischte mit dem Taschentuch über ihre Augen und fügte dann hinzu: »Mimi hat ihr Leben lang nichts geleistet. Sie hat stets wie eine Prinzessin gelebt, das war schon als Kind so. Sie hat geglaubt, dass die ganze Welt nach ihrer Pfeife tanzen muss.«

»Sibille, hör auf. Hermine liegt einen Stock höher in ihrem Bett und ist tot. Du kannst mit deinen Schimpftiraden und der bösen Nachrede zumindest warten, bis sie begraben ist.« Otto Henkel faltete die Hände im Schoß, um zu verhindern, dass sie zitterten. Der Mann war nervöser, als er zeigen wollte.

»Ich sage bloß die Wahrheit«, entgegnete Sibille Henkel. »All die Jahre habe ich mich zurückgehalten. Aber jetzt habe ich es satt. Ich will nicht mehr lügen. Meine Schwester war ein egoistisches Biest, das immer nur an sich gedacht hat. Ihr ganzes Leben lang. Selbst als Richard starb, fiel ihr nichts anderes ein, als den Keller für ihre Zwecke umzubauen.«

»Was du ja zu unterbinden wusstest«, sagte Otto Henkel. »Mimi hätte bloß Richards Träume von einem Weinkeller mit ausgezeichneten Weinen in die Tat umgesetzt. Wir wissen, was daraus wurde. Der Keller ist verriegelt, weil du es nicht erträgst, dass einer von uns ihn betritt.«

»Lenke mit Richards Tod nicht von Mimis Egoismus ab. Sie war berechnend.«

»Reiß dich endlich zusammen!«, verlangte Otto Henkel ungehalten. »Wenigstens für die nächsten Stunden. Wenn du vor der Polizei so redest, glaubt man noch, du hättest deine Schwester am Gewissen.«

»Aber ich habe mich nie versündigt«, sagte Sibille Henkel. »Ich werde reinen Gewissens vor meinen Schöpfer treten.«

Sie starrte ihren Mann hasserfüllt an. »Meine Seele belasten keine Verbrechen.«

Dann verschränkte sie die Arme vor der Brust. »Ich habe meine Schwester nicht ausstehen können. Aber ich hätte ihr nie ein Leid zugefügt. Niemals.«

Sie hatte sich wieder gefasst und wandte sich nun an Ernestine und Anton. »Verraten Sie uns jetzt, warum Sie uns ausgerechnet heute einen Besuch abstatten?«

»Wir waren in Sorge, dass Ihrer Schwester etwas zustoßen könnte«, sagte Ernestine.

Annezka Henkel mischte sich ins Gespräch. »Aber warum? Wie kamen Sie zu dieser Annahme?« Sie wirkte traurig, aber gefasst. Ihre Reaktion war die einzige, die der Situation halbwegs entsprach. Nervös griff sie nach ihrer Kette und drehte den Schmetterlingsanhänger. »Niemand hat Tante Mimi bedroht. Sie hatte keine Feinde. Sie war vielleicht ein bisschen exzentrisch, aber im Grunde ein herzensguter Mensch.«

»Pah!« Sibille Henkel stieß zuerst lautstark die Luft aus, dann prustete sie wieder in ihr Taschentuch.

Ernestine erzählte von ihrem Verdacht, dass die Bestellungen verwechselt worden waren. Von dem Neuner, der ein Sechser hätte sein sollen, und von der Zitronenlimonade, die möglicherweise für Fräulein Bitterkopf bestimmt gewesen war.

»Oh mein Gott!« Annezka Henkel schlug sich die Hand vor den Mund. Sie war blass geworden. »Das würde bedeuten, dass ihr jemand nach dem Leben getrachtet hat. Kann es sein, dass sie heute Nacht …« Sie sprach ihren schwerwiegenden Verdacht nicht aus.

»… vergiftet worden ist!« Ihr Schwiegervater vervollständigte den Gedanken. »Natürlich hat man sie vergiftet. Das habe ich doch schon gesagt. Ihr wolltet mir nicht glauben. Und die Einzige, die dazu Gelegenheit gehabt hatte, war Martha. Sie hat Hermine ihre Medizin gebracht, so wie jeden Abend.«

»Warum willst du das Mädchen loswerden?«, fragte Sibille Henkel. Der Blick, mit dem sie ihren Mann ansah, war voller Ekel. »Langweilt sie dich? Hast du genug von ihr?«

»Ich kann nur wiederholen: Reiß dich zusammen. Du bist geschmacklos, wie immer.« Otto Henkel trommelte nervös mit den Fingern auf seinen Oberschenkel.

»Welche Art von Medizin musste Fräulein Bitterkopf einnehmen?«, erkundigte sich Anton.

»Keine Ahnung. Bin ich ein Arzt? Ich leite eine Ziegelfabrik.« Nun wippte auch das Bein des Mannes.

»Es war bloß ein harmloser Trunk aus Kräutern, der ihr beim Einschlafen geholfen hat«, erklärte Annezka Henkel. »Lavendelblüten, Melisse, Hopfen und Wermut. Er hatte dieselbe Wirkung wie ein Glas warme Milch mit Honig. Tante Mimi hasste Milch und bevorzugte den Kräutertrank, zusammen mit einem Glas Melissentee.«

»Das alles ist furchtbar«, sagte Ernestine. »Es tut uns unendlich leid, dass wir nicht eher gekommen sind.«

»Ja, das ist in der Tat sehr bedauerlich«, meinte Otto Henkel. »Ich wäre Ihnen sehr dankbar, wenn Sie hierbleiben würden, bis die Polizei eintrifft. Damit Sie auch den Herren von Ihrem Verdacht erzählen können.«

Anton richtete sich abrupt auf und sah Ernestine alarmiert an. Er schüttelte kaum merklich den Kopf. Auch Ernestine fand die Vorstellung, Erich zu begegnen, ganz und gar nicht gut. Noch schlimmer wäre es, wenn einer von Erichs unangenehmen Kollegen käme. Dann wäre Erich im Erklärungsnotstand. Es machte keinen guten Eindruck, wenn der Schwiegervater und dessen Freundin sich in aktuelle Ermittlungen einmischten.

»Wir würden wirklich sehr gerne bleiben«, log Anton. »Aber wir haben einen Termin, den wir unmöglich verschieben können. Die Handwerker haben sich angekündigt. Unsere Küche steht unter Wasser. Sie wissen, wie schwierig es ist, einen Termin bei einem guten Installateur zu bekommen.

Wir warten seit einer Woche und können im Moment weder kochen noch Geschirr abwaschen.«

Er log, ohne mit der Wimper zu zucken. Ernestine war beeindruckt. Niemals hätte sie ihm zugetraut, sich so schnell eine derart überzeugende Geschichte auszudenken. Er hatte in den letzten Jahren dazugelernt.

»Das ist unangenehm«, meinte Sibille Henkel verständnisvoll. »Wir werden Ihre Namen an die Polizei weitergeben, damit die Beamten mit Ihnen Kontakt aufnehmen. Es ist von großer Wichtigkeit, dass Sie Ihre Geschichte dort wiederholen. Uns wird man die Sache niemals glauben.«

»Selbstverständlich!«, sagte Ernestine. Sie hob ihre Handtasche vom Boden auf, öffnete sie und kramte nach zwei Visitenkarten. »Hier bitte.«

Sibille Henkel nahm die Karten entgegen. »Sie wohnen unter derselben Adresse, obwohl Sie nicht verheiratet sind?«

»Ja.«

Ihr Gesichtsausdruck verriet nicht, ob sie entsetzt oder bloß überrascht war. Langsam steckte sie die Karten weg. »Darf ich Sie in den nächsten Tagen einmal aufsuchen? Ich würde mich gerne noch einmal mit Ihnen über den Vorfall im Böhmischen Prater unterhalten. Die Geschichte lässt mir keine Ruhe. Bestimmt kann ich heute Nacht nicht schlafen.«

»Ja, gerne. Kommen Sie einfach vorbei!«, stimmte Ernestine zu.

Sie stand rasch auf, und Anton und Minna, die die ganze Zeit über brav zu Antons Füßen gelegen hatte, folgten ihr. Sie verabschiedeten sich und verließen das Gebäude, keine Minute zu früh. Denn gerade als sie aus dem Garten traten, rollte ein dunkler Wagen die Auffahrt entlang. Es war eines der neuen Automobile der Polizei, die seit einigen Monaten im Einsatz waren. Einer von Erichs Mitarbeitern saß hinter dem Steuer. Weder Ernestine noch Anton kannten das Gesicht. Es musste sich um den erst kürzlich dazugekommenen Werner Wedel handeln.

»Hoffentlich haben wir Erich das Leben nicht eben schwieriger gemacht, als es ohnehin schon ist«, raunte Anton schuldbewusst.

»Möglich, dass der Kollege Mätzchen machen wird«, sagte Ernestine. »Aber das, was wir eben erfahren haben, wird die Sache wiedergutmachen.«

»Wir haben etwas Interessantes erfahren?«, fragte Anton.

»Aber ja!«, erwiderte Ernestine überzeugt. »Ich muss die Informationen nur noch dort einordnen, wo sie hingehören. Im Moment fühlt sich in meinem Kopf alles ein bisserl wie Kraut und Rüben an.«

»Na, da bin ich gespannt, was du mir bald erzählen wirst«, meinte Anton. »Für mich war dieser Vormittag bloß ein Zusammentreffen mit Menschen, die mir nicht sonderlich sympathisch sind. Mit Ausnahme von Annezka Henkel. Sie scheint der Sonnenschein im Hause Henkel zu sein.«

»Ja, sie machte einen sehr unkomplizierten Eindruck. Ich glaube, dass das Ehepaar sehr glücklich darüber ist, die Schwiegertochter im Haus zu haben. Sie scheint beide über den Verlust ihres Sohnes hinwegzutrösten. Sie hat wirklich eine gewinnende Art. Auch wenn sie eigentlich unscheinbar ist. Ich könnte dir nicht einmal genau sagen, wie sie aussieht.«

»Das macht doch nichts«, sagte Anton. »Hauptsache, man erinnert sich an ihr nettes Wesen.«

SIEBZEHN

Erich konnte nicht fassen, was Werner Wedel ihm eben berichtete. Ernestine und Anton waren, kurz bevor er am Tatort eingetroffen war, im Haus der Familie Henkel gewesen.

»Als ich die Visitenkarte gesehen habe, wusste ich sofort, dass es sich um Ihre Familie handeln muss. Es ist ja die gleiche Adresse«, sagte der Mitarbeiter. »Ihrer Frau gehört doch die Apotheke in der Mariahilf. Oder?«

»Ja«, sagte Erich zerknirscht.

»Dürfen Sie die Ermittlungen überhaupt weiterführen, wenn Ihr Schwiegervater involviert ist? Oder gelten Sie als befangen?«

Erich wäre am liebsten aus der Haut gefahren. Seit Jahren befürchtete er eine Situation wie diese. Dass Ernestine und Anton ausgerechnet auf Wedel stoßen mussten, war ein ausgesprochenes Pech. Ob er Julius Pinter bereits alles brühwarm erzählt hatte? Erich konnte sich gut vorstellen, wie die beiden sich ins Fäustchen lachten. Dabei hatte sich sein Verhältnis zu Wedel gerade etwas entspannt.

»Ich fühle mich nicht befangen«, sagte Erich. »Ich werde mit meinem Schwiegervater und seiner Freundin sprechen. Die beiden waren letztes Wochenende beim Herbstfest im Böhmischen Prater. Wahrscheinlich haben sie dort die Familie Henkel kennengelernt und wollten sie kurz besuchen.«

»Sie haben behauptet, sie wollten Frau Bitterkopf warnen. Sie hätten sich Sorgen um sie gemacht und die Befürchtung geäußert, es könne ihr etwas zustoßen. Und das ganz kurz nachdem man die Frau tot in ihrem Bett aufgefunden hat. Das ist schon sehr seltsam. Meinen Sie nicht?«

Erich stöhnte auf. Diesmal waren die beiden zu weit gegangen. Natürlich wusste er, dass sie ihm nur helfen wollten. Aber die Einmischung war alles andere als hilfreich gewesen, und sie hätten ihn vorher warnen müssen. Warum zum Teufel hatten sie ihm nichts von ihren Befürchtungen erzählt? Erich wünschte, er hätte Wedel nicht auf den Laaer Berg geschickt. Aber hatte er wissen können, dass es eine weitere Tote geben würde? Ausgerechnet dort, wo Ernestine und Anton einen Besuch abstatteten?

Er ging auf Wedels Frage zur Befangenheit nicht weiter ein, sondern konzentrierte sich auf den Fall. »Wer hat denn die Tote gefunden? Und gibt es Hinweise darauf, wie die Frau gestorben ist?«

»Die Nichte der Toten hat sie gefunden. Der Doktor sagt, dass es sich um Gift handelt. Offenbar das gleiche, das am Sonntag bei der Wahrsagerin verwendet wurde. Genaue Analysen müssen noch vorgenommen werden, aber die tote alte Frau hat die gleichen roten Flecken am Hals und auf der Brust.«

»Gibt es schon einen Obduktionsbericht für die Wahrsagerin?« Bis jetzt hatte Erich keinen erhalten. Möglich, dass er auf einem anderen Schreibtisch gelandet war.

»Er ist noch nicht fertig.«

»Wie lange dauert das noch?«

Diesmal wich Wedel aus. »Herr Henkel hält das Dienstmädchen für die Mörderin. Er hat darauf bestanden, dass ich die Frau verhafte. Ich habe sie mitgenommen. Die Frau wartet im Nebenzimmer.«

»Sie dürfen niemanden ohne Grund verhaften«, sagte Erich entsetzt. Hatte er zu viel Vertrauen in den Mann gesetzt? Hatte ihn am Ende die Hoffnung auf Harmonie am Arbeitsplatz blind werden lassen? Er kam sich gerade doppelt dumm vor.

»Ich wollte Ihnen einen Weg ersparen«, meinte Wedel entschuldigend. »Mit der Frau reden hätten Sie ja ohnehin müssen.«

»Ich werde mich mit allen Beteiligten unterhalten müssen.«

Sein scharfer Ton stieß bei Wedel auf Widerstand. Das Gesicht des Mannes verschloss sich wieder. Seine anfangs noch freundliche Haltung verwandelte sich zunehmend in Misstrauen.

»Halten Sie das Dienstmädchen ebenfalls für die Mörderin?«, fragte Erich. Er wollte Wedel wieder das Gefühl geben, ihn ernst zu nehmen.

Der Mitarbeiter zuckte mit den Schultern. »Martha war die Einzige, die die Möglichkeit hatte, die Frau zu vergiften. Sie hat ihr den abendlichen Trunk gebracht, und als die Alte ihn irgendwann zu sich genommen hat, ist sie gestorben.«

»War das Zimmer abgeschlossen?«

»Nein.«

»Dann hätte doch jeder im Haus hineingehen und Gift in den Trank schütten können«, meinte Erich.

»Angeblich hatte die alte Dame einen sehr unruhigen Schlaf. Schon das kleinste Geräusch hätte sie geweckt. Sie wäre aufgewacht, hätte jemand ihr Zimmer betreten.«

»Seltsam.« Erich überlegte. »Haben Sie nicht erzählt, dass man die Frau erst gegen zehn wecken wollte, weil sie angeblich so fest geschlafen hat? Da stimmt doch etwas nicht. Jemand, der schlecht schläft, ist um zehn längst wach.«

Wedel richtete sich auf. »Richtig!«, sagte er betroffen. »Das ist mir gar nicht aufgefallen.«

»Schon gut«, beruhigte Erich ihn. »Deshalb denken wir ja zu zweit darüber nach. Oft bemerkt man Ungereimtheiten erst beim Erzählen.«

»Eigentlich kann ich mir nicht vorstellen, dass das Dienstmädchen die alte Frau vergiftet hat«, sagte Wedel. »Sie schaut nicht aus wie eine Mörderin und wirkt so unschuldig.«

Erich unterdrückte ein Seufzen. Es ging nicht darum, wie Wedel sich eine Mörderin vorstellte, sondern darum, ob es ein Tatmotiv gab und eine Möglichkeit zu töten. Laut fragte er: »Wer profitiert vom Tod der alten Frau?«

Wedel holte ein verknittertes Notizbuch aus seiner Westentasche. Geschäftig schlug er es auf. Offenbar hatte er zu dieser Frage ausreichend recherchiert. »Die beiden Schwestern Sibille Henkel und Hermine Bitterkopf haben nach dem Tod ihres Vaters das gesamte Ziegelwerk geerbt«, fing er an. »Aber das war bloß eine Aufteilung auf dem Papier. In Wirklichkeit ist der gesamte Besitz mit Frau Henkels Ehe in Herrn Henkels Hände gewandert. Er leitet seit der Hochzeit die Ziegelwerke. Die beiden Frauen sitzen nicht einmal im Aufsichtsrat. Eigentlich haben sie gar keine Funktion.« Er schlug die Seite um. »Sie haben aber auch keine finanziellen Sorgen«, fuhr er fort. »Beide verfügen über ausreichend Geld und leisten sich das, wonach ihnen gerade der Sinn steht.«

»Klingt nach einem bequemen Leben«, meinte Erich.

»Stimmt, und trotzdem hatte ich den Eindruck, dass die Schwestern einander nicht ausstehen konnten. Es gab da etwas, weshalb sie einander hassten.«

»Was passiert jetzt mit Frau Bitterkopfs Anteil vom Ziegelwerk?«, fragte Erich.

»Er geht an das Ehepaar Henkel. Die beiden hatten zwei Söhne. Einer verstarb vor dem Krieg auf tragische Weise im Weinkeller, der andere ist im Krieg gefallen. Das heißt, der Neffe Severin Breitner wird alles erben. Ich nehme an, er wartet nur darauf, an das Geld zu gelangen. Er hat hohe Spielschulden. Aber der Notar der Familie sagt, dass Herr und Frau Henkel ihn aus der Erbfolge nehmen wollen. Sie wünschen sich, dass ihre Schwiegertochter Annezka Henkel das Unternehmen eines Tages übernimmt.«

»Haben sie diese Entscheidung schon in einem Testament festgelegt?« Erich war begeistert, wie viel Wedel recherchiert hatte.

»Das konnte ich leider noch nicht herausfinden«, gab Werner Wedel zu. »Ich habe morgen einen Termin mit dem Notar der Familie.«

Erich nickte zufrieden. »Gute Arbeit. Wirklich gute Arbeit.«

»Danke.« Wedel grinste. Sein Kinn war voller Stoppel, eine Rasur würde ihm guttun.

»Denken Sie, dass wir uns den Neffen näher ansehen soll-ten? Wohnt er im Haus der Familie?«

»Er hat eine Wohnung in der Innenstadt und ist nur hin und wieder am Laaer Berg. Angeblich nur, um seine Pflicht-besuche abzustatten.«

»Ihn kennenzulernen schadet bestimmt nicht«, meinte Erich.

»Ich setze ihn auf meine Liste«, sagte Wedel.

Erich stand auf. »Dann werde ich mich mal mit Martha unterhalten. Hat die Frau einen Nachnamen?«

»Sokol!«

»Danke.«

Wedel zögerte.

»Gibt es noch etwas?«, fragte Erich.

Der Mann räusperte sich. »Was ist jetzt mit Ihrer Familie, Chef?«

»Um die kümmere ich mich«, sagte Erich. Kurz überlegte er, ob er Wedel bitten sollte, die Sache für sich zu behalten. Doch dann verzichtete er darauf. Er wollte sich nicht in Abhängigkeit begeben. Wenn Wedel den anderen von Er-nestine und Anton erzählen wollte, dann sollte er es tun. Bis die Geschichte weiter nach oben drang, war der Fall hoffent-lich längst gelöst. Und niemand interessierte sich für eine pensionierte Lateinlehrerin und einen Apotheker im Ruhe-stand.

Im winzigen Nebenzimmer, mehr eine Schuhschachtel als ein Büro, hockte zusammengekauert eine junge Frau. Sie trug die dunkle Arbeitskleidung eines Dienstmädchens, eine weiße Schürze und ein dazu passendes Häubchen. Als Erich eintrat, hob sie den Kopf. Sie hatte geweint. Ihre Augen wa-ren gerötet. Schniefend wischte sie mit dem Handrücken über die laufende Nase. Es war wohl nicht zum ersten Mal an diesem Tag, der Ärmel des Kleides sah dementsprechend unappetitlich aus.

»Ich hab das alte Fräulein Bitterkopf nicht umgebracht. Ich schwör es«, sagte sie mit breitem böhmischen Akzent.

»Immer der Reihe nach«, meinte Erich. Er setzte sich zu ihr. Zu zweit füllten sie den winzigen Raum völlig aus. Ein kleines Fenster an der Deckenleiste sorgte nur notdürftig für Licht. Wer immer dieses Zimmerchen geplant hatte, konnte es nicht für Menschen konzipiert haben, sondern eher für Zwerge.

»Seit wann arbeiten Sie im Hause Henkel, und worin bestehen Ihre Aufgaben?«

»Ich habe vor zehn Jahren angefangen. Mitten im Krieg. Meine Eltern haben mich nach Wien geschickt, weil es zu Hause nix mehr zum Essen gegeben hat.«

»Und Sie haben gleich eine Anstellung gefunden? Da hatten Sie großes Glück.«

»Ich habe gewusst, dass die Stelle frei war. Meine Vorgängerin hat gehen müssen.« Sie schniefte. »Und jetzt will der Herr Henkel mich loswerden. Nur dass es diesmal noch viel schlimmer ist. Er will mich ins Gefängnis stecken. Das ist nicht recht. Ich habe nichts falsch gemacht.«

»Warum wurde Ihre Vorgängerin entlassen?«, wollte Erich wissen.

Trotzig zuckte die Frau mit den Schultern. »Na, warum schon? Weil sie schwanger war.«

Erich richtete seinen Blick auf die Körpermitte der Frau. Jetzt erst fiel ihm auf, dass sie gerundet war. »Und nun sind Sie guter Hoffnung?«

»Ich wollte das Kind nicht. Aber was hätte ich tun sollen? Wenn der gnädige Herr was von einem will, dann darf man sich nicht wehren. Sonst sitzt man schnell auf der Straße. Das ist das Erste, was man in einem feinen Haushalt lernt.« Sie fuhr sich mit der Zunge über die Lippen und wischte dann erneut mit der Hand über die Nase. »Es ist zehn Jahre lang gut gegangen. Aber jetzt hat es mich erwischt. Jetzt hat er mir an Bangert angehängt, und deshalb will er mich loswerden.

So als hätte ich es mögen, dass er zu mir unter die Decke gekrochen ist. Das war nicht lustig, das können Sie mir glauben, Herr Oberkommissar.«

Geschichten wie diese waren Erich nicht fremd. Die Schicksale der jungen Frauen, die ihren Dienstgebern schutzlos ausgeliefert waren, machten ihn jedes Mal aufs Neue betroffen. Es war höchste Zeit, dass sich an den Arbeitsbedingungen der jungen Frauen etwas änderte. Seit dem Krieg hatte sich die Zahl der Hausangestellten deutlich reduziert. Rechte für Arbeiter, Gewerkschaften und eine rote Stadtregierung hatten für Verbesserungen im Arbeitsleben gesorgt. Aber in manchen Bereichen, wie den privaten Haushalten, ging es nur schleppend voran.

»Frau Henkel weiß, dass ihr Mann Sie regelmäßig aufsucht, um gewisse Dienstleistungen einzufordern?« Er formulierte seine Frage mit Bedacht.

»Ja. Ich glaube, dass es ihr anfangs sogar sehr recht war. Er ist davor zu ihrer Schwester gegangen. Das verstorbene Fräulein Bitterkopf war ganz vernarrt in den gnädigen Herren. Aber als sie alt worden ist, hat er sie nicht mehr wollen. Der mag nur junge, knackige Körper. Wenn ich fett geworden wäre, hätte er mich in Ruh lassen. Ich habe es probiert, das können Sie mir glauben, aber bei der ganzen Arbeit, die ich über den Tag verteilt so erledigen muss, kann niemand dick werden. So viel kann man gar nicht essen.«

Trotz der Tragik ihrer Worte musste Erich sich ein Schmunzeln verkneifen. Die Logik des Dienstmädchens war die eines Kindes.

Sie legte noch eins drauf. »Dabei ist er selbst alles andere als gut in Form, der gnädige Herr. Meiner Seele, war das jedes Mal ein ewiges Herumgetue, bis er endlich einen hoch–«

»Danke, ich kann mir die Situation lebhaft vorstellen!« Erich unterbrach die Frau entschieden. Mehr wollte er auf keinen Fall hören. »Sie glauben also, dass Herr Henkel Sie absichtlich des Mordes beschuldigt, um Sie loszuwerden?«

»Der wollt mich schon vor einem Monat auf die Straße setzen.« Sie fasste sich an den Bauch. Eigentlich war er nicht zu übersehen. Die Frau musste im fünften oder sechsten Schwangerschaftsmonat sein. Erich hatte im Moment ein Auge dafür. »Als er erfahren hat, dass ich ein Kind erwarte, da hat er gesagt, ich muss gehen. Die alte Bitterkopf wollte mich schon vor ein paar Jahren loswerden, die hat in mir eine Konkurrentin gesehen. Aber die Frau Henkel hat sich immer für mich eingesetzt. Auch jetzt hat sie es wieder gemacht. Ich glaube, dass sie es ganz gerne hätte, wenn ein Kind ins Haus käme. Auch wenn es nicht ihr eigenes ist. Die anderen vom Personal sagen, dass sie seit dem Verlust ihrer Söhne nicht mehr ganz richtig im Kopf ist. Ich kann das nicht bestätigen. Zu mir war sie immer gut.«

»Wer sagt, sie sei verrückt?«

»Die Elsa, das ist die Köchin. Elsa meint, dass Frau Henkel den Tod von ihren zwei Buben nie ganz verkraftet hat. Deshalb ist sie so traurig. Als der erste Sohn im Keller erstickt ist, hat sie angeblich ein ganzes Monat im Bett verbracht. Ich war damals noch nicht im Haus. Ich weiß nur, dass der Keller immer noch für alle gesperrt ist.«

»Sie glauben, dass Fräulein Bitterkopf in Ihnen eine Konkurrentin sah?« Erich überlegte. »Können Sie sich vorstellen, dass sie auch andere Frauen als Bedrohung wahrnahm?«

»Sie meinen, ob sie eifersüchtig war?«

»Ja.«

»Die wäre für den gnädigen Herren über Leichen gegangen.«

»Nun, jetzt ist sie selbst eine Leiche«, bemerkte Erich leise, und Martha zuckte zusammen.

Er dachte über ihre Worte nach. Was sie sagte, klang nachvollziehbar, wenn auch ungewöhnlich. Oft duldeten die Väter ihre unehelichen Kinder im Haus, während die betrogenen Ehefrauen sie gerne weit weg wissen würden.

»Muss ich jetzt wirklich ins Gefängnis?« Wieder schniefte

Martha. »Ich habe kein Gift in den Trank gemischt. Das schwör ich bei allem, was mir heilig ist.« Sie hob ihre Hand zum Schwur. »Ich hätte ja nicht einmal gewusst, wo ich Gift herkriege.«

Erich war mit den Gedanken noch bei dem verstorbenen Fräulein. »Sie haben erwähnt, dass Hermine Bitterkopf Sie entlassen wollte. Hat sie Sie auch schikaniert?«

»Die Bitterkopf war zu allen gemein. Auch zu ihrer Schwester. Die hat geglaubt, sie ist die Schönste und Klügste. Uns Bedienstete hat sie behandelt wie den letzten Dreck. Ganz schlimm war es, wenn sie gemerkt hat, dass eine von uns Mädchen hübsch ist und der gnädige Herr ihr nachschaut. Dann war sie ganz besonders gemein. Am liebsten hätte sie uns die Haare abgeschnitten oder uns sonst irgendwie hässlich gemacht. Aber dann hat es in ihrem Kopf einen Schnalzer gemacht, und sie ist innerhalb weniger Wochen so verwirrt geworden, dass sie uns nicht mehr erkannt hat. Die Frau Henkel hätte sich nicht um ihre Schwester gekümmert. Das Fräulein Bitterkopf hatte Glück, dass Frau Annezka aufgetaucht ist und die Pflege übernommen hat.«

»Wann genau ist sie ins Haus am Laaer Berg gezogen? Mit dem Zeitpunkt der Eheschließung oder erst nach dem Tod ihres Ehemanns?«

»Soviel ich weiß, haben der Herr Rudolf und die Frau Annezka heimlich geheiratet. Weil die Frau Annezka nicht so reich war wie der Herr Rudolf. Sie stammt aus ganz einfachen Verhältnissen. Aber die Sorge war völlig unbegründet, denn alle haben die Frau Annezka sofort lieb gewonnen. Sie ist wirklich eine nette Frau. Zum Personal ist sie immer freundlich und höflich. Die sorgt sich auch um uns Bedienstete. Wenn jemand krank ist, lasst sie einen nicht arbeiten und besteht darauf, dass wir uns ins Bett legen, bis wir wieder gesund sind. Wenn alle so wären wie die Frau Annezka, tät ein jeder gerne arbeiten.«

»Das klingt nach einer verantwortungsvollen Person.«

Das Dienstmädchen nickte.

»Wer hat den Schlaftrunk für Fräulein Bitterkopf zusammengemischt?«, wollte Erich wissen.

»Ich. Aber ich habe mich immer an das Rezept von Dr. Brenner gehalten. Die Liste mit den Kräutern hängt in der Küche. Die Zutaten stehen in Tontöpfen in einem Regal. Lauter harmlose Sachen, wie Hopfen und Baldrian und Honig.«

»Und wer hat den Trank ins Zimmer gebracht?«

»Na, auch ich.«

»Hat Fräulein Bitterkopf das Getränk immer gleich zu sich genommen oder erst später getrunken?«

»Das war ganz unterschiedlich«, sagte das Dienstmädchen. »Manchmal hat sie das Zeug gleich getrunken, dann wieder erst in der Nacht und hin und wieder gar nicht.«

»Hatte Fräulein Bitterkopf einen tiefen oder einen unruhigen Schlaf?«

»Sehr unruhig. Die ist schon beim kleinsten Geräusch aufgewacht.«

»Das heißt, sie wäre munter geworden, hätte jemand ihr Zimmer betreten?«

»Ich glaub schon!«

»Das würde bedeuten, dass sich das Gift – sollte sich herausstellen, dass die Frau vergiftet worden ist – schon im Getränk befunden hat, als Sie es ins Zimmer gebracht haben.«

»Nein«, widersprach Martha Sokol. »Ich habe den Trank zubereitet und ihr sofort aufs Zimmer gebracht. Das Häferl ist nie unbeaufsichtigt herumgestanden. Und das Fräulein ist schon im Bett gelegen. Ich hab das Häferl auf ihr Nachtkasterl gestellt. Da war kein Gift drinnen.«

»Ihnen ist klar, dass Sie sich selbst belasten, indem Sie sagen, dass Sie den Trank zubereitet haben und niemand die Möglichkeit hatte, etwas hinzuzufügen?«

Martha Sokol schluckte. Sie senkte den Blick und starrte auf ihre Hände. Sie lagen vor ihr auf der Tischplatte. Es waren die Hände einer Frau, die ihr Leben lang hart gearbeitet hatte. »Es ist die Wahrheit«, sagte sie leise. »Ich lüge nicht.«

»Danke.«

Sie hob ihren Kopf an. »Muss ich jetzt hierbleiben?«

»Nein. Wir haben keinerlei Beweise gegen Sie.«

»Aber Sie haben eben selbst gesagt, dass ich mich belaste.«

»Sie behaupten, keine Mörderin zu sein«, sagte Erich. »Und solange ich nichts anderes beweisen kann, gelten Sie als unschuldig.«

»Ich kann also aufstehen und gehen?«

»Ja.«

Martha Sokol richtete sich auf. »Hoffentlich gibt Frau Henkel ihrem Mann nicht nach und setzt mich auf die Straße.«

»Bestimmt finden Sie in Annezka Henkel eine zweite Fürsprecherin«, sagte Erich beruhigend. »Bei allem, was Sie mir über sie erzählt haben, glaube ich nicht, dass sie Sie entlassen will. Jeder Tag verschafft Ihnen Zeit, in der Sie sich eine andere Stelle suchen können.«

»Mit dem Bauch?« Martha Sokol verzog den Mund. »Das glauben S' ja selber nicht, Herr Oberkommissar.«

Gerne hätte Erich ihr widersprochen. Aber er wollte sie nicht anlügen. Auch er war ehrlich.

ACHTZEHN

»Habt ihr eine Vorstellung davon, wie unangenehm das Gespräch mit Wedel war? Ich will gar nicht daran denken, was passiert, wenn er Pinter davon erzählt.«

Ernestine und Anton saßen in der Wohnküche des Kutscherhäuschens und ließen Erichs Strafpredigt über sich ergehen wie zwei Kinder, die sich ihrer Vergehen durchaus bewusst waren.

»Es war Pech, dass der Mann ausgerechnet in dem Moment kam, als wir das Haus verlassen haben«, verteidigte sich Ernestine.

»Was habt ihr dort überhaupt gesucht?«, fuhr Erich verärgert fort. »Wedel hat irgendetwas von einem vorhergesagten Tod geredet. Ich habe nur die Hälfte verstanden.«

»Es ging um Fräulein Bitterkopf«, erklärte Ernestine. »Ich glaube, dass das Gift, das Frau Natalia am Sonntag erwischt hat, in Wirklichkeit ihr gegolten hat.«

»Und wer hätte das Gift in ihr Getränk mischen sollen?«, wollte Erich wissen. »Und warum?«

»Das wissen wir leider noch nicht«, gab Ernestine zu. »Aber je mehr ich über die Menschen im Böhmischen Prater erfahre, umso deutlicher wird mir, wie eng ihre Schicksale mit dem Ziegelwerk verbunden sind. Im Grunde haben alle irgendwann einmal dort gearbeitet, oder sie haben einen Verwandten oder Freund, der Ziegel gebrannt hat. Auch Mizzi Novotny ist im Werk beschäftigt gewesen, nachdem ihr Vater sein Gasthaus verspielt hatte.«

»Ja und? Was sagt uns das? Außer dass das Ziegelwerk ein sicherer Arbeitgeber war und ist?«

»Ich würde das Werk eher als einen Ort bezeichnen, wo Menschen skrupellos ausgebeutet werden«, widersprach Ernestine. »Die Arbeitsbedingungen sind immer noch skandalös. Hast du dir die Barackensiedlung angeschaut? Die Menschen hausen in feuchten Löchern. Keine Nacht würde ich freiwillig dort verbringen.«

»Auch das ist nichts Neues«, entfuhr es Erich. »Was haben die Arbeitsbedingungen im Ziegelwerk mit den Toten zu tun?«

»Lass uns doch noch einmal überlegen, was wir haben«, schlug Ernestine vor. »Mittlerweile gibt es vier Tote. Eine hübsche junge Frau, die vor sechs Jahren spurlos verschwand und deren Gebeine zufällig unter einem Musikpavillon gefunden wurden. Kurz darauf stirbt ein Obdachloser, der nach dem Krieg alles verloren hatte, was sein Leben ausmachte. Nach ihm wird eine Wahrsagerin vergiftet, die über die Geheimnisse der Menschen im Böhmischen Prater Bescheid weiß, und jetzt erstickt eine alte Frau im Schlaf, die den Ruf hatte, boshaft und egoistisch zu sein.«

»Nicht nur das«, sagte Erich. »Ich habe mich heute mit Martha Sokol, dem Dienstmädchen der Henkels, unterhalten. Sie hat mir unter anderem erzählt, dass Hermine Bitterkopf auf alle hübschen Dienstmädchen eifersüchtig gewesen ist.«

»Das ist interessant«, sagte Ernestine. »Wir sollten auf diese Feststellung später noch zurückkommen. Schließlich war unsere erste Tote eine bildschöne Frau.«

Sie machte eine kurze Pause, bevor sie weitersprach.

»Nehmen wir mal an, Anton und ich haben recht, und Frau Natalia starb aus Versehen. Weil es unser Mörder oder unsere Mörderin eigentlich auf Fräulein Bitterkopf abgesehen hatte. Dann bleiben immer noch die schöne Mizzi Novotny, der tragische Alexander Koller und das verwirrte Fräulein Bitterkopf. Die Frage ist, was haben die Mordopfer gemeinsam? Was verbindet sie?«

»Ich kann nichts erkennen«, sagte Erich frustriert.

»Nicht so voreilig!« Ernestine hob warnend die Hände. »Im Moment mag es so aussehen, als gäbe es keine Verbindung. Ich bin aber davon überzeugt, dass es eine gibt, wir sehen sie nur noch nicht. Was wissen wir über die Mordopfer? Fangen wir mit Mizzi Novotny an. Hast du die Fürsorge eingeschaltet?«

»Ja«, sagte Erich. »Der Bub wird in den nächsten Tagen in die KÜST kommen und von dort in eines der Kinderheime überstellt werden.«

»War man bei der Behörde überrascht, dass im Böhmischen Prater ein Junge wohnt, der nirgendwo aufscheint?«, fragte Anton.

»Nein. So etwas kommt auf Bauernhöfen am Land und in einfachen Arbeiterkreisen öfter vor, als wir uns vorstellen können. Dort, wo die Menschen ihre Kinder taufen lassen, werden die Geburten im Kirchenregister eingetragen. Aber wenn es keine Verbindung zur Kirche gibt und kein Geld für eine Geburtsurkunde, werden die Kinder nirgendwo angemeldet. Mizzi Novotny hat ihren Sohn allein zur Welt gebracht. Sie hat den Vater niemals verraten.«

»Wo hat sie mit ihrem Sohn gewohnt?«, fragte Ernestine. »Sie wird ihn ja nicht gleich zu Jana Benesch gegeben haben.«

»Doch«, entgegnete Erich. »Sie hat in einer Wohnung in den Baracken gewohnt. Jana Benesch hat den Jungen schon sehr früh übernommen, damit Mizzi arbeiten und Geld verdienen kann.«

»Das war sehr hilfsbereit von ihr und großzügig von Carel Prohaska. Er hätte den Jungen wegschicken können.«

»Jana Benesch hat nicht ganz uneigennützig gehandelt«, sagte Erich. »Mizzi Novotny hat ihr Geld dafür gegeben.«

»Die Zahlungen sind spätestens mit Mizzis Tod eingestellt worden«, gab Ernestine zu bedenken.

»Ob der Wirt der Vater des Jungen ist?«, überlegte Anton. »Vielleicht drückt er deshalb beide Augen zu.«

»Das glaube ich nicht. Wenn es so wäre, hätte Prohaska sich wohl zu Mihaelo bekannt. Er hat selbst keine Kinder. Bestimmt will er, dass sein Gasthaus eines Tages von jemand übernommen wird.«

»Schon seltsam, dass Mizzi ihren Sohn ausgerechnet dort unterbringt, wo sie selbst einst gewohnt hat. In einem Gasthaus, das eigentlich ihr zugestanden hätte«, sagte Anton.

»Gibt es jemand, der sich an den Abend erinnern kann, an dem Mizzi Novotny verschwunden ist?«, fragte Ernestine.

»Ich habe in den alten Polizeiprotokollen nachgelesen«, sagte Erich. »Milan Benesch hat damals eine Abgängigkeitsanzeige erstattet. Er hat angegeben, dass Mizzi Novotny das Opfer eines Verbrechens wurde. Angeblich hatte er sich mit ihr verabredet, aber sie ist nie erschienen. Während die anderen Bewohner im Böhmischen Prater sich über ihn lustig machten und meinten, sie habe ihn sitzen lassen und sei mit einem anderen abgehauen, war er davon überzeugt, dass ihr etwas zugestoßen ist. Man hat Mizzi Novotny nie gefunden. Die Letzte, die sie gesehen hat, war Fanny Woda, eine Arbeiterin in den Ziegelwerken. Sie hat neben ihr gewohnt.«

»Das ist doch die Frau, die den toten Alexander Koller gefunden hat«, meinte Anton.

Erich und Ernestine starrten ihn fassungslos an. Er hob entschuldigend die Schultern. »Seit ich regelmäßig das Kreuzworträtsel löse, merke ich mir Namen besser.«

»Du hast völlig recht!«, sagte Erich leise. »Mir kam der Name gleich bekannt vor. Aber ich konnte ihn nicht zuordnen. Wie konnte ich das übersehen?«

»Du solltest auch Kreuzworträtsel lösen«, sagte Ernestine. »Das ist Gymnastik für das Gehirn.«

»Ich hasse Kreuzworträtsel!«

»Dann halt andere Rätsel«, schlug Ernestine vor. Erich verzog bloß leidend den Mund.

»Lasst uns noch einmal zu der Aussage zurückkommen, die wir am Anfang zur Seite gelegt haben«, meinte Ernestine. »Fräulein Bitterkopf war eine Frau, die auf ihre Schönheit stolz war und sich damit brüstete, dass sie den Männern reihenweise den Kopf verdrehte, genau wie Mizzi Novotny. Das war etwas, was die beiden Frauen gemeinsam hatten. Wäre es denkbar, dass Hermine Bitterkopf, als sie alt wurde und nicht mehr so attraktiv war, auf Mizzi Novotny eifersüchtig war? Möglicherweise haben sie sich um denselben Mann gestritten?«

»Wohl kaum«, entgegnete Erich. »Zwischen den beiden lagen mehr als zwanzig Jahre, eine ganze Generation.«

»Mizzi Novotny wäre nicht die Erste gewesen, die einen deutlich älteren Mann verehrte. So etwas kommt häufig vor. Bestimmt öfter als umgekehrt. Aber natürlich dürfen wir auch die andere Version nicht ausschließen. Fräulein Bitterkopf könnte in einen jungen Mann verliebt gewesen sein. Oder er hatte ein Auge auf sie geworfen.«

»Das wäre ja so, als würdest du dich für einen Mann in Erichs Alter interessieren«, sagte Anton. Auch Erich schien mit der Vorstellung nichts anfangen zu können.

»Ich spreche nicht über mich«, verteidigte sich Ernestine. »Ich stelle bloß allgemeine Überlegungen an, und grundsätzlich ist es weder verwerflich noch ausgeschlossen, dass eine ältere Frau und ein jüngerer Mann sich ineinander verlieben.«

»Es ist unnatürlich«, sagte Erich.

»Unsinn«, widersprach Ernestine. »Nur weil du es dir nicht vorstellen kannst, ist es nicht ausgeschlossen. Ungewöhnlich vielleicht, aber bestimmt nicht abartig oder unmoralisch.«

»Ich weiß nicht …« Erich schien nicht überzeugt.

»Nehmen wir an, Fräulein Bitterkopf war in irgendeiner Weise in Mizzi Novotnys Tod verwickelt. Man hat jahrelang nicht über ihr plötzliches Verschwinden nachgedacht, weil man davon ausging, dass Mizzi Novotny mit einem reichen Verehrer davongelaufen war. Vielleicht hat Hermine Bitterkopf dieses Gerücht gestreut. Und jetzt stellt sich heraus, dass es anders war. Jemand hat eins und eins zusammengezählt und den Tod der hübschen Mizzi gerächt.«

»Nach all den Jahren? Das erscheint mir sehr unwahrscheinlich«, meinte Anton. »Mizzi Novotny ist 1919 verschwunden. Jetzt haben wir das Jahr 1925. Da liegen sechs Jahre dazwischen.«

»Große, leidenschaftliche Gefühle wie Liebe, Trauer oder Hass halten sich ein ganzes Leben lang«, behauptete Ernestine voller Überzeugung. »Ich kann mir vorstellen, dass sie über die Zeit sogar noch anwachsen und größer werden, wenn man sich ihnen nicht stellt.«

»Und wie passt der Tod von Alexander Koller in die Geschichte?«, wollte Erich wissen.

»Er hat davon Wind bekommen und den Mörder oder die Mörderin erpresst. Er hielt einen der Knöpfe von Mizzi Novotnys Kleid in der Hand. Deshalb wurde er mit einer Schaufel erschlagen.«

»Klingt nach einer schönen Theorie«, sagte Erich. »Aber es fehlen die Beweise.«

»Ja, leider«, gab Ernestine zu. Sie kräuselte die Nase. »Es kann sich natürlich auch ganz anders verhalten haben. Was ist mit den beiden Schwestern: Hermine Bitterkopf und Sibille Henkel? Haben sie einander schon immer nicht ausstehen können? Oder ist die Konkurrenz erst entstanden, als Hermine Bitterkopf ihre Schwester mit deren Ehemann betrogen hat?«

»Ist das eine Frage, die von Wichtigkeit ist?«, fragte Anton.

»Ich glaube, dass Ernestine recht hat«, meinte Erich. »Wir sollten uns bemühen, alles über die beteiligten Personen in Erfahrung zu bringen. Wie sie zueinander standen, was sie verband, was sie entzweite. Ich habe heute übrigens gehört, dass Annezka und Rudolf Henkel heimlich geheiratet haben, da Annezka aus ärmlichen Verhältnissen stammte. Anscheinend dachten die beiden, dass eine offizielle Eheschließung nicht erlaubt worden wäre.«

»Und war es so?«, fragte Anton.

»Als die Familie Annezka Henkel kennenlernte, waren sich alle einig, dass sie eine herzensgute Frau ist, die man ins Herz schließen muss.«

»Das spricht für die Familie«, sagte Anton.

»Und für Annezka Henkel«, sagte Ernestine. »Ich muss zugeben, dass ich ihr Wesen auch sehr einnehmend finde. Ich frage mich, wie lange sie schon in der Familie wohnt.«

Anton fragte: »Wer erbt eigentlich das ganze Unternehmen, wenn Herr und Frau Henkel sterben? Wissen wir das?«

»Ein Neffe, Severin Breitner«, sagte Erich. »Vorausgesetzt, das Ehepaar ändert das Testament nicht.«

»Hast du schon mit diesem Breitner gesprochen?« Ernestine sah Erich fragend an.

»Ich habe morgen ein Treffen mit ihm vereinbart.«

»Da wäre ich liebend gerne dabei«, meinte Ernestine.

»Du wirst dich in Zukunft aus dem Fall heraushalten!« Erich zeigte mit dem Zeigefinger zuerst auf Ernestine und dann auf Anton. »Das gilt auch für dich.«

Anton hob beide Hände. »Ich habe nicht vor, mich in irgendetwas einzumischen. Das Einzige, was mich am Böhmischen Prater interessiert, ist das Rezept von Jana Beneschs Powidltascherln, und das habe ich bereits bekommen.«

»Das ist gut so«, meinte Erich.

»Ich muss gestehen, dass es eine Menge offene Fragen gibt, auf die ich gerne Antworten hätte«, gab Ernestine zu. Als sie Erichs verzweifelten Gesichtsausdruck sah, lenkte sie ein. »Aber ich verstehe, dass unser Auftauchen vor Ort nicht sonderlich hilfreich für dich war.«

»Das wäre es auch in Zukunft nicht«, sagte Erich.

»Wir versprechen, dass wir vorerst keinen weiteren Ausflug zum Laaer Berg unternehmen werden.« Ernestine legte feierlich ihre Hand auf die Brust.

»Danke«, sagte Erich. Erleichtert stand er auf. »Ihr wisst, dass ich eure Hilfe grundsätzlich schätze. Aber im Moment ist sie kontraproduktiv.« Er wandte sich an Anton. »Was dagegen fein wäre, wenn ihr Heide in der Apotheke unterstützen könntet. Sie ist stur wie ein Esel und will sich von mir nicht helfen lassen, weil sie meint, ich arbeite ohnehin schon genug.

Aber sie ist müde und erschöpft. Das lange Stehen setzt ihr zu.«

»Ich werde gleich nach ihr schauen«, versprach Anton.

»Danke!« Erich verließ das Kutscherhäuschen.

Kaum dass er im Garten war und zum Haus lief, richtete sich Anton an Ernestine. »Ich hoffe, du hast Erich eben nicht belogen, was den Laaer Berg betrifft.«

»Ich lüge nie«, sagte Ernestine empört. »Auch wenn ich davon überzeugt bin, dass er unsere Hilfe gut brauchen könnte.«

»Ernestine!« Anton hob mahnend den Finger.

»Keine Sorge, ich halte mich an meine Versprechen. Ich habe keinen Besuch am Laaer Berg geplant.«

»Und so sollte das auch bleiben«, sagte Anton ungewohnt streng.

NEUNZEHN

»Du schaust müde aus«, meinte Anton besorgt.

»Ich habe letzte Nacht nicht besonders gut geschlafen«, gab Heide zu. »Dein Enkelkind hat mich ständig getreten, und ich hatte solches Sodbrennen, dass ich zwei Mal aufgestanden bin und ein paar Schluck Milch getrunken habe. Es hat leider nichts geholfen.«

»Käsepappeltee wäre hilfreicher«, schlug Anton vor.

»Ich weiß, aber der schmeckt so ekelhaft, dass mir im Moment schon vom Gedanken daran schlecht wird.«

»Ich mag ihn auch nicht«, gab Anton zu. »Dann lieber Milch.«

Die Glocke über der Eingangstür klingelte, und eine Kundin betrat die Apotheke. Anton kannte die Frau. Es war Gertrude Weinbach, eine Nachbarin, die vor Jahren mit ihrer Zwillingsschwester weggezogen war, hinaus aufs Land.

»Das ist ja eine Überraschung«, sagte er. »Was führt Sie denn nach Wien?«

»Ich war in der Gegend, und da dachte ich, ich schau mal vorbei.« Fräulein Weinbach war eine kleine, drahtige Frau in Antons Alter. Ihr langes graues Haar war zu einem Knoten gebunden. Sie trug ein Dirndl und dazu eine Jacke aus dunkelgrünem Loden. Fräulein Weinbach schien sich den ländlichen Gepflogenheiten angepasst zu haben.

»Wie geht es Ihnen?« Sie schaute auf Heides Bauch. »Nein, so was! Sind Sie etwa schwanger?«

»Sieht man den Bauch schon so stark?« Heide fasste sich mit beiden Händen auf die Körpermitte. »Selbst fällt er mir gar nicht so auf.«

»Das ist aber eine Freude. Haben Sie denn wieder geheiratet?«

»Ja!«

»Na, so was. Kenne ich den Glücklichen? Ist er ein Mann aus der Gegend?« .

»Nein, Erich ist erst nach der Hochzeit zu uns gezogen.«

»Und jetzt wohnen Sie alle zusammen über der Apotheke?« Fräulein Weinbach zeigte mit dem Daumen gegen die Decke.

»Nur mein Mann, Rosa, ich und bald noch ein kleiner Erdenbürger.« Heide lächelte. »Oder eine Erdenbürgerin.«

»Und wo sind Sie hingezogen, Herr Böck?« Fräulein Weinbach richtete sich an Anton. Das Landleben hatte nichts an ihrer Neugier geändert.

»Wir haben das kleine Kutscherhäuschen renoviert.«

»Wir?« Fräulein Weinbach zwinkerte ihm zu. »Sagen Sie bloß, Sie haben sich in Ihren alten Tagen noch einmal vermählt.«

Anton errötete. Er hatte vergessen, wie aufdringlich Fräulein Weinbach sein konnte. Als sie noch seine Nachbarin gewesen war, hatten sie und ihre Schwester ihn und Heide mit dem Klatsch und Tratsch des ganzen Bezirks versorgt.

Heide antwortete an seiner Stelle: »Fräulein Kirsch wohnt ebenfalls im Kutscherhäuschen.«

»Nein, wirklich? Die pensionierte Lateinlehrerin?« Fräulein Weinbach klatschte in die Hände. »Das muss ich meiner Helga erzählen. Die wird Augen machen. Sie hat ja immer gemeint, dass Sie beide ein entzückendes Paar abgeben würden. Wann haben Sie denn geheiratet?«

»Wir sind nicht verheiratet«, sagte Anton. Jetzt wusste er wieder, warum er Fräulein Weinbach früher gerne aus dem Weg gegangen war. Sie hatte ihn und Heide nicht nur mit Tratsch versorgt, sondern auch welchen über sie beide verbreitet.

»Sie leben in wilder Ehe zusammen?« Fräulein Weinbach schnappte nach Luft.

»Wir sind gut befreundet.« Es ging Fräulein Weinbach nichts an, in welchem Verhältnis Anton zu Ernestine stand.

Und wenn er ganz ehrlich zu sich war, so wusste er selbst nicht genau, wie er seine Beziehung zu Ernestine definieren sollte. Aber musste immer alles einen konkreten Namen haben? Was er mit Sicherheit sagen konnte, er fühlte sich in Ernestines Gegenwart sehr wohl und wollte sie auf gar keinen Fall in seinem Leben missen.

»Soso, gut befreundet«, wiederholte die aufdringliche Frau. »Na, wie auch immer. Helga wird trotzdem Augen machen.«

Sie zog einen der Hocker zu sich, die für Kunden bereitstanden, die warten wollten, bis Rezepturen zusammengemischt waren, und ließ sich gemütlich darauf nieder. Offenbar wollte sie länger bleiben.

»Und Sie, Frau Heide? Wie heißen Sie denn jetzt? In welcher Kirche haben Sie geheiratet?«

»Erich und ich haben uns nur am Standesamt trauen lassen. Ich heiße jetzt Felsberg.«

»Keine kirchliche Trauung? Warum denn nicht? Durften Sie nicht, weil Sie verwitwet sind? Manche Pfarrer sind sehr kleinlich.«

»Mein Mann ist Jude.«

»Was?« Die Frau fächerte sich Luft zu, als stockte ihr der Atem. »Sie haben einen Juden geheiratet?«

»Ja«, sagte Heide.

»Aber was sagt der Herr Pfarrer dazu?«

»Das weiß ich nicht«, meinte Heide.

»Aber Ihr Kind. Was ist mit dem armen Tschaperl? Das kann ja nicht ungetauft bleiben.«

»Ich habe kein Problem damit, wenn es nicht getauft wird«, sagte Heide. »Wenn es alt genug dazu ist, kann es sich selbst entscheiden, ob es Mitglied in einer Religionsgemeinschaft wird. Und natürlich auch, in welcher.«

Fassungslos öffnete Fräulein Weinbach den Mund und schloss ihn dann wieder. Sie hatte Ähnlichkeit mit einem Karpfen. »Das ist ganz …« Sie suchte nach einem passenden Wort.

»Fortschrittlich!«, half Anton ihr aus.

»Nein, das ist skandalös«, widersprach Fräulein Weinbach. »Das arme Kinderl. Das dürfen Sie auf keinen Fall zulassen, Herr Böck. Schließlich ist es Ihr Enkelkind, Ihr eigen Fleisch und Blut.«

»Ich werde mich gewiss nicht in die Entscheidungen meiner Tochter und meines Schwiegersohns einmischen.«

Wieder schnappte Fräulein Weinbach nach Luft. »Wilde Ehe«, murmelte sie fassungslos. »Was soll man da anderes erwarten?«

»Wollten Sie eigentlich etwas kaufen?«, fragte Heide. »Sie haben uns noch gar nicht verraten, was wir für Sie tun können.«

»Ach ja!« Fräulein Weinbach schien sich nur zögerlich an den eigentlichen Grund ihres Besuches zu erinnern. Offenbar fiel es ihr ob der Ungeheuerlichkeiten, die sie eben gehört hatte, schwer, ihre Gedanken zu ordnen. »Meine Schwester leidet unter einer trägen Verdauung. Sie braucht Ihren wundervollen Tee. Die Mischung hat ihr immer geholfen.«

»Zehn Dekagramm vom Abführtee?«

»Ich nehme zwanzig.«

»Sehr gerne!« Heide ging zum Regal, wo sich in großen dunklen Gläsern getrocknete Heilkräuter befanden. Anton konnte ihr ansehen, dass sie froh war, dem Gespräch zu entfliehen.

Fräulein Weinbach wandte sich mit einem neuen Thema an Anton. »Wissen Sie, wen ich kürzlich getroffen habe?«

»Ich habe nicht die geringste Ahnung.«

»Ihren alten Bekannten Dr. Markus Brenner. Er wohnt wieder ganz in Ihrer Nähe, in der Kaiserstraße. Die Praxis am Laaer Berg hat er aufgegeben. Er hilft seinem Nachfolger nur noch hin und wieder aus.«

»Markus Brenner«, wiederholte Anton. »Wie geht es ihm?«

»Im Grunde ganz gut«, meinte Fräulein Weinbach. »Er hat sich nach Ihnen erkundigt. Schade, dass unser Treffen nicht vorher stattgefunden hat. So gerne hätte ich ihm von Ihnen und Fräulein Kirsch erzählt.«

»Das kann ich mir lebhaft vorstellen«, sagte Anton leise. Aus den Augenwinkeln sah er Heide grinsen.

»Wenn Helga und ich Probleme haben, gehen wir immer zu Dr. Brenner. Er ist der Einzige, der uns aufmerksam zuhört und uns nicht ständig unterbricht.«

»Markus hatte immer schon eine Engelsgeduld.«

»Im Moment macht der Arme eine schwierige Zeit durch. Ich hätte ihn gerne abgelenkt und auf andere Gedanken gebracht«, meinte Fräulein Weinbach.

»Warum denn?«, fragte Anton. »Ich dachte, es gehe ihm gut.«

»Na, er ist doch der Arzt von der kürzlich verstorbenen Bitterkopf. Der Frau hat das halbe Ziegelimperium am Laaer Berg gehört. Und jetzt ist sie im Schlaf erstickt. Der arme Dr. Brenner musste der Polizei Rede und Antwort stehen. Dabei hat er der alten Frau bestimmt nur Harmloses verschrieben.« Fräulein Weinbach senkte die Stimme. »Wenn es stimmt, was man sich erzählt, dann ist sie vergiftet worden. Das ist jetzt schon die dritte Tote am Laaer Berg innerhalb weniger Tage, und wenn man die Knochen von der alten Leiche dazuzählt, sind es sogar vier. Also ich setze ganz sicher keinen Schritt mehr in den Böhmischen Prater. Treibt sich ohnehin nur Gsindel dort herum. Als anständige Frau hat man dort nix verloren.«

»Markus Brenner war der Arzt von Fräulein Bitterkopf?« Mit einem Mal fiel Anton wieder ein, dass Frau Henkel den Namen Brenner erwähnt hatte. Er hatte ihn nicht mit seinem Bekannten in Verbindung gebracht.

»Kannten Sie die Tote?« Neugierig lehnte Fräulein Weinbach sich nach vorne. Ein gieriges Verlangen nach skandalösem Tratsch blitzte in ihren Augen auf.

»Nur flüchtig«, sagte Anton.

»Es heißt, sie wäre nicht ganz richtig im Kopf gewesen. Sie soll ständig wirres Zeug geredet haben.«

»Wer behauptet so etwas? Doch nicht etwa Dr. Brenner? Ich kann mir nicht vorstellen, dass er schlecht über seine Patientinnen redet.«

»Das ist ja keine schlechte Nachrede«, entgegnete Fräulein Weinbach unschuldig. »Wenn jemand verwirrt ist, kann man das doch sagen. Man erzählt ja auch von einem gebrochenen Bein oder einer Grippe.«

»Wenn man behauptet, dass jemand nicht richtig im Kopf sei, klingt das für mich respektlos und abwertend«, sagte Anton.

»Ach, Herr Böck, Sie sind wieder einmal pingeliger als der Papst.«

»Ist der Papst denn pingelig? Heißt es nicht ›päpstlicher als der Papst‹?«

»Sie wissen ganz genau, was ich meine. Und um auf Ihre Frage zurückzukommen, natürlich habe ich die Information von Dr. Brenner. Er hat erzählt, dass Hermine Bitterkopf in den letzten Jahren Dinge durcheinandergebracht hat. Sie hat Menschen miteinander verwechselt und selbst Verwandte nicht mehr erkannt.«

»Das hat er Ihnen erzählt?« Anton wollte nicht glauben, dass sein Bekannter sich dem Tratsch über eine Patientin hingab.

Fräulein Weinbach verzog unschuldig den Mund und betrachtete dabei ihre Fingernägel. »Nun, vielleicht habe ich ein Gespräch mitgehört, das er mit einer seiner Mitarbeiterinnen geführt hat.«

»Sie haben ihn belauscht, als er mit seiner Sekretärin über eine Patientin geredet hat?«

Bestürzt fasste sich Frau Weinbach an die Brust. »Herr Böck, also wirklich. Was denken Sie von mir? Ich würde niemals lauschen. Ich habe das Gespräch rein zufällig mitgehört.«

»Ja, natürlich«, sagte Anton. Er stellte sich vor, was die Frau in ein paar Stunden rein zufällig über ihn und Ernestine erzählen würde und was über Heide und Erich. Es war gut, dass sie irgendwo in der Nähe von Wiener Neustadt wohnte und ihn dort niemand kannte.

Heide kehrte mit der abgewogenen Teemischung zurück. Sie reichte der ehemaligen Nachbarin das Papiersäckchen und nannte den Preis.

»Was? So viel?« Entsetzt sprang Frau Weinbach vom Hocker auf. »Bei uns in Wiener Neustadt kostet die Mischung nur halb so viel.«

»Dann sollten Sie in Zukunft dort die Teemischung kaufen«, bemerkte Anton finster.

Beleidigt legte Gertrude Weinbach die geforderten Münzen auf den Tresen. »Das werde ich in Zukunft auch tun, darauf können Sie Gift nehmen. In Wien ist alles doppelt so teuer wie am Land. Sogar die Melange im Kaffeehaus kostet hier mehr als beim Wirt in Lanzenkirchen.«

Verärgert verließ die Frau die Apotheke. Als sie wieder in der Kirchengasse war, drehte sich Heide zu Anton. »Das war eben sehr unhöflich von dir.«

Anton zuckte entschuldigend mit den Schultern. »Sie hat es herausgefordert.«

»Unhöflich, aber sehr passend«, ergänzte Heide. »Ich hätte es nicht besser sagen können. Was für eine unmögliche Person. Die Menschen in Lanzenkirchen und Wiener Neustadt können einem leidtun.«

»Und Markus Brenner auch«, ergänzte Anton. »Stell dir vor, die beiden sind deine Patientinnen.«

Heide schüttelte sich. »Grauenhaft!«

ZWANZIG

Zu Fuß spazierte Erich von der Elisabethpromenade zur Porzellangasse. Der Weg führte ihn durch ein schmuckes Viertel, in dem sich ein elegantes Gründerzeithaus an das andere reihte. Verspielte Balkons, kleine Erker und Stuck in Form von Weinreben, Frauenköpfen und Ornamenten zierten die Hausfassaden.

Erich bog in die Berggasse ein, las die Namensschilder von Rechtsanwälten, Notaren und Ärzten. Der Name Sigmund Freud stach ihm ins Auge. Erst kürzlich hatte er einen Artikel des Analytikers gelesen, in einer Zeitschrift, die in der Apotheke gelegen hatte. Angeblich beeinflusste das Unterbewusstsein die Entscheidungen der Menschen mehr, als sie für möglich hielten. Erich fand diese Überlegung interessant. Alles, was half, die Motive menschlichen Handelns besser zu verstehen, unterstützte ihn in seiner Arbeit.

Er war gespannt, was Severin Breitner für ein Mensch war. Er hatte seinen Besuch angekündigt und dem Mann angeboten, er könne entweder zu ihm in die Polizeidirektion kommen, oder Erich würde ihn besuchen. Severin Breitner hatte sich für die zweite Variante entschieden.

In der Porzellangasse suchte er nach der richtigen Hausnummer und stand kurz darauf vor einem wunderschönen dreistöckigen Gebäude. Erich betrat das Stiegenhaus. Am Boden waren blau-weiß bemalte Fliesen verlegt, eine Wendeltreppe mit einem kunstvoll geschmiedeten Handlauf führte in die oberen Stockwerke. In jedem Zwischenstock gab es ein Fenster in den begrünten Innenhof. Die Fensterscheiben waren mit floralen Mosaiken verziert.

Die Bassenas, weiß glänzende Gemeinschaftswaschbecken im Treppenhaus, dienten hier nur noch als Zierde. Die Wohnungen verfügten alle über Fließwasser. Erich wusste, wie

Bassenas aussahen, bei denen die Bewohner täglich Wasser holten. Sie waren schmutzig, die Wasserhähne tropften oder waren verrostet. Nicht selten fanden sich im Becken Küchenabfälle, Seifenreste und andere Unappetitlichkeiten.

Erich stieg die Treppe in den ersten Stock hinauf und hielt vor einer dunkelbraunen Wohnungstür inne. Auf einem goldenen Türschild stand: »Severin Breitner«.

Erich klopfte. Nichts rührte sich. Hatte der Mann auf ihn vergessen? Erich klopfte erneut, diesmal lauter. Wieder keine Reaktion. Neben der Wohnungstür befand sich ein Fenster. Es war eine matte Milchscheibe. Erich trat näher, legte die Hände ans Glas und versuchte, in die Wohnung zu schauen. Er konnte nur schemenhafte Umrisse erkennen. Vielleicht lag hinter dem Fenster die Küche.

Er versuchte es mit einem Klopfen gegen die Glasscheibe, da wurde die Nachbartür geöffnet. Eine Dame in einem eleganten Morgenmantel öffnete. Sie hielt eine Zigarette in der Hand und nahm genüsslich einen Zug. Beim Ausatmen des hellen Rauchs sagte sie: »Der Breitner hört Sie nur, wenn Sie ganz laut klopfen. Am besten, Sie trommeln mit den Fäusten.«

»Ist der Mann schwerhörig?«, fragte Erich.

»A, geh wo!« Die Frau lachte. »Der sauft nur zu viel. Ich glaub, der ist gestern erst weit nach Mitternacht nach Hause gekommen. Ich habe länger gelesen, deshalb habe ich ihn kommen gehört.«

Erich folgte dem Rat der Nachbarin und trommelte mit den Fäusten gegen die Tür. Tatsächlich waren jetzt schlurfende Geräusche in der Wohnung zu vernehmen.

»Na bitte, ich sag's ja. Der hat noch geschlafen.« Die Frau im Morgenmantel verschwand wieder hinter ihrer eigenen Wohnungstür.

Kurz darauf öffnete sich die von Severin Breitner. Ein Mann in Erichs Alter stand vor ihm. Sein Gesicht war blass, dunkle Ringe lagen unter seinen verschwollenen, geröteten

Augen. Sein Haar war ungekämmt, seine Kleidung verknittert. Es sah aus, als hätte er darin geschlafen und wäre eben aus dem Bett gestiegen. Es dauerte einen Moment, bis der Mann sich orientiert hatte. Verschlafen blinzelte er Erich an.

»Sie sind der Polizist, der mich sprechen wollte. Richtig?«

»Oberkommissar Erich Felsberg.« Erich zog seinen Dienstausweis aus der Westentasche und hielt ihn dem Mann unter die Nase. Der warf nur einen halbherzigen Blick darauf. Dann öffnete er die Tür mit einer spöttischen Verbeugung.

»Bitte schön. Treten Sie ein.«

Erich folgte der Aufforderung. Durch ein dunkles Vorzimmer führte Severin Breitner ihn in einen großzügigen Wohnraum mit einem Balkon zum begrünten Innenhof.

Eigentlich war der Raum geschmackvoll eingerichtet, mit edlen Möbeln aus poliertem Kirschholz. Das Sofa war mit einem prächtigen Überzug aus dunkelrotem Samt bespannt. Am Boden lag ein kostbarer Perserteppich. Trotzdem wirkte der Raum schmuddelig, was der Unordnung geschuldet war. Der Tisch war vollgestellt mit halb vollen Flaschen, schmutzigen Tellern und Gläsern. Kleidungsstücke hingen über den Sessellehnen, Bücher und Zeitungen stapelten sich auf den Sitzflächen und am Boden. Severin Breitner hatte offenbar auf dem Sofa übernachtet. Zwei zerknautschte Pölster lagen darauf. Eine offen stehende Tür führte in einen angrenzenden Raum, der mindestens genauso unordentlich war, wenn nicht noch schlimmer. Dort war auch der Boden mit Kleidungsstücken bedeckt. Herr Breitner schloss die Tür, als er Erichs neugierigen Blick wahrnahm. Es stank nach kaltem Rauch und Essensresten. Von Herrn Breitner selbst ging der Geruch von Alkohol und Schweiß aus. Seine Stirn glänzte.

»Suchen Sie sich einen Platz«, sagte er und machte eine einladende Geste.

Erich hielt nach einem leeren Sessel Ausschau. Als er keinen fand, nahm er einen Stapel Papier auf und legte ihn auf den Boden. Es war eine Ausgabe der Vereinszeitung des Wiener

Trabrennvereins. Offenbar besuchte Breitner regelmäßig die Trabrennbahn in der Krieau. Mehrere Favoriten, Pferde mit hohen Gewinnchancen, waren mit einem Stift eingekreist worden.

»Wetten Sie gerne?«, fragte Erich.

»Gelegentlich.« Breitner setzte sich Erich gegenüber. »Und Sie?«

»Nein. Ich hatte kürzlich beruflich in der Krieau zu tun.«

»Ein Mord auf der Trabrennbahn?«

»Ja.«

Breitner lachte, als handelte es sich um einen Scherz. Mit einem Mal wurde er ernst, beugte sich nach vorne. »Also, weshalb wollten Sie mich sprechen?«

»Zuerst einmal möchte ich Ihnen mein Beileid zum Tod Ihrer Tante aussprechen.«

»Sie war bloß meine Großtante«, besserte Severin Breitner aus. »Ich hatte kaum Kontakt zu ihr.«

»Hat Ihr Tod Sie überrascht?«

»Nein. Ich habe schon viel früher damit gerechnet. Ihr gesundheitlicher Zustand hat sich in den letzten Jahren ständig verschlechtert.«

»Tatsächlich?« Erich holte seinen Notizblock aus seiner Jacke. »Davon wusste ich nichts. Alle behaupteten, sie hätte sich ausgezeichneter Gesundheit erfreut.«

»Sie war nicht ganz klar im Kopf. Tante Mimi hat alle Menschen durcheinandergebracht.«

»Sie war verwirrt, aber gesund«, sagte Erich.

»Schon möglich«, gab Breitner zu. »Für mich gehört das zusammen.«

»Sie haben gewiss gehört, dass Ihre Tante vergiftet wurde. Der Schwager der Verstorbenen hält das Dienstmädchen für die Mörderin. Würden Sie dem zustimmen?«

»Die Martha?« Severin Breitner lachte. Eine Welle von Restalkohol schwappte zu Erich. Er drehte sich dezent weg. »Wenn jemand die Tante Mimi ums Eck bringen wollte, dann war es ihre Schwester, die Tante Sibille. Aber bestimmt nicht die Martha.«

»Warum hätte Frau Henkel ihre Schwester umbringen wollen?«

»Ist ja kein Geheimnis«, meinte Severin Breitner. Er zuckte mit den Schultern. »Die Tante Mimi hat jahrelang ein Verhältnis mit Onkel Otto gehabt.« Wieder lachte er. »Eine wirklich feine Gesellschaft ist das, meine Verwandtschaft. Wenn ich nicht eines Tages alles erben würde, hätte ich bestimmt keinen Kontakt mit denen.«

»Sind Sie sicher, dass Sie erben werden?«

Mit einem Mal wurde der Mann ernst. »Meinen Sie die Gerüchte, dass Onkel Otto und Tante Sibille die Annezka ins Testament einsetzen wollen?«

Erich log und tat so, als würde er davon wissen.

»Wenn die zwei das machen, dann fechte ich das Testament an.« Breitner richtete sich auf und streckte die Schultern kämpferisch durch. Sein ohnehin rotes Gesicht färbte sich noch dunkler. »Die Annezka hat kein Recht auf irgendetwas. Die war ja nicht einmal richtig mit dem Rudolf verheiratet.«

»Wie bitte?«

»Na, die zwei haben heimlich geheiratet. Ohne Pfarrer und Kirche.«

»Die standesamtliche Trauung ist die, die vor dem Gesetz gilt«, sagte Erich. »Die kirchliche ist nur für die Glaubensgemeinschaft von Wichtigkeit.« Er sprach aus eigener Erfahrung.

»Es gibt nicht einmal eine standesamtliche Urkunde. Gar nichts. Die Annezka kann nicht erben«, wiederholte Severin Breitner. »Als der Richard starb, ist alles auf den Rudolf übergegangen. Und damals war klar, sollte auch dem Rudi etwas zustoßen, dann bekomme ich alles. Das kann jetzt nicht einfach geändert werden.«

»Rudolf Henkel ist im Krieg umgekommen. Haben Sie auch gekämpft?«

»Ich habe mir gleich im ersten Kriegsjahr eine Verletzung am Bein zugezogen, dann musste ich nicht mehr zurück an die Front.«

Erich fragte sich, was für eine Art Verletzung das gewesen sein mochte. Breitner humpelte nicht. Erich selbst hatte ein Granatsplitter eine lebenslange Erinnerung an den Krieg beschert. Wenn er schnell ging, hinkte er immer noch. Aber die Verletzung hatte ihn nicht vor einem zweiten und dritten Kriegseinsatz bewahrt. Sobald die Wunde verheilt war, hatte man ihn erneut eingezogen. Severin Breitner musste einflussreiche Freunde beim Militär gehabt haben.

»Kannten Sie Annezka Henkel, bevor sie Ihren Cousin geheiratet hat?«

»Nein. Niemand hat sie gekannt. Sie war ja die heimliche Liebe vom Rudi. Aber sie hat nicht zu ihm gepasst. Der Rudolf war wie sein Vater, der Otto. Die haben auf schöne Frauen gestanden. Richtig fesche Frauenzimmer. Nicht so unscheinbare wie die Annezka. Wenn Sie mich jetzt fragen, wie die ausschaut, kann ich sie Ihnen nicht beschreiben, weil sie so unscheinbar ist. Ein graues Mauserl, das nirgendwo auffällt.«

»Waren Sie mit Ihrem Cousin eng befreundet?«

»Es hat eine Zeit gegeben, da haben der Rudi und ich ständig zusammengesteckt.« Breitner grinste. »Wir waren gemeinsam in der Schule. So was verbindet. Erst danach haben sich unsere Wege getrennt. Der Rudi hat in den Ziegelwerken begonnen, und ich habe studiert.«

»Darf ich fragen, was Sie studiert haben?«

»Ich bin Bauingenieur.«

»Arbeiten Sie auch als solcher?« Erich konnte sich beim besten Willen nicht vorstellen, dass der Mann es schaffte, jeden Tag aufzustehen und in ein Büro zu gehen.

»Ich muss nicht arbeiten«, sagte Breitner überheblich. »Ich werde erben.«

»Vorausgesetzt, das Testament wird nicht verändert«, wiederholte Erich provokant. Vielleicht konnte er den Mann aus der Reserve locken.

Doch Breitner blieb ruhig. »Das wird nicht passieren.«

»Waren Sie verwundert, dass Rudolf Henkel Ihnen nichts von seiner Ehe erzählt hat? Wenn Sie über viele Jahre so eng befreundet waren, wäre es doch naheliegend gewesen, dass er Ihnen seine Ehefrau vorstellt.«

»Die zwei haben sich irgendwo im Krieg kennengelernt«, sagte Breitner. »Dann haben sie sich irgendwie irgendwo heimlich das Jawort gegeben. Darauf gebe ich gar nichts. Sie haben es offenbar recht eilig gehabt. Ich habe mir damals gedacht, dass die Annezka schwanger wär, aber Kind haben die zwei keines. Was gut ist!« Er lachte wieder. »Sonst würde ja der Bangert erben.« Er machte eine Pause. »Es muss also wirklich die große Liebe gewesen sein zwischen den beiden.« Breitner verzog den Mund. »So was soll's ja geben. So was oder was Ähnliches. Keine Ahnung, was sich der Rudi mit der Annezka wirklich gedacht hat.«

»Annezka Henkel ist eine sehr warmherzige und hilfsbereite Frau. Vielleicht war es das, was Ihren Cousin angesprochen hat.«

Wieder lachte Breitner. »Na, da hätte der Rudi sich aber ordentlich geändert. Früher waren ihm ein großer Busen und ein knackiger Hintern wichtig. Genau wie seinem Vater, dem Otto. Der Apfel fällt ja bekanntlich nicht weit vom Stamm.«

»Der Krieg verändert die Menschen«, sagte Erich. »Vielleicht war es bei Ihrem Cousin auch so.«

»Muss so gewesen sein.«

»Wann waren Sie das letzte Mal bei Ihren Verwandten zu Besuch?«

»Letzten Sonntag.«

»An dem Tag, an dem man die Leichenteile im Böhmischen Prater ausgegraben hat?«

»Schon möglich.« Severin Breitner klang auf einmal vorsichtig.

»Weshalb waren Sie dort?«

»Ich muss bei Tante Sibille und Onkel Otto regelmäßig mein Gesicht zeigen. Sonst fällt denen am Ende wirklich noch was Dummes ein, und sie ändern ihr Testament.«

»Sollten Sie das Ziegelwerk erben, würden Sie es weiterführen?«

Severin Breitner hob abwehrend beide Hände. »Gott bewahre, natürlich nicht. Ich würde es lukrativ verkaufen und mir mit dem Geld ein schönes Leben gönnen.«

»Wissen Ihre Verwandten das?«

»Nein«, sagte Breitner geradeheraus. »Und solange sie leben, werden sie es auch nicht erfahren. Ich hoffe, Sie haben mich verstanden? Das ist eine Antwort, die ich einem neugierigen Polizisten gebe, damit er den Mörder meiner Tante findet, aber nicht, damit er es meiner anderen Tante zwitschert.«

»Kann es nicht sein, dass Herr und Frau Henkel Ihre Absichten ahnen und deshalb gerne Annezka Henkel als Erbin einsetzen wollen?«

»Das werden sie nicht tun«, verkündete Breitner überzeugt. »Und wenn doch, dann werde ich mich zu wehren wissen. Darauf können Sie Gift nehmen.«

Es schien ihm nicht aufzufallen, was er eben gesagt hatte. In Anbetracht der Art, wie seine Tante verstorben war, war diese Redewendung sehr gewagt.

»Ich stehe im engen Kontakt mit Dr. Klein, dem Notar der Familie. Er hat seine Kanzlei gleich um die Ecke. Wenn Sie mir nicht glauben, können Sie bei ihm nachfragen. Es ist keine Testamentsänderung geplant. Ich werde das Ziegelwerk bekommen. Da fährt die Eisenbahn drüber.«

»Haben Sie Schulden, Herr Breitner?«

»Wie bitte?« Der Gesichtsausdruck des Mannes verschloss sich. »Das geht Sie wohl nichts an.«

»Ich kann das auch auf anderem Weg herausfinden. Es würde jedoch kein gutes Licht auf Sie werfen, wenn Sie der Polizei wichtige Informationen vorenthalten.«

Breitner biss sich auf die Unterlippe und starrte Erich grimmig an. »Ein paar Spielschulden«, gab er zu.

»Wie hoch sind diese Schulden?«

»Das weiß ich nicht.« Er verschränkte die Arme ablehnend vor der Brust.

Erich machte sich ein paar Notizen. Der Mann, der vor ihm saß, brauchte die Erbschaft, wollte er finanziell überleben. Mit dem Tod seiner Tante war er dem Vermögen einen Schritt näher gekommen. Aber noch trennten ihn zwei weitere Menschen vom Reichtum. Erich fragte sich, warum man die demente Hermine Bitterkopf nicht entmündigt hatte. Offiziell war sie immer noch Miteigentümerin gewesen. Oder hatte er da falsche Informationen? Ein Besuch beim Notar würde sich vielleicht wirklich lohnen.

»Wenn Sie keine weiteren Fragen mehr haben, würde ich jetzt gerne meinen Aufgaben nachgehen.« Breitner stand rasch auf. Er schwankte. Sein Körper kämpfte mit dem Restalkohol der vorherigen Nacht. Erich konnte sich gut vorstellen, worin die Aufgaben des Mannes bestanden: Er würde aufs Sofa plumpsen, sobald Erich weg war.

»Vorerst bin ich fertig«, sagte Erich. »Aber bitte halten Sie sich bereit, falls wir noch weitere Fragen an Sie haben.«

Erich verabschiedete sich. Am Weg ins Vorzimmer fiel sein Blick auf Stiefel. Sie waren voller Schlamm und Erde.

»Haben Sie einen Ausflug in den Wald gemacht?«

»Ich war bei einer Jagd eingeladen.«

»Sind Sie Jäger?«

»Nein.«

Erich war sich sicher, dass Breitner eben gelogen hatte. Es war wohl nicht die einzige Unwahrheit, die er ihm aufgetischt hatte.

EINUNDZWANZIG

Ernestine nahm Anton einen sauberen Teller ab und wischte mit einem Geschirrtuch darüber. Sie war mit dem Trocknen langsamer als Anton mit dem Abwaschen, was der Tatsache geschuldet war, dass sie die Arbeit immer wieder unterbrach, um nachzudenken und die richtigen Worte zu finden.

»Wie schade, dass ich Erich versprochen habe, nicht mehr in den Böhmischen Prater zu fahren«, seufzte sie. »Es gibt noch so viel, was ich gerne herausfinden würde. Es schwirren noch eine Menge unbeantworteter Fragen in meinem Kopf herum.«

Anton hielt Ernestine den nächsten tropfenden Teller entgegen. Gedankenversunken verstaute sie den abgetrockneten im offenen Regal und nahm den nassen entgegen.

»Heute am Vormittag war Fräulein Weinbach in der Apotheke. Kannst du dich an sie erinnern?«

Ernestine verzog leidend das Gesicht. »Die alte Tratsche, die an niemandem ein gutes Haar gelassen hat und gemeinsam mit ihrer Zwillingsschwester über alle Bewohner in Mariahilf hergezogen ist? Natürlich habe ich die noch in Erinnerung. Ich hatte gehofft, dass sie nie wieder nach Wien kommt.«

»Sie ist die Patientin eines alten Bekannten von mir, Dr. Markus Brenner.«

Ernestine hielt in ihrer Bewegung inne.

»Du kannst auch beim Nachdenken und Reden weiter abtrocknen«, meinte Anton.

Ernestine wischte über den Teller. »Ich habe den Namen erst kürzlich irgendwo gehört«, sagte sie.

»Ich weiß«, sagte Anton. »Wir haben ihn beide gehört und nicht zugeordnet. Markus Brenner ist oder besser war der Arzt vom verstorbenen Fräulein Bitterkopf. Ich weiß nicht, ob er sie regelmäßig betreut hat.«

»Hoffentlich wirken die Kreuzworträtsel gegen unsere Vergesslichkeit«, sagte Ernestine besorgt. »So etwas wäre mir vor ein paar Jahren nicht passiert.«

»Mir schon«, sagte Anton und zog nun den schmutzigen Topf zu sich. Er hatte ihn für den Schluss aufgehoben. Mit der Scheuerbürste bearbeitete er den Boden, wo ihm die Butterbrösel angebrannt waren. So etwas geschah bei ihm nur äußerst selten. Aber er war unkonzentriert gewesen, die gehässigen Worte von Fräulein Weinbach gingen ihm nicht aus dem Kopf. Anton schrubbte so heftig, dass ein paar Tropfen vom Spülwasser aus dem Becken spritzten. Ernestine machte einen Schritt zurück.

»Ich würde zu gerne wissen, was dein Bekannter über den verwirrten Zustand von Fräulein Bitterkopf sagt. Du nicht auch?«

Anton unterbrach das Schrubben. »Nein, es interessiert mich nicht.«

»Bist du denn gar nicht neugierig?«

»Natürlich gibt es Dinge, die ich gerne wissen würde. Ob ich eine Enkeltochter oder einen Enkelsohn bekomme. Ob Rapid nächsten Samstag gewinnt. Ob meine Powidltascherl so gut werden wie die von Frau Benesch –«

Ernestine unterbrach seine Aufzählung. »Solche Fragen meine ich nicht!« Sie holte tief Luft. »Interessiert dich denn nicht, wer Fräulein Bitterkopf vergiftet und den armen Alexander Koller erschlagen hat? Warum Frau Natalia ihr Leben lassen musste, und was es mit der toten Mizzi Novotny auf sich hatte?«

Anton sah Ernestine lange an. »Es tut mir leid. Ich weiß, du wünschst dir eine andere Antwort. Aber die Wahrheit ist die: Ich will mit all den schrecklichen Verbrechen nichts zu tun haben. Was sich politisch gerade zusammenbraut, reicht mir als Sorgenpotenzial vollauf.«

Ernestine nickte seufzend. »Du hast völlig recht«, stimmte sie ihm zu. »Ich wünschte, mir wären die Morde auch gleichgültig. Aber wenn es ein Rätsel gibt, dann packt mich die Neugier, und sie lässt mich erst wieder los, wenn alle Fragen beantwortet sind.«

»Ich weiß«, sagte Anton. Er hielt Ernestine den sauberen Topf entgegen. »Hoffentlich ist das Rätsel bald gelöst. Es wäre schrecklich, wenn noch weitere Menschen sterben müssten.«

»Ja, das wäre furchtbar«, meinte Ernestine nachdenklich. »Aber ich fürchte, dass es noch nicht ausgestanden ist. Jemand fühlt sich aus irgendeinem Grund bedroht, und solange das der Fall ist, wird es Tote geben.«

»Oh mein Gott. Nimm lieber den Topf und trockne ihn ab«, forderte Anton. »Das ist weniger gefährlich als die Suche nach Mördern.«

Ernestine warf einen mitfühlenden Blick auf Antons Fingerkuppen. Vom Schrubben waren sie gerötet. »Ich hol dir eine Wundsalbe«, schlug sie vor. »So ungefährlich ist das Geschirrwaschen auch nicht.« Und schon war sie auf dem Weg zu Heide in die Apotheke. Anton blieb mit dem sauberen Topf allein zurück. Was blieb ihm anderes übrig, als ihn selbst zu trocknen?

Am Nachmittag schnappte Anton sich Minna, um zu einem ausgiebigen Spaziergang aufzubrechen. »Kommst du mit?«, fragte er Ernestine. »Wir könnten am Heimweg einen Abstecher ins Café Ritter machen. Ich habe schon ewig keinen Topfenstrudel mehr gegessen.«

»Du hast doch heute Morgen einen Apfelkuchen gebacken. Wer soll den essen, wenn du jetzt ins Café Ritter gehst?«

Anton verzog amüsiert das Gesicht. »Glaubst du wirklich, dass mich eine Portion Topfenstrudel davon abhalten kann, am Abend den Apfelkuchen zu schmausen?«

»Wahrscheinlich nicht«, sagte Ernestine. »Ich komme aber trotzdem nicht mit. Ich werde mich endlich meinem Schal widmen. Seit Wochen nehme ich mir vor, ihn zu stopfen. Er hat im letzten Winter ein paar Löcher abgekommen. Ich will nicht, dass ich keinen Schal habe, wenn der erste Schnee fällt.«

»Wie kommst du darauf, dass es bald schneit? Der Herbst könnte im Moment nicht schöner sein«, meinte Anton.

»Das mag schon stimmen. Aber jetzt bin ich motiviert. Das kann sich rasch wieder ändern. Handarbeit gehört nicht zu meinen Lieblingsbeschäftigungen.«

Anton wusste, dass Ernestine nicht gerne nähte, strickte oder häkelte. Dazu fehlten ihr die notwendige Geduld und das Geschick. Er hatte sie einmal gebeten, ihm einen Knopf an sein Hemd anzunähen. Ernestine hatte so viel Nähgarn verwendet, dass Anton den Knopf hinterher wieder abgetrennt und selbst Hand angelegt hatte. Freilich hatte er es Ernestine nie gebeichtet. Er nahm an, dass sie es auch so bemerkt hatte.

»Dann gehen Minna und ich allein«, sagte er. Kaum dass er den Namen der Cockerspaniel-Dame nannte, stand sie auch schon neben ihm und hielt ihre Leine erwartungsvoll im Maul. Schon erstaunlich, dass Minna mittlerweile ausschließlich bei ihm und Ernestine wohnte. Dabei war sie ursprünglich Rosas Hund gewesen.

Eine halbe Stunde nachdem die beiden gegangen waren, läutete es an der Gartentür. Ernestine, die gerade ihren Nähkorb aus den Tiefen ihres Kleiderschranks hervorgekramt hatte, richtete sich auf und ging zur Tür. Hatte Anton etwas vergessen? Doch zu ihrer Überraschung war es nicht Anton, der vor ihr stand, sondern Sibille Henkel.

»Grüß Gott. Ich hoffe, ich komme nicht ungelegen.« Frau Henkel war wie immer wie aus dem Ei gepellt. Sie trug ein elegantes braunes Herbstkostüm aus feiner Wolle, mit dem sie auch in der Oper oder im Theater passend gekleidet gewesen wäre. Die hauchdünnen Lederhandschuhe, die Ernestine an ihre eigenen erinnerten, ein kleiner Hut mit Krempe und eine Handtasche im selben Farbton wie die Schuhe rundeten das Bild ab. Alles passte harmonisch zusammen. Um ihren

Hals hing eine Kette mit dem Anhänger einer Libelle. Das Schmuckstück hatte Ähnlichkeit mit dem Schmetterling, den sie neulich bei Annezka Henkel gesehen hatte. Auch auf den Flügeln der Libelle funkelten kleine Edelsteine.

»Sie kommen gerade recht«, versicherte ihr Ernestine. »Der Schal, den ich flicken wollte, der kann warten. Handarbeiten sind mir ein Gräuel. Ich bin Ihnen dankbar, wenn Sie mich davon abhalten.«

»Soll ich Ihnen behilflich sein? Ich stricke und häkle für mein Leben gern.«

»Wirklich?«

»Ja, zeigen Sie mir Ihren Schal. Vielleicht kann ich das Problem lösen.«

»Das wäre ganz wundervoll. Sie würden mir einen sehr, sehr großen Dienst erweisen«, sagte Ernestine, öffnete die Gartentür weit und bat Frau Henkel herein.

»Darf ich Ihnen Kaffee anbieten? Anton hat einen herrlichen Apfelnusskuchen gebacken.«

»Das klingt verlockend. Danke.«

Frau Henkel folgte Ernestine durch den Garten. Gemeinsam betraten sie das Kutscherhäuschen.

Mit unverhohlener Neugier sah die Ziegelwerkbesitzerin sich um. »Gemütlich haben Sie es hier«, sagte sie. »Klein und eng, aber gemütlich.«

»Für zwei ältere Menschen passt das Häuschen perfekt«, meinte Ernestine. »Wer viel Platz hat, muss den auch putzen. Und ich muss gestehen, dass ich das Staubwischen ebenso verabscheue wie das Handarbeiten.«

»Ja, das ist gewiss unangenehm«, sagte Frau Henkel, die in ihrem Leben bestimmt noch nie selbst geputzt hatte.

»Bitte nehmen Sie Platz.« Ernestine zeigte auf die Eckbank neben dem Kachelofen. Es war Antons Lieblingsplatz. Sie hatte ihren Schal und den Nähkorb daneben abgelegt. Rasch brühte sie frischen Kaffee auf und schnitt den Apfelkuchen. Dann deckte sie den Tisch, und als alles fertig war, setzte sie sich.

Frau Henkel hatte sich in der Zwischenzeit dem Schal gewidmet. Mit kleinen, säuberlichen Stichen hatte sie die Löcher so ordentlich gestopft, dass man nichts mehr davon sah.

»Hier, bitte.«

Ernestine konnte es nicht fassen. »Wie haben Sie das so schnell geschafft?« Sie nahm den Schal entgegen und suchte nach den reparierten Stellen, jedoch ohne Erfolg. Sie waren einfach nicht mehr zu finden. »Sie sind eine Künstlerin«, sagte sie tief beeindruckt.

Frau Henkel errötete. »Ach, das ist doch nichts«, meinte sie. »Ich war in einem Lyzeum, dort hat man uns viele Stunden lang das Nähen und Sticken beigebracht. Ich muss zugeben, dass ich daran immer große Freude hatte. Hätte ich einen Beruf erlernen können, ich wäre Schneiderin geworden. Im Gegensatz zu Mimi, sie hat die Handarbeitsstunden gehasst. Ich nehme an, dass es Ihnen auch so ging.«

»Ich habe die Stunden nicht gehasst«, sagte Ernestine. »Ich war nur immer eine Spur zu ungeschickt.«

Frau Henkel lachte. »Das glaube ich nicht. Mimi hat das übrigens auch behauptet. Ich glaube, sie war schlicht und ergreifend faul.«

»Es ist gut möglich, dass das auch auf mich zutrifft«, gab Ernestine lachend zu. Sie legte den Schal zusammen, bedankte sich noch einmal und schob dann Nähzeug und Schal zur Seite.

»Mimi hat nicht nur den Handarbeitsstunden nichts abgewinnen können. Sie hat die Schule an sich gehasst. Wenn es nach ihr gegangen wäre, hätte sie Tag und Nacht gefeiert. Sie liebte rauschende Ballnächte, schöne Kleidung und Tanzveranstaltungen. Mimi wäre eine gute Schauspielerin geworden. Sie hatte ein Talent dafür. Leider stand das nie zur Diskussion. Genauso wenig wie das Schneidern bei mir.«

»Ihre Leben waren sehr vorbestimmt.«

»Sind sie das nicht bei allen?«, fragte Sibille Henkel. »Wie viele von uns haben den Luxus, frei entscheiden zu können?«

Ernestine zögerte mit der Antwort. Es fiel ihr schwer, Mitleid mit einer Frau zu haben, die auf die Butterseite des Lebens gefallen war und nie Geldprobleme gehabt hatte.

»Ich weiß, was Sie denken«, sagte Sibille Henkel. »Und wahrscheinlich haben Sie recht. Mimi und ich waren privilegiert. Mimi hat ihr Leben in vollen Zügen genossen. Sie war zwar die Ältere, aber sobald ich geheiratet hatte, war sie aus dem Schneider und konnte tun, wonach ihr der Sinn stand.«

Ernestine sah ihr Gegenüber interessiert an. Im Gegensatz zu ihrem letzten Treffen wirkte Frau Henkel heute traurig. So als hätte sie jetzt erst begriffen, was mit ihrer Schwester passiert war.

»Mimi hat sich genommen, was sie wollte. Sie ist ihr ganzes Leben lang ein Kind geblieben.« Ernestine suchte vergeblich nach der Verbitterung oder dem Hass in der Stimme, die sie bei ihren letzten Treffen mit Frau Henkel wahrgenommen hatte. Nichts davon war heute zu hören.

»Ich freue mich, dass Sie mich besuchen«, sagte Ernestine, schenkte den Kaffee in zwei geblümte Häferl mit zartem Goldrand und schob eines davon zu Sibille Henkel. »Aber ich nehme an, dass es einen Grund dafür gibt. Mein Schal wird es nicht gewesen sein.«

»Woher wussten Sie, dass Mimi sterben wird?«

Frau Henkel nahm dankend den Kaffee entgegen. Ohne den Blick von Ernestine zu lassen, rührte sie Zucker und Milch hinein. Statt zu trinken, hielt sie sich mit beiden Händen am Häferl fest.

»Ich wusste es nicht«, gab Ernestine zu. »Ich habe es bloß befürchtet.«

»Aber warum? Meine Schwester war nicht immer höflich zu allen Menschen, aber sie hatte keine Feinde, die ihr nach dem Leben trachteten. Es ist mir völlig unverständlich, warum sie jemand umbringen wollte.«

»Darauf habe ich leider keine Antwort«, sagte Ernestine. »Was ich fest glaube, ist, dass das Gift, das Frau Natalia das

Leben kostete, eigentlich für Ihre Schwester bestimmt gewesen ist. Der geistig behinderte Emil hat sechs und neun vertauscht.«

»Denken Sie, der Schwachsinnige hat das mit Absicht gemacht?«

»Warum hätte er das tun sollen?«

»Sie haben meine Schwester kennengelernt, sie hatte eine spitze Zunge. Sie dachte nie darüber nach, ob ihre Worte jemand anderen kränken könnten. Vielleicht hat sie sich abfällig über den jungen Mann geäußert. Und er hat dann überreagiert. Man weiß ja nicht, was in dem Kopf eines Verrückten vor sich geht.«

»Nein«, widersprach Ernestine überzeugt. »Ich glaube nicht, dass Emil einen Mord von langer Hand geplant hat.«

»Auch nicht, wenn meine Schwester ihn öfter beleidigt hat?«

Ernestine schüttelte den Kopf. »Der junge Mann hat in seinem Leben wahrscheinlich so viele Beleidigungen und Beschimpfungen gehört, dass er sich unmöglich an alle erinnern kann.«

»Manchmal gibt es den sprichwörtlichen Tropfen, der das Fass zum Überlaufen bringt. Mimi war nicht zimperlich mit ihren Beschimpfungen.«

»Nein«, wiederholte Ernestine. »Ich kann mir durchaus vorstellen, dass er im Affekt zuschlägt, wenn er sich in die Enge getrieben fühlt. Aber es ist für mich undenkbar, dass er Gift in ein Getränk mischt und das dann serviert.« Sie machte eine Pause. »Und welchen Grund sollte er gehabt haben, Ihre Schwester umzubringen? Ein paar böse Worte reichten gewiss nicht aus. Da hätte der arme Mann eine Menge Menschen umbringen müssen.«

Sibille Henkel nahm einen Schluck vom Kaffee. »Wahrscheinlich haben Sie recht. Aber wer sonst sollte meine Schwester umbringen wollen?«

»Vielleicht wusste sie etwas, das ihr zur Gefahr wurde«,

vermutete Ernestine. »Es könnte etwas sein, das mit den Knochen der toten Mizzi Novotny zusammenhing. Kannten Sie die Frau?«

»Mizzi, die Tochter vom alten Novotny? Ja, natürlich. Die kannte jeder«, sagte Frau Henkel. »Sie war eine bildhübsche Frau, leider durch und durch verdorben. Sie hatte ständig andere Liebhaber. Angeblich hat der alte Novotny sein Gasthaus in einer einzigen Nacht verspielt, worauf die Mizzi auf der Straße landete und bei uns nach Arbeit gefragt hat.«

»Ich nehme an, dass sie welche bekommen hat?« Ernestine stellte eine Frage, auf die sie die Antwort bereits kannte.

»Ja, aber nur für ein paar Monate. Dann haben wir sie rauswerfen müssen.«

Erstaunt hob Ernestine die Augenbrauen. Von der Entlassung hatte sie nichts gewusst.

»Warum wurde sie entlassen?«

»Ein böser Arbeitsunfall«, sagte Frau Henkel. »So genau weiß ich es nicht mehr. Ich glaube, dass ein junger Mann wegen ihrer Unachtsamkeit ums Leben gekommen ist. Ein braver Arbeiter. Die genaue Geschichte kennt mein Mann. Er hat sie gefeuert.«

»Wohnte Mizzi Novotny nicht bis zu ihrem Verschwinden in den Baracken des Ziegelwerks?«

Frau Henkel richtete sich auf. »Sie meinen die Wohnungen unserer Arbeiter?«

»Ja.«

»Wer gekündigt wird, muss ausziehen. Wir beherbergen keine Menschen, die nicht bei uns arbeiten. Da könnte ja jeder kommen und sich einquartieren wollen.«

Ernestine fragte sich, wann Frau Henkel das letzte Mal am Firmengelände gewesen war. Die wenigsten Menschen würden freiwillig dort wohnen wollen. Nur wer sonst kein Dach über dem Kopf hatte und unter der Brücke oder dem freien Himmel schlafen müsste, würde einen Schlafplatz in einer der Baracken vorziehen.

»Kann es nicht sein, dass sie trotzdem noch eine Zeit dortgeblieben ist? Werden die Unterkünfte von Ihnen kontrolliert?«

Frau Henkel lachte. »Also von mir ganz bestimmt nicht. Möglich, dass mein Mann jemanden damit beauftragt hat, der das von Zeit zu Zeit tut.«

Ernestine nahm mal an, dass sich niemand darum kümmerte. Solange die Miete bezahlt wurde, war es allen egal, wer in den windschiefen, feuchten Häusern hauste.

»Sagt Ihnen der Name Fanny Woda etwas?«, fragte Ernestine.

»Das war eine unserer Vorarbeiterinnen. Sie ist jetzt in der Ankerbrotfabrik. Brennt keine Ziegel mehr, sondern bäckt Brot.«

Die prompte Antwort überraschte Ernestine. »Wissen Sie, wo die Frau jetzt wohnt?«

Konsterniert sah Sibille Henkel Ernestine an und schwieg. So als hätte Ernestine eben einen wunden Punkt berührt. Fieberhaft überlegte Ernestine, wie sie die Fabrikantengattin zu weiteren Antworten bewegen konnte, doch noch während sie grübelte, sagte Sibille Henkel: »Seltsam, dass Sie ausgerechnet nach Fanny Woda fragen. Sie ist die Einzige, von der ich weiß, wo sie wohnt. Und nur deshalb, weil es sich um das winzige Häuschen neben unserem Grundstück handelt. Die Wodas haben es geerbt. Wir wollen das kleine Eckgrundstück seit Jahren kaufen, denn das windschiefe Häuschen ist ein Schandfleck vor unserem Schlafzimmerfenster. Doch die Wodas weigern sich hartnäckig. Dabei könnten sie das Geld gut gebrauchen. Gustav Woda ist seit seiner Rückkehr aus dem Krieg nicht mehr in der Lage zu arbeiten.« Sibille Henkel zuckte mit den Schultern. »Wie auch immer. Man kann Menschen nicht zu ihrem Glück zwingen. Irgendwann werden sie das Häuschen hergeben. Ich stoße mich nicht mehr daran. Nächste Woche werde ich das Zimmer von Hermine übernehmen, dann muss ich das windschiefe Wodahäuserl

nicht mehr ertragen und auch die Wäsche nicht, die sie un-
unterbrochen waschen. Ich glaube, der Gustav Woda macht
jede Nacht ins Bett. Wie gibt es das sonst, dass ständig ein
Bettlaken im winzigen Garten hängt?«

»Manche Leute haben es gerne sehr reinlich«, meinte Ernestine. Viel seltsamer als saubere Wäsche fand sie die Tatsache, dass Sibille Henkel ins Zimmer ihrer verstorbenen
Schwester umsiedelte.

»Wie geht Ihre Schwiegertochter mit dem plötzlichen Tod
Ihrer Schwester um? Die junge Frau hat sich ganz reizend um
sie gekümmert.« Ernestine kam erneut auf die tote Hermine
Bitterkopf zu sprechen.

»Annezka ist ein Engel«, bestätigte Sibille Henkel. »Sie ist
das Beste, was meinem Mann und mir in den letzten Jahren
widerfahren ist.«

»Waren Sie überrascht, als Ihr Sohn Ihre Schwiegertochter
nach Hause gebracht hat?«

»Das hat er nicht«, sagte Frau Henkel.

»Wie haben Sie dann Annezka Henkel kennengelernt?«

»Rudi und Annezka haben sich heimlich an der Front verlobt. Erst nach dem Krieg ist Annezka zu uns gekommen und
hat uns die Beziehung gestanden. Wir haben keine Sekunde
gezögert und sie bei uns aufgenommen.«

»Verlobt?«, wiederholte Ernestine irritiert. »Heißt das,
die beiden waren nie verheiratet? Wie kommt es, dass Ihre
Schwiegertochter Ihren Namen trägt?«

»Den trägt sie nicht.« Sibille Henkel drehte das Häferl in
ihren Händen. »Noch nicht«, sagte sie. »Wir sind eben dabei,
mit unserem Rechtsanwalt alles in die Wege zu leiten. Otto
und ich wollen, dass Annezka eines Tages das Unternehmen
und das Haus erbt.«

Ernestine kniff die Augen zusammen. Sie musste all die
Informationen neu einordnen.

»Ihr verstorbener Sohn und Annezka … wie heißt sie wirklich? Die beiden waren gar nicht verheiratet?«

»Im Moment heißt sie noch Annezka Vesely. Aber das wissen die wenigsten Menschen. Man würde bloß böse tratschen, was wir vermeiden wollen. Rudolf und Annezka haben sich bei einem Fronturlaub in Triest kennengelernt. Sie wollten heiraten, doch dann ist Rudolf verletzt worden. Er hat uns noch einen Brief geschrieben, der aber gemeinsam mit einem Brief an sie in Annezkas Händen gelandet ist. In dem Brief hat er uns gebeten, Annezka bei uns aufzunehmen und wie unsere Tochter zu behandeln, weil er sie so liebte. Es war für uns eine Selbstverständlichkeit. Wir hätten es auch ohne seine ausdrückliche Bitte getan. Allein die Tatsache, dass er ihr das Schmuckstück meiner Mutter geschenkt hat, war Beweis genug für uns, wie sehr er sie geliebt hat.«

»Die Kette mit dem Schmetterlingsanhänger?«, fragte Ernestine.

»Ja!« Sibille Henkel fasste nach ihrem eigenen Schmuckstück. »Es gibt zwei Anhänger, den Schmetterling und die Libelle. Sie sind beide von meiner Mutter. Sie wollte, dass wir sie an unsere Töchter weitergeben. Mimi hat nie Kinder bekommen und ich bloß Söhne. Also habe ich Rudi gebeten, die Kette der Frau zu schenken, die er in sein Herz geschlossen hat.«

»Und Sie haben jetzt die Kette Ihrer Schwester?«

»Ja, so lange, bis ich sie eines Tages ebenfalls an Annezka weitergebe. Sie ist jetzt unsere Familie.«

»Und was ist mit Severin Breitner?« Ernestine war wieder einmal stolz auf ihr Namensgedächtnis. Das morgendliche Kreuzworträtsel zeigte eben Wirkung.

»Pah, der Neffe ist ein geldgieriger Nichtsnutz, der säuft und spielt. In diesem Punkt sind mein Mann und ich uns zur Abwechslung mal einig: Severin wird unser Geld nicht bekommen. Er glaubt, dass er erben wird, aber Dr. Klein, unser Notar, weiß Bescheid. Er hält ihn weiter in dem Glauben, damit er uns in Ruhe lässt.« Sie räusperte sich. Einen Moment schien sie zu überlegen, ob sie ihre Worte aussprechen sollte.

Schließlich sagte sie: »Wenn man es genau nimmt, handelt es sich ohnehin ausschließlich um mein Geld. Alles, was wir besitzen, stammt aus meiner Familie.«

»Aber Ihr Mann leitet das Unternehmen. Ihm gehört die Hälfte.«

Sibille Henkel zog den rechten Mundwinkel hoch. Ein fast triumphierendes Lächeln stahl sich auf ihr Gesicht.

»Mein Mann hält die Welt in diesem Glauben, und manchmal bin ich mir nicht sicher, ob er es nicht auch für die Wahrheit hält. Aber Tatsache ist, dass meine Schwester und ich die Besitzerinnen waren. Jetzt gehört alles mir. Niemals hätte ich das Erbe meiner Familie aus der Hand gegeben. Meine Söhne hätten alles übernehmen sollen. Leider hatte der liebe Herrgott einen anderen Plan.« Sie bekreuzigte sich. »Er hat mir Annezka geschickt. Sie lindert meinen Schmerz.«

Ernestine ging alles noch einmal in ihrem Kopf durch. »Ihre Schwiegertochter ist also nur die Verlobte Ihres Sohnes gewesen. Sie stand mit einem Brief von Ihrem Sohn und einem Schmuckstück vor Ihrer Tür, und Sie haben sie aufgenommen. Habe ich das richtig verstanden?«

»Ja, genau so war es. Annezka hat nie etwas von uns verlangt oder erbeten. So etwas würde sie niemals tun. Es war eine Selbstverständlichkeit, sie aufzunehmen. Sie gehört in unsere Familie.«

»Haben Sie den Brief noch? Bestimmt ist er Ihnen sehr wichtig.«

»Er ist das Wertvollste, was ich besitze. Es waren Rudis letzte Worte, bevor er …« Sie sprach das Wort nicht aus. Stattdessen räusperte sie sich und fuhr mit belegter Stimme fort: »Ich trage den Brief immer bei mir. Wollen Sie ihn sehen?«

»Sehr gerne.«

Bereitwillig klappte Sibille Henkel ihre Handtasche auf und holte ein silbernes Etui heraus. Es war für Zigaretten gedacht, doch sie bewahrte ihren persönlichen Schatz darin auf. Mit einem feinen Klicken öffnete sie das Etui. Ein klein zusammengelegter Briefbogen kam zum Vorschein. Vorsichtig entfaltete sie ihn und legte das Papier behutsam vor Ernestine auf den Tisch.

Die wagte es kaum, das Schreiben anzufassen, und überflog die Zeilen. Der Inhalt berührte sie. Rudolf Henkel bat seine Eltern um Verzeihung, dass er sterben würde. Sosehr er kämpfe, sein Körper setze ihm Grenzen. Er schrieb, dass er sich trotz des Wahnsinns des Krieges verliebt hatte, in die großzügigste und warmherzigste Frau dieser Welt: in Annezka Vesely. Er wollte sie heiraten, aber die Zeit sei gegen sie gewesen. Sie hätten sich nur verloben können. Rudolf hoffte, dass seine Eltern die Frau und Liebe seines Lebens bei sich aufnehmen und ebenso ins Herz schließen würden wie er selbst. Ernestine spürte, wie sich ihre Kehle zusammenschnürte ob der bewegenden Worte, die ein junger Mann kurz vor seinem Tod geschrieben hatte. Als sie die Unterschrift las, musste sie die Nase aufziehen. »Euer euch immer liebender Sohn Rudolf Ferdinand. Wir werden uns in einer anderen Welt wiedersehen. Ich warte auf euch.«

Vorsichtig schob sie den Brief zurück zu Sibille Henkel, stand auf und holte sich ein Taschentuch.

»Ihr Sohn muss Annezka sehr geliebt haben«, sagte sie ergriffen.

Sibille Henkel faltete das Papier sorgfältig zusammen und nickte. »Aus diesem Grund werde ich alles tun, wirklich alles, damit Annezka auch vor dem Gesetz unsere Tochter wird. Sie hat es verdient. Solange ich lebe, wird Severin Breitner nichts vom Geld meiner Familie bekommen, das schwöre ich Ihnen.«

ZWEIUNDZWANZIG

Der Spaziergang mit Minna fiel länger aus, als Anton eigentlich geplant hatte. Das sonnige Herbstwetter machte den kleinen Ausflug zu einem Genuss. Den Abschluss bildete ein Abstecher ins Café Ritter.

»Herr Böck, wie schön, dass Sie wieder einmal bei uns sind. Wo haben Sie Ihre reizende Begleitung gelassen?« Herr Franz, der Ober, war ein Mann, der seinen Gästen mit übertriebener Freundlichkeit oder unhöflichem Granteln begegnete, je nach seiner persönlichen Befindlichkeit. Er führte Anton zu einem Nischentisch beim Fenster.

»Fräulein Kirsch ist zu Hause beschäftigt«, sagte Anton.

»Wie immer? Eine Melange und Topfenstrudel mit Vanillesauce?«

»Ja, bitte. Und eine Schüssel Wasser für Minna.«

»Sehr gerne!« Heute war Franz die Zuvorkommenheit in Person. Anton fand sein Verhalten fast gruselig, denn beim letzten Besuch hatte der Kellner ihn nicht einmal gegrüßt und dann eine halbe Stunde auf den Kaffee warten lassen.

Er sah zum Zeitungsständer, wo internationale Tageszeitungen in filigranen Halterungen aus gebogenem Holz hingen. Anton stand auf, um sich eine davon zu holen, als ein Mann auf ihn zutrat.

»Anton, bist du es?«

Ein Herr im dunklen Anzug mit weinrotem Halstuch und grau melierten Schläfen schaute ihn über den Rand einer kleinen Metallbrille an.

»Markus! Das ist ja eine Überraschung«, sagte Anton. »Du wirst es nicht glauben, aber ich habe erst heute Morgen über dich gesprochen.«

»Wirklich? Ich hoffe, es war nur Gutes.« Der Mann lachte.

»Selbstverständlich!«, sagte Anton. »Ich frage mich, wie

lange es her ist, seit wir uns das letzte Mal gesehen haben. Gut siehst du aus.«

»Das kann ich nur zurückgeben. Der Ruhestand scheint dir gutzutun.« Markus Brenner zeigte auf Antons Tisch. »Ist bei dir noch ein Platz frei?«

»Ja, bitte. Setz dich.«

Der Arzt nahm Anton gegenüber Platz, schaute unter den Tisch und streichelte Minna über den Kopf. »Seit wann bist du auf den Hund gekommen?«

»Es ist eigentlich der Hund meiner Enkeltochter.«

Markus Brenner lachte: »Du brauchst gar nicht mehr erklären.«

»Hast du schon bestellt?«, fragte Anton. »Herr Franz ist heute ungewöhnlich freundlich.«

»Das ist mir auch schon aufgefallen«, meinte Markus Brenner. »Als ich ins Café kam, hat er mich gegrüßt. Keine Ahnung, wann er das das letzte Mal gemacht hat.«

»Vielleicht ist er verliebt.«

»Ich glaube, dass es mit dem Sieg der Vienna zu tun hat.«

Antons Gesicht verfinsterte sich. »Erinnere mich nicht daran«, sagte er düster. »Eigentlich hätte das Spiel für Rapid ausgehen müssen. Es war der Schiedsrichter, der ein Tor nicht gegeben hat. Niemals war das ein Abseits.«

Markus Brenner lachte. Es war kein Geheimnis, dass Anton ein glühender Anhänger des Wiener Sportklubs Rapid war. Er besuchte regelmäßig die Spiele auf der Hohen Warte und fieberte mit den Fußballspielern mit. Zu seinem Leidwesen war Erich, sein Schwiegersohn, Mitglied bei der Hakoah. Weshalb die beiden immer wieder in heftige Diskussionen gerieten. Dass nun aber die Vienna Rapid geschlagen hatte, war für Anton noch schlimmer als ein Sieg der Hakoah.

»Lass uns bitte über etwas Erfreulicheres reden«, bat Anton.

Brenner streute weiteres Salz in Antons Wunde. »Ich finde Rapids Niederlage nicht unerfreulich.«

Anton, der eigentlich ein friedfertiger Mann war, nahm den Ball auf und spielte ihn mit einem Thema zurück, von dem er annahm, dass es Markus schmerzte. »Ich bin neulich einer deiner Patientinnen begegnet. Sie lässt dich schön grüßen.«

»Ach ja? Wer denn?« Markus Brenner winkte den Kellner zu sich und bestellte einen großen Braunen und ein Stück Apfelstrudel. Als der immer noch gut gelaunte Ober weg war, antwortete Anton.

»Gertrude Weinbach.«

Augenblicklich erstarrte das Lachen auf Markus Brenners Gesicht. »Oh mein Gott. Ich dachte, du willst über Erfreuliches reden.«

Anton zog mit gespielter Unschuldsmiene die Augenbrauen hoch.

»Du weißt, was für schreckliche Tratschtanten die Weinbach-Schwestern sind«, sagte Markus Brenner.

»Ich muss gestehen, dass ich es anfangs vergessen hatte«, gab Anton zu. »Aber sobald Gertrude Weinbach den Mund aufgemacht hat, ist es mir wieder eingefallen. Fräulein Weinbach erzählt übrigens, du würdest Gerüchte über deine Patienten in die Welt setzen.«

»*Was* tut sie?« Markus Brenners Stimme wurde lauter.

»Sie hat fallen lassen, dass du der Arzt von Fräulein Bitterkopf wärst, die kürzlich verstorben ist.«

»Anton!« Markus Brenner verschränkte abwehrend die Arme vor der Brust. »Seit wann hörst du auf Tratsch?«

»Das tu ich nicht«, verteidigte sich Anton und erzählte, wie er und Ernestine die Bekanntschaft der Henkels gemacht hatten.

»Ich frage mich, wie es kommt, dass du und Ernestine immer wieder in Mordfälle verwickelt werdet.« Brenner schüttelte kaum merklich den Kopf.

»Ernestine hat eine Spürnase für Verbrechen«, sagte Anton. »Manchmal glaube ich, sie zieht sie förmlich an.«

»Solange ihr beiden selbst nicht zu Opfern oder zu Tätern

werdet, ist ja alles gut!« Markus Brenner lehnte sich wieder zurück und wurde ernst. »Dass Fräulein Weinbach haltlose Behauptungen verbreitet, ist mehr als unerfreulich. Aber ich kann nicht viel dagegen tun. Was genau hat sie diesmal getratscht?«

»Dass du behauptet hättest, Fräulein Bitterkopf sei verwirrt. Aber das wusste ja ohnehin jeder, der mit ihr zu tun hatte.«

»Und ich hätte das gesagt?«

Anton bereute es, den Namen Weinbach erwähnt zu haben. Er machte eine wegwerfende Handbewegung. »Vergiss Fräulein Weinbach«, bat er. »Ich wollte bloß vom Fußball ablenken.«

»Natürlich«, sagte Markus Brenner. »Trotzdem ärgert mich das Gerede. Niemals würde ich mit Patienten über andere Patienten reden. Und schon gar nicht schlecht.«

»Das weiß ich«, sagte Anton. »Aber in diesem Fall wäre es ja nicht einmal böse Nachrede, sondern die Wahrheit. Das Fräulein war ja wirklich verwirrt.«

Brenner neigte den Kopf. »Ja und nein«, sagte er. »Sie war einerseits verwirrt und dann wieder überraschend klar im Kopf. Es gab Kleinigkeiten, an die sie sich erinnern konnte, die andere Menschen längst vergessen hätten.«

»Was für Kleinigkeiten?«

»Unwichtige Details wie die Farbe eines Kleides, das sie vor Jahren angehabt hatte, oder die Taufnamen von Menschen, die nie genannt werden. Eben Kleinigkeiten, denen andere keine Bedeutung beimessen würden.«

»Ist das bei Patienten, die im Alter verwirrt werden, nicht häufig der Fall? Sie wissen noch, was sie als Zehnjährige gegessen haben, können sich aber nicht erinnern, was sie vor einer Stunde zu sich genommen haben.«

»Ja«, stimmte Markus Brenner ihm zu. »Bei Fräulein Bitterkopf war es nur ganz besonders ausgeprägt.«

»Die alte Frau hatte großes Glück mit der Frau ihres verstorbenen Neffen. Wenn Frau Annezka Henkel sich nicht so rührend um sie gekümmert hätte, wäre ihr Alltag wohl nicht so unbeschwert für sie gewesen.«

»Ich habe die junge Frau nie kennengelernt.«

»Wie kann das sein?«, fragte Anton. »Sie hat die alte Tante doch auf Schritt und Tritt begleitet.«

»Das mag schon sein«, sagte Markus Brenner. »Aber nicht bei den Arztbesuchen. Die hat ausschließlich ihre Schwester Sibille Henkel mit ihr unternommen.«

»Seltsam. Oder?«

»Ich weiß nicht. Wahrscheinlich war es eine Gewohnheit, die sich über Jahre so eingespielt hatte. Es erscheint mir nicht ungewöhnlich.«

»Und du bist Annezka Henkel auch am Laaer Berg nie begegnet?«

Markus Brenner hob abwehrend beide Hände. »Ich mache schon seit Jahren keine Hausbesuche mehr. Dazu bin ich zu alt.« Er lachte.

»Fräulein Weinbach hat erzählt, du hättest deine Praxis aufgegeben und würdest nur noch hin und wieder aushelfen.«

»Ja, so ist es«, bestätigte Markus Brenner. »Irgendwann kommt der Zeitpunkt, wo es genug ist. Du hast deine Apotheke doch auch an Heide übergeben.«

»Und trotzdem stehe ich derzeit wieder im Geschäft«, sagte Anton und erzählte von Heides Schwangerschaft.

»Ich gratuliere dir. Das sind großartige Nachrichten.«

»Ja, wir freuen uns sehr auf das Kind.«

»Für mich wäre so viel Arbeit nichts mehr«, sagte Markus Brenner. »Hin und wieder ein paar Patienten, das reicht mir vollkommen. Die Kriegsjahre haben mir zugesetzt. All das Leid im Feldlazarett hat seine Spuren hinterlassen.«

»Ich weiß«, sagte Anton düster. Auch bei ihm hatten die Nächte im schlammigen Schützengraben Narben verursacht. Seelischer und körperlicher Natur.

»Ich bin übrigens erst Jahre später darauf gekommen, dass

Rudolf Henkel einer der Soldaten war, die mir unter der Hand weggestorben sind. Es waren so viele, die ich nicht habe retten können.«

Antons Augen weiteten sich überrascht.

»Hast du Frau Henkel erzählt, dass du ihren Sohn vor dem Tod gesehen hast?«

»Um Himmels willen, nein«, entgegnete Markus Brenner. »Er war bis zur Unkenntlichkeit entstellt. Ich bin ein lausiger Lügner. Alles, was ich gesagt hätte, hätte die arme Frau nur noch weiter verletzt.«

»Ich stelle mir das Schweigen auch sehr schwer vor«, sagte Anton.

»Ich habe Fräulein Bitterkopf und ihre Schwester Sibille Henkel nicht sehr oft gesehen«, meinte Markus Brenner. »Im Grunde waren die beiden Frauen kerngesund.«

»Und trotzdem hat Fräulein Bitterkopf jeden Abend Medizin genommen. Welche gesunde Frau würde das tun?«

Der Arzt verdrehte die Augen. »Anton, du als Apotheker solltest bestens wissen, wie schnell Menschen sich einreden, eine bestimmte *Medizin* zu benötigen.« Er betonte das Wort Medizin. »Fräulein Bitterkopf hat eine Teemischung aus Baldrian, Lavendel und Wermut zu sich genommen. Dazu reichlich Honig, damit der Wermut nicht so bitter schmeckt. Hätte sie den Tee nicht getrunken, hätte sie wahrscheinlich genauso gut geschlafen.«

»Na ja, diesen speziellen Tee hätte sie besser nicht getrunken«, sagte Anton. »Es wird angenommen, dass sich das Gift, an dem sie verstarb, darin befunden hat.«

»Schon erschreckend, dass Menschen nicht einmal in ihrem eigenen Bett zu Hause sicher sind«, meinte Markus Brenner nachdenklich. »Vielleicht ist etwas dran an dem Gerücht, dass das Haus verwünscht ist.«

»Wie meinst du das?«

»Bestimmt hast du die tragische Geschichte vom Tod des ersten Sohns gehört.«

»Der junge Mann, der im Keller verstarb?«

Markus Brenner nickte. »Das war eine ganz schreckliche Sache. Richard Henkel war ein begnadeter Winzer, der seinen eigenen Weinen sehr zugetan war. Eines Abends hatte er so viel getrunken, dass er einschlief, sich erbrach und an seinem eigenen Erbrochenen erstickte.«

»Ich habe davon gehört«, sagte Anton. »Das ist entsetzlich.«

»Damals machte ich mir wirklich große Sorgen um den Gesundheitszustand von Frau Henkel«, sagte Brenner. »Aber irgendwie hat sie es dann geschafft, den Verlust zu überwinden. Sie hat den Keller abriegeln lassen. Das scheint geholfen zu haben.«

»Eine drastische Maßnahme«, stimmte Anton zu. »Hauptsache, für sie ist es besser so.«

»Da gebe ich dir recht. Bei Rudolfs Tod hat dann die Schwiegertochter einen wichtigen Beitrag geleistet, dass Frau Henkel nicht in der Melancholie ertrank.«

Der Ober brachte Brenners Bestellung und knallte das kleine ovale Silbertablett lieblos vor ihn auf den Tisch. Dann rauschte er wortlos ab.

»Nanu«, sagte Anton. »Heute finden doch gar keine Fußballspiele statt. Rapid kann weder die Vienna noch die Hakoah haushoch vernichtet haben.«

»Das hätte der Verein auch nicht tun können, wenn ein Spiel stattgefunden hätte«, stichelte Markus Brenner.

»Das werden wir noch sehen«, meinte Anton zuversichtlich. »Ich bin davon überzeugt, dass die Meisterschaft an Grün-Weiß gehen wird.«

»Haha!« Markus Brenner lachte so laut und schallend, dass Antons Fußballerherz schmerzte.

Verärgert sagte er: »Du wirst schon sehen. Der Erfolg des Vereins ist nicht aufzuhalten.«

»Du bist ein unverbesserlicher Optimist, Anton.«

»Ich weiß!«

DREIUNDZWANZIG

Ernestine hatte ein etwas schlechtes Gewissen, als sie erneut in den Süden der Stadt aufbrach. Um ihr Versprechen nicht zu brechen, fuhr sie weder zum Böhmischen Prater noch zum Ziegelwerk. Ihr Weg führte sie zur Ankerbrotfabrik. So umging sie ihre Zusage zumindest weitgehend, denn die Fabrik befand sich am Fuße des Laaer Berges. Immerhin suchte sie niemanden aus dem Vergnügungspark auf.

Schon von Weitem wehte ihr der Duft frischer Semmeln und süßer Striezel entgegen. Obwohl sie gut gefrühstückt hatte, knurrte ihr Magen ob der köstlichen Düfte. Wäre Anton dabei, würden sie jetzt gemeinsam ein Kaffeehaus aufsuchen und sich ein zweites Frühstück gönnen. Ernestine ließ ihren Magen knurren und lief auf den quadratischen Backsteinbau zu, in dem seit über vierzig Jahren Brot gebacken wurde.

Beim Portier wollte sie einfach ihr Glück versuchen, sie hoffte, dass sie den Mann mit ihrem Charme überzeugen konnte. In der Regel hatte sie keine Probleme beim Schwindeln. Wenn es darum ging, an Informationen zu gelangen, konnte sie äußerst erfinderisch sein. Aber diesmal fiel ihr einfach nichts Passendes ein. Deshalb sagte sie dem Mann in dem kleinen Portierhäuschen neben dem riesigen Metalltor einfach die Wahrheit. »Ich muss dringend mit einer Ihrer Arbeiterinnen sprechen, Frau Fanny Woda. Darf ich ganz kurz zu ihr? Ich halte sie auch wirklich nicht lange von ihren Pflichten ab.«

Der Portier, ein Mann in ihrem Alter, hob träge den Kopf. Er hatte nur noch einen Arm, ein leerer Ärmel steckte in seiner Portieruniform. Mit dem Zeigefinger seiner gesunden Hand fuhr er eine Liste von Namen ab.

»Sie kommen gerade recht, die Fanny ist eben fertig mit ihrer Schicht.« Sein Blick wanderte zum offen stehenden Tor am Innenhof. »Wenn man vom Teufel redet, dann kommt er«, sagte er grinsend und legte eine Reihe schief stehender Zähne frei, die überraschend weiß waren. »Dort ist sie.« Er zeigte zu fünf Frauen, die das Gebäude verließen. Ernestine hatte keine Ahnung, welche der fünf Arbeiterinnen Fanny Woda war, aber sie bedankte sich und ging auf die Frauen zu. Zwei von ihnen waren noch sehr jung, bestimmt unter zwanzig. Sie fielen aus. Von den drei anderen konnte jede Fanny Woda sein. Sie unterhielten sich, bevor sie sich schließlich voneinander verabschiedeten.

Eine der Frauen ging nicht mit zum Ausgang, sondern zurück zum Gebäude, wo an der Hausmauer mehrere Fahrräder lehnten. Ernestine erinnerte sich, dass Erich erzählt hatte, eine Fahrradfahrerin habe Alexander Kollers Leiche gefunden. Wer nichts wagte, konnte auch nicht gewinnen. Beherzt lief Ernestine zu den Fahrrädern.

»Guten Tag. Sind Sie Fanny Woda?«

Überrascht richtete die Frau sich auf. »Ja.« Sie runzelte die Stirn. »Kennen wir uns?« Sie war um die fünfzig, vielleicht aber auch schon älter. Das Leben hatte sie wohl schneller altern lassen. Zwei steile, tiefe Falten gruben sich durch ihre Stirn. Fanny Woda sah aus wie eine einfache Frau, die wenig Grund zum Lachen hatte, der aber trotzdem die Lebenslust nie abhandengekommen war. Ihr Blick war offen und neugierig.

»Mein Name ist Ernestine Kirsch. Ich war die Lehrerin von Mizzi Novotny und würde mich gerne mit Ihnen über sie unterhalten. Haben Sie kurz Zeit für mich?« Die Lüge ging Ernestine nicht so leicht von den Lippen, wie sie gedacht hatte. Ihre Angst, die Frau könnte sie entlarven, war groß. Was, wenn Mizzi Novotny nie eine Schule besucht hatte oder wenn Fanny Woda in Wirklichkeit viel jünger war und gemeinsam mit Mizzi die Schulbank gedrückt hatte?

Fanny Woda machte einen Schritt rückwärts, schien aber nicht abgeneigt, Ernestine zu glauben.

»Sie sind die Lehrerin von der Maria?«, fragte sie. »Man hat die Arme vor Kurzem im Böhmischen Prater gefunden.«

»Deshalb würde ich mich ja gerne kurz mit Ihnen unterhalten. Ich war entsetzt, als ich davon in der Zeitung gelesen habe.«

»Ihre Lehrerin?« Fanny Woda kniff die Augen zusammen und sah Ernestine mit einem Mal skeptisch an. »Die Mizzi war nur vier Jahre in der Volksschule.«

»Sie war eine aufgeweckte Schülerin, die mir sehr ans Herz gewachsen ist.« Nun pokerte Ernestine hoch. Sie hatte keine Ahnung, ob Mizzi Novotny eine gute oder liebenswerte Schülerin gewesen war. Zu ihrer Erleichterung schien die Rechnung aufzugehen.

»Ich habe die Mizzi auch immer gemocht«, sagte Fanny Woda. »Aber ich stand da ziemlich allein mit meiner Meinung. Die Mizzi war gerissen und schlau. Manche meinten, sie wäre hinterhältig, das kann ich selbst so nicht bestätigen. Mich hat sie nie übers Ohr gehaut, aber andere schon. Die Mizzi hätte eine gute Wirtin abgegeben, sie hätte den Betrieb auf Vordermann gebracht und viel Geld verdient, wenn ihr Vater nicht so viel gesoffen hätte.« Die Frau griff sich ihr Fahrrad und schob es über den Innenhof der Brotfabrik. Ernestine lief mit schnellen Schritten neben ihr her.

»Darf ich Sie ein paar Meter zu Fuß begleiten?«

»Das machen Sie ja eh schon.« Fanny Woda verlangsamte ihr Tempo. »Was wollen Sie denn von mir wissen?«

»Die Nachricht über den Fund von Mizzis Leiche hat mich sehr betroffen gemacht. Was mag wohl passiert sein, dass sie unter einem Musikpavillon gelandet ist?«

»Mich hat der Fund nicht überrascht«, entgegnete Fanny Woda. »Mir war immer klar, dass sie nicht weggelaufen ist. Eigentlich habe ich immer darauf gewartet, dass man sie irgendwo findet.«

»Sie waren gute Freundinnen?«

Fanny Woda widersprach. »Das nicht, bloß Nachbarinnen.

Die Mizzi hat neben uns gewohnt. In einem der feuchten Dreckslöcher, die die Henkels ihren Arbeitern zur Verfügung gestellt haben.« Sie lachte humorlos auf. »Und dann hatten sie noch die Frechheit, die Hälfte des Lohns für die Miete zu kassieren.«

»Jetzt wohnen Sie nicht mehr dort?« Ernestine tat so, als wüsste sie nicht, wo sich Frau Wodas neues Zuhause befand.

»Nein!« Zum ersten Mal, seit sie sich mit Ernestine unterhielt, trat so etwas wie ein Lächeln auf ihre schmalen Lippen. »Mein Mann hat ein winziges Häuschen geerbt. Es befindet sich direkt neben dem Schlösschen der Henkels und ist dem Ziegelbaron und seiner Gattin ein Dorn im Auge.«

»Bestimmt hat man Ihnen bereits ein gutes Angebot für das Haus gemacht.« Ernestine wusste, dass es so war.

»Aus diesem Haus werde ich mit dem Kopf voran rausgetragen, das schwöre ich Ihnen!« Der Wunsch nach Rache war unüberhörbar. Ernestine fragte sich, woher die starken Gefühle rührten. Auch ohne nachzufragen, bekam sie eine Antwort.

»Den Henkels waren wir Arbeiter immer völlig egal. Die haben uns nach Strich und Faden ausgenommen.«

»Ich kann mir vorstellen, dass die Arbeitsbedingungen in einer Ziegelbrennerei schwer waren.«

Fanny Woda blieb stehen. Sie sah Ernestine ernst an. »Wer die Hölle nicht erlebt hat, weiß nicht, wie es sich anfühlt, Tag für Tag in den Lehmgruben oder an den Ziegelöfen zu stehen. Ständig hat es Verletzte gegeben und nicht selten auch Tote.«

»Ich habe gehört, dass immer wieder Arbeiter verunglückten.«

»Wenn man vierzehn Stunden im Stück ohne Unterbrechung arbeitet, ist es ganz normal, dass man müde wird und Fehler passieren.« Fanny Wodas Fahrrad schepperte über das Kopfsteinpflaster.

»Haben Sie Kollegen verloren?«

»Ich war dabei, als der junge Pavel verunglückte. Das war ein vifer Bursche, der eigentlich was anderes hätte werden können. Der war wirklich klug. Er musste in der Fabrik arbeiten, weil seine Mutter an Tuberkulose gestorben ist.«

»Das klingt tragisch.«

»Ja, das war es auch. Sein Tod hätte verhindert werden können. Leider hat die Mizzi den Pavel am Gewissen.«

»Wie bitte?« Jetzt hielt Ernestine an. Fanny Woda blieb ebenfalls stehen.

»Die Mizzi war schlampig. Die anderen haben sogar behauptet, ihre Kollegen wären ihr egal. Ich glaube aber, dass sie so mit sich selbst beschäftigt war, dass sie einfach nicht an andere denken konnte. So was gibt es. Auf alle Fälle hat sie den Pavel in einer Schicht allein arbeiten lassen, und da hat es ihn erwischt. Der hat einen Übermüdungsfehler gemacht und ist zu nah an den Brennofen gegangen. Er ist noch am selben Tag an den Verbrennungen verstorben. Wenigstens hat er nicht lange leiden müssen, der arme Junge.«

»Was für eine tragische Geschichte«, sagte Ernestine.

»Nicht die einzige, das kann ich Ihnen versichern. Das Ziegelwerk hat unzählige Arbeiter das Leben gekostet. Bei Unfällen oder weil sie sich zu Tode gerackert haben.«

Fanny Woda holte ein grünes Kopftuch aus ihrer Manteltasche, bedeckte damit ihr graues Haar und knotete es unter dem Kinn zusammen. »Auf alle Fälle bin ich froh, dass ich mit dem Ziegelwerk nichts mehr zu tun habe. Lieber backe ich bis an mein Lebensende Brot, als dass ich noch einmal in die Ziegelwerke gehe.«

»Hatte der Vorfall irgendwelche Konsequenzen für Mizzi Novotny?«

»Sie haben die Mizzi gekannt«, sagte Fanny Woda. »Die war schlau und hat sich die Sache gerichtet. Wegen dem Vorfall ist ihr nichts passiert. Sie hat auch weiter in den Baracken gewohnt. Leider hat ihr die Geschichte nie leidgetan. Sie hat keine Reue gezeigt. Das war schade, wirklich schade. Sie hätte ein viel besserer Mensch sein können. Schlussendlich hat das Leben sie bestraft.«

Fanny Woda stieg auf ihr Fahrrad.

»Als Mizzi verschwand, haben Sie da geglaubt, dass sie mit einem Liebhaber davongelaufen ist?«, fragte Ernestine.

»Nein, das habe ich nie geglaubt«, sagte Fanny Woda. »Die Mizzi wäre nie ohne ihr Kind weggegangen.«

»Was macht Sie so sicher?«

Fanny Woda senkte ihre Stimme. »Der Mihaelo ist der Sohn von einem Mann, dessen Namen sie nie genannt hat. Die alte Jana und die anderen im Böhmischen Prater glauben, er wäre der Bub vom Milan Benesch. Ich weiß nicht, von wem er ist, aber ich bin mir sicher, dass die Mizzi den Vater geliebt hat.«

»Warum hat Mizzi nie gesagt, wer der Vater ist?«

»Sie war schlau. Vielleicht wollte sie den Buben einem anderen Mann umhängen? Einem reichen Verehrer? Ich nehme an, dass sie darauf gehofft hatte, von ihm geheiratet zu werden. Und damit aus dem ganzen Elend rauszukommen.« Fanny Woda zuckte mit den Schultern. »Hat halt leider nicht geklappt. Wie man in den Wald hineinruft, so kommt es zurück. Und die Mizzi hat nur hin und wieder was Freundliches gerufen, das hat nicht ausgereicht.« Sie stieg auf ihr Fahrrad. »Jetzt muss ich nach Hause. Mein Mann wartet auf mich.« Noch bevor Ernestine sich verabschieden oder bedanken konnte, radelte die Frau vom Firmengelände.

VIERUNDZWANZIG

»Schon verrückt, wie miteinander verwoben die Schicksale der Menschen am Laaer Berg sind.« Ernestines Kaffee war kalt geworden, seit einer halben Stunde stand er unberührt vor ihr. Alle anderen hatten ihre sonntägliche Nachmittagsjause bereits beendet.

Anton hatte sich drei Stück vom Rosinengugelhupf gegönnt, den er am Vortag selbst gebacken hatte. Jetzt ergänzte er: »Und nicht nur das. Die Verbindungen reichen auch in unseren Freundeskreis. Markus Brenner hat den verletzten Rudolf im Feldlazarett behandelt, leider aber nicht retten können.«

»Ich hoffe, ihr zwei mischt euch nicht weiter in die Angelegenheit ein«, sagte Erich streng.

»Es war reiner Zufall, dass Markus mir davon erzählt hat«, verteidigte sich Anton.

Erich verzog ungläubig den Mund. »Es ist immer zufällig. Irgendwie kann ich das nicht mehr glauben.«

»Glaub es oder nicht«, sagte Anton. »Tatsache ist, dass er dem jungen Mann die letzten Stunden erleichtern wollte, es aber nicht konnte, weil ihm die Schmerzmittel gefehlt haben.«

»Ich will nicht an die Gräuel des Krieges erinnert werden«, meinte Erich finster. »Es ist gut, dass er vorbei ist.«

»Markus Brenner war gleich doppelt mit der Familie Henkel verbunden«, mischte sich Ernestine ein. »Er hat die verstorbene Hermine Bitterkopf behandelt.«

»Ich weiß«, sagte Erich. »Ich habe mich unmittelbar nach dem Ableben der alten Dame mit ihm unterhalten und erfahren, dass sie zwar verwirrt, im Grunde aber kerngesund war.«

»Das hat er mir auch erzählt«, bestätigte Anton. »An Kleinigkeiten konnte sie sich gut erinnern. Kleidungsstücke, Taufnamen und dergleichen.«

»Taufnamen?«, wiederholte Ernestine. »Ich habe mit jemandem gesprochen, der Mizzi Novotny ›Maria‹ genannt hat.«

»Mit wem hast du dich über Mizzi Novotny ausgetauscht?«, fragte Erich streng.

Sofort bereute Ernestine ihre Bemerkung. Sie hatte Erich das Gespräch erst beichten wollen, wenn sie sich klar darüber war, wie relevant die Information sein könnte.

Beschwichtigend sagte sie: »Niemand von Wichtigkeit.«

»Es wäre fein, wenn du dieses Urteil mir überlassen würdest.«

»Fanny Woda«, gab Ernestine zerknirscht zu. Sie hätte sich wegen ihrer unbedachten Bemerkung selbst ohrfeigen können.

»Warst du etwa im Böhmischen Prater?«, fragte Erich verärgert. »Du hast versprochen, dich vom Vergnügungspark fernzuhalten.«

»Ich war nicht im Böhmischen Prater«, versicherte Ernestine. Da wenigstens log sie nicht.

»Wie bist du dann zu Fanny Woda gekommen?«

»Ankerbrotfabrik«, murmelte sie leise und mit schlechtem Gewissen.

»Ernestine! Wie kannst du mich so hintergehen?« Erichs Stimme wurde ungewohnt laut.

Rosa stand vom Tisch auf. »Ich muss noch Hausaufgaben machen«, sagte sie und verließ das Zimmer. Heide erhob sich ebenfalls, deutlich schwerfälliger als ihre Tochter. »Bitte regelt die Sache«, forderte sie. »Ich will nicht, dass beim Abendessen wegen irgendwelcher Kriminalfälle gestritten wird.« Sie folgte Rosa. »Warte, mein Schatz. Ich helfe dir.«

Kaum waren die beiden im Nebenzimmer, fuhr Erich fort: »Was hast du mit Fanny Woda besprochen?«

Ernestine wiederholte in knappen Worten, was die Arbeiterin ihr erzählt hatte.

»Hatte der junge Mann, dessen Tod Mizzi Novotny verschuldet hat, einen Familiennamen?«

»Den hat er gewiss«, sagte Ernestine. »Aber ich kenne ihn nicht. Sein Vorname ist Pavel.«

»Himmel, Ernestine. Dir ist doch bewusst, wie gefährlich deine Interventionen sind und wie sehr sie die polizeilichen Arbeiten behindern können.«

»Ich habe niemanden behindert«, verteidigte sie sich.

»Hat Fräulein Bitterkopf nicht irgendwann einmal gesagt, der Ferdl hätte eine Maria gehabt?«, schaltete sich Anton ein. »Vielleicht hat sie mit Maria Mizzi Novotny gemeint.«

Ernestine sprang von ihrem Sessel auf, umrundete den Tisch und küsste Anton auf die hohe Stirn.

»Wofür war das?«, fragte er verwirrt.

»Weil du ein so aufmerksamer Zuhörer bist«, sagte Ernestine. »Fräulein Bitterkopf hat von Maria und Ferdi gesprochen. Ihr Neffe hat im vollen Namen Rudolf Ferdinand geheißen.«

Es dauerte einen Moment, bis Erich reagierte. »Du glaubst, die alte Dame hat sagen wollen, dass ihr Neffe eine Affäre mit Mizzi Novotny hatte?«

»Das wäre durchaus möglich«, sagte Ernestine. Sie kehrte zurück zu ihrem Platz und setzte sich wieder. »Wenn es stimmt, dass Mizzi Novotny eine so wunderschöne junge Frau war, ist der Gedanke nicht abwegig, dass Rudolf Henkel ein Gspusi mit ihr gehabt haben könnte.«

»Aber verliebt hat er sich dann in Annezka Henkel, die er ja auch geheiratet hat beziehungsweise heiraten wollte«, ergänzte Erich.

Ernestine sah zu Anton. »Kannst du dich an den Nachmittag bei den Henkels erinnern? Als wir zu Kaffee und Kuchen eingeladen wurden?«

»Ja, der Nusskuchen war außergewöhnlich gut«, sagte Anton.

»Ich meine nicht den Kuchen, sondern Fräulein Bitterkopfs Reaktion auf mich.«

»Auf dich?«, wiederholte Anton.

»Ja, sie hat die ganze Zeit auf meine Bluse gestarrt. Ich glaube, ich weiß, warum.«

Anton und Erich sahen einander ratlos an.

»Es waren die Knöpfe, auf die sie geschaut hat, nicht die Bluse«, fuhr Ernestine fort. »Es waren die gleichen Knöpfe wie die auf dem Kleid von Mizzi Novotny. Flache, runde Knöpfe aus Perlmutt. Fräulein Bitterkopf hat die Knöpfe erkannt und gewusst, dass die Tote die ehemalige Geliebte ihres Neffen war.«

»Ein Wissen, das wir nun alle haben. Trotzdem vergiftet man uns hoffentlich nicht«, sagte Anton.

»Oder erschlägt uns mit der Schaufel«, fügte Erich hinzu. »Denn auch Alexander Koller scheint geahnt zu haben, dass Mizzi Novotny die Tote war. Er hatte einen der Knöpfe in der Hand, als er starb.«

Ernestine holte die Dose mit den Pfefferminzbonbons aus ihrer Rocktasche. Die Dose war schon wieder leer.

»Du denkst zu viel«, meinte Anton, holte ebenfalls eine Dose aus seiner Hosentasche und reichte sie Ernestine.

»Danke, du bist ein Schatz.«

»Ich weiß!«

Ernestine nahm den Deckel von der Dose und steckte ein Bonbon in den Mund.

Erich seufzte. »Jeden Tag sammeln wir neue Puzzlesteinchen, die alle irgendwie zusammenpassen und trotzdem kein einheitliches Bild ergeben.«

»Lasst uns doch alle Steinchen noch einmal zusammentragen«, schlug Ernestine vor. »1919 verschwand Mizzi Novotny. Sie hatte ein uneheliches Kind, dessen Vater sie nie verriet. Alle glauben bis heute, dass es Milan Benesch ist. Und Mizzi kümmert sich mehr schlecht als recht um den Jungen. Sie bezahlt Jana Benesch, dass sie für den Buben sorgt, während sie arbeitet. Großes Interesse an dem Kind hat sie nicht. Und auch Milan Benesch will nichts von ihm wissen.«

»Das stimmt so nicht«, sagte Erich. »Seit die Fürsorge eingeschaltet ist, will er auf einmal der Vater sein und den Buben zu sich holen.«

»Was er hoffentlich nicht tun darf«, warf Ernestine ein. »Ein Vater, der sich jahrelang nicht um sein Kind schert und erst reagiert, wenn der Staat dafür sorgt, dass es ihm besser gehen soll, hat sich in meinen Augen disqualifiziert.«

»Da gebe ich dir vollkommen recht«, sagte Erich. »Aber die Entscheidung obliegt der Fürsorge und nicht der Polizei.«

»Wir verlieren uns schon wieder«, meinte Ernestine. »Der Grund ist wohl, dass so viele Menschen in die Morde involviert sind.«

»Aber nur eine Person hat getötet. Oder denkst du, dass es verschiedene Mörder gibt?«, fragte Anton.

»Ich weiß es nicht«, gab Ernestine zu. »Es ist mir ein Rätsel, warum Mizzi Novotny sterben musste. Ist denn überhaupt klar, ob sie ermordet wurde?« Sie schaute Erich fragend an.

»Wir können es nicht mit absoluter Sicherheit sagen, aber die Wahrscheinlichkeit ist sehr groß.«

»Wer hat von ihrem Tod profitiert?«

»Angenommen, sie war wirklich die Geliebte von Rudolf Henkel. Wäre es möglich, dass sie die Eltern ihres Geliebten zwingen wollte, für sie und ihr Kind zu sorgen? Herr und Frau Henkel wollten keinen Skandal und haben sie hops umgebracht«, überlegte Erich.

»Die Henkels haben so viel Geld, bestimmt hätten sie sich mit Mizzi einigen können. Ich kann mir nicht vorstellen, dass ihre Forderungen für die Besitzer eines Ziegelwerks nicht zu erfüllen gewesen wären. Sie hatte ja keine Beweise in der Hand. Und nur wegen einer schlechten Nachrede von einer jungen Frau, die selbst keinen guten Ruf hatte? Nein, das kann ich mir nicht vorstellen«, sagte Ernestine.

»Was ist mit Fräulein Bitterkopf?«, schlug Anton vor. »Sie war so stolz, die schönste Frau am Laaer Berg zu sein. Könnte sie Mizzi umgebracht haben, da sie ihr den Rang abgelaufen hat?«

Erich schüttelte den Kopf. »Du liest Rosa zu viele Märchen vor. Das ist die Geschichte von Schneewittchen.«

Beleidigt neigte Anton den Kopf. »Märchen haben immer einen wahren Kern. Sonst würden die Menschen sie nicht seit Jahrhunderten erzählen.«

»Du hast völlig recht«, stimmte Ernestine ihm zu. »Aber in dem Fall glaube ich nicht, dass Fräulein Bitterkopf die Mörderin war. Der Altersunterschied zwischen den beiden ist zu groß.«

»Das war er bei Schneewittchen und der Königin auch«, murmelte Anton.

»Wenn Fräulein Bitterkopf die Mörderin von Mizzi Novotny war, wer hat dann sie selbst umgebracht und warum?«, fügte Ernestine hinzu.

»Das ist alles so verwirrend«, meinte Anton. »Ich hole mir ein Häferl Kaffee. Will noch jemand eines?«

Erich und Ernestine winkten dankend ab.

»Die erste Tote war Mizzi Novotny. Dann ist sechs Jahre lang nichts passiert. Erst als man ihre Leiche ausgräbt, folgen weitere Tote. Der Obdachlose Alexander Koller, der offenbar wusste, wer die Tote war. Dann die Wahrsagerin Frau Natalia, die aber nur aus Zufall starb, denn eigentlich hätte es Fräulein Bitterkopf treffen sollen, die ebenfalls wusste, wer die Tote war. Und die ist jetzt auch tot.«

»Aber allein das Wissen, dass die Leiche Mizzi Novotny war, kann nicht der Grund für den Tod der drei sein«, widersprach Erich.

»Stimmt. Sie müssen etwas anderes gewusst haben. Etwas, das unseren Mörder oder unsere Mörderin nervös gemacht und in die Enge getrieben hat.«

»Was, wenn Milan Benesch Mizzi umgebracht hat?«, schlug Erich vor. »Er hat Mizzi geliebt und verehrt. Doch statt dass sie ihn anerkennt, streitet sie ab, dass das Kind, das sie auf die Welt gebracht hat, von ihm ist. Obwohl wir alle wissen, wie schwer es für eine unverheiratete Frau ist, ein Kind ohne

Vater großzuziehen. Das muss eine große Kränkung für ihn gewesen sein.«

»Die Überlegung macht Sinn«, stimmte Ernestine zu. »Aber wie erklärst du dir, dass ausgerechnet er es war, der die Polizei eingeschaltet und darauf bestanden hat, dass ihr Verschwinden untersucht wird? Wenn er wirklich ihr Mörder war, hätte er nicht Interesse daran haben müssen, dass niemand über ihr Verschwinden spricht?«

»Was haltet ihr von Jana Benesch als Mörderin?«, fragte Anton, der mit seinem Kaffeehäferl an den Tisch zurückgekehrt war. »Obwohl ich das nur ungern sehen würde, sie ist die beste Mehlspeisenköchin der Stadt.«

»Keine Sorge«, meinte Ernestine. »Ein mögliches Motiv wäre sehr an den Haaren herbeigezogen. Ich muss zugeben, dass mir gar keines einfallen will. Wenn ich das richtig sehe, ist ihr Verhältnis zu ihrem Sohn Milan ein sehr gespaltenes. Sie mag ihn wohl, aber von inniger Mutterliebe kann keine Rede sein.«

»Bleiben noch das Dienstmädchen Martha und der behinderte junge Mann Emil. Hätten die beiden ein Motiv gehabt?«

»Ich wüsste nicht, welches«, meinte Ernestine. »Wobei wir natürlich nicht sagen können, was im Kopf von Emil vor sich geht.«

»Das weiß man bei Mördern nie«, gab Anton zu bedenken.

»Stimmt«, sagte Ernestine. »Und was haltet ihr von Annezka Vesely?«

»Sie ist erst ein halbes Jahr nach Mizzis Tod aufgetaucht. Sie kann die junge Frau nicht umgebracht haben«, sagte Erich. »Außer sie hat sich sechs Monate irgendwo versteckt, bis sie dann auf der Bildfläche erschien, was mir aber sehr wenig glaubhaft vorkommt.«

»Hm!« Ernestine nahm ein weiteres Pfefferminzbonbon.

»Und was ist mit dem Neffen, der alles erben soll, aber nicht wird? Severin Breitner?«, fragte Erich.

»Der hat natürlich ein Motiv, was Fräulein Bitterkopf betrifft. Aber warum hätte er Mizzi Novotny umbringen sollen?«

»Vielleicht wusste sie etwas, was ihn in Bedrängnis bringen konnte?«

Ernestine schüttelte den Kopf. »Wir drehen uns ständig im Kreis. Alles ergibt ein bisserl Sinn, aber keinen, der eine schlüssige Erklärung liefern würde.«

»Da stimme ich dir zu!« Erich stand auf. »Und deshalb werde ich jetzt aufhören, darüber nachzudenken. Vielleicht habe ich morgen einen Geistesblitz. Um acht treffe ich Wedel in meinem Büro. Ich hoffe, dass er dort noch nichts über euren Besuch im Hause Henkel herumerzählt hat.«

Anton und Ernestine sahen einander betroffen an.

»Sosehr ich eure Bemühungen schätze«, sagte Erich, »ich muss euch wirklich bitten, euch nicht mehr einzumischen. Ihr bereitet mir damit eine Menge Ärger.« Sein Blick war auf Ernestine gerichtet. »Keine Besuche am Laaer Berg mehr, hörst du? Wie oft haben wir dieses Gespräch schon geführt?«

»Oft«, gab sie widerwillig zu.

»Versprich es mir«, forderte Erich eindringlich. »Bitte.«

»In Ordnung.«

FÜNFUNDZWANZIG

Fräulein Irmi hatte vorgestern selbst gebackene Mohnschnecken mitgebracht. In der dunklen Fülle befanden sich Rosinen. Zum ersten Mal, seit die rührige Sekretärin in Erichs Abteilung arbeitete, war die Mehlspeise nicht sofort am selben Tag aufgegessen worden. Offenbar gab es Kollegen, die weder dem Mohn noch den Rosinen zugetan waren. Wedel schien beides zu mögen. Herzhaft biss er in eine der Schnecken und kaute schmatzend.

»Ich habe mich wegen dem Verunglückten im Ziegelwerk erkundigt«, sagte er. »Es stimmt, was Sie gesagt haben. Es ist wirklich ein junger Arbeiter tödlich verunglückt, weil Mizzi Novotny nicht aufgepasst hat. Man hat die Frau entlassen.«

»Hat man Ihnen sagen können, was genau passiert ist?«

»Die Erzählungen gehen auseinander«, erklärte Wedel mit vollem Mund. »Die einen behaupten, er sei von einer Maschine eingeklemmt worden, die anderen meinen, er sei Verbrennungen erlegen. Worin sich alle einig waren: Der Bursche, ein gewisser Pavel Vesely, starb, weil er den Dienst von Mizzi Novotny mitübernommen hat. Sie ist einfach nicht erschienen, und er ist für sie eingesprungen. Offenbar war das öfter vorgekommen. Die junge Frau ist nicht sonderlich zuverlässig gewesen und hat sich auf die Hilfsbereitschaft ihrer männlichen Kollegen verlassen.«

»Das heißt, es war ein Arbeitsunfall aus Ermüdungsgründen?«

»Scheint so.«

»Vesely«, murmelte Erich. »Der Name sagt mir etwas. Ich habe ihn erst kürzlich gehört. Ich frage mich bloß, wo.« Er holte sein kleines Notizbuch aus seinem Sakko und blätterte es durch. »Hier!«, rief er erfreut. »Annezka Henkel heißt eigentlich noch Annezka Vesely. Ernestine …« Er brach ab und räusperte sich verlegen, als er den irritierten Blick seines Mitarbeiters wahrnahm. Bisher hatte er in dem Gespräch tunlichst vermieden, die Quelle seiner Informationen zu nennen. »Vielleicht ist sie mit dem Verstorbenen verwandt?«, fuhr er fort.

»Sie meinen, sie war mit ihm verheiratet? Das wäre ein Grund, warum sie den Rudolf Henkel nicht zum Mann nehmen konnte.«

»Wann ist der Unfall im Ziegelwerk passiert?«, erkundigte sich Erich.

»Während des Krieges.« Nun holte Werner Wedel einen Notizblock aus seiner Weste. »Im Sommer 1916!«

»Das war lange bevor Annezka Henkel oder Vesely zu ihren Schwiegereltern gekommen ist.«

Wedel steckte seinen Block wieder weg und griff nach einer weiteren Schnecke. Mit seinem Appetit machte er sich bei Fräulein Irmi gewiss beliebt. Die Sekretärin hatte sich schon darüber beschwert, dass ihre Schnecken verschmäht wurden.

»Wir könnten der Dame trotzdem einen Besuch abstatten. Es wäre interessant zu wissen, ob sie mit dem Verstorbenen verwandt war und was sie über den Unfall erzählen kann.«

»Stimmt.«

Wedel bestand darauf, einen der Dienstwägen zu nehmen, was Erich ihm nicht auszureden versuchte. Doch die paar Kraftfahrzeuge, über die die Polizei seit Kurzem verfügte, waren alle im Einsatz, weshalb sich die beiden für eine der Beiwagenmaschinen entschieden, die der amerikanische Präsident der Wiener Polizei geschenkt hatte. »Können Sie das Fahrzeug denn lenken?«, fragte Erich seinen Mitarbeiter.

»Ja natürlich, Chef!« Wedel reichte Erich eine der zwei Lederkappen, die im Beifahrerwagen lagen, und schon braussten sie los. Bereits vierzig Minuten später waren sie beim Wohnschlösschen der Familie Henkel.

Martha, das schwangere Dienstmädchen, öffnete ihnen.

»Schön, Sie zu sehen«, sagte Erich. Er freute sich, dass man die Frau nicht entlassen hatte.

Martha senkte die Stimme und trat einen Schritt näher. »Die Frau Henkel hat sich gegen ihren Mann durchgesetzt«, flüsterte sie. Deutlich lauter fragte sie: »Zu wem wollen Sie denn? Im Moment ist nur die Frau Annezka da. Alle anderen sind unterwegs.«

Mit »alle anderen« meinte sie Herrn und Frau Henkel.

»Das trifft sich gut«, sagte Erich. »Zu ihr wollten wir.«

Das Dienstmädchen schaute über seine Schulter in den Garten. »Die Maschine können Sie da nicht stehen lassen«, sagte sie, »die müssen Sie wegbringen. Herr Henkel mag es nicht, wenn die Einfahrt verstellt ist.«

Also ging Wedel zurück zum Motorrad, ließ es noch einmal an und parkte es mit Abstand hinter dem Haus. Als er wieder zurückkam, winkte Martha ihn und Erich mit sich. Sie führte sie in den Wintergarten, der von der schräg einfallenden Herbstsonne in ein warmes Licht getaucht wurde.

Annezka Henkel oder Vesely saß in einem der Korbsessel und las in einem Buch. Es waren ihr Kleid, das Buch und die Stimmung, die Erich bewusst wahrnahm, nicht aber die Frau selbst. Sie war wirklich ungewöhnlich unauffällig, Erich konnte keine persönlichen Charakteristika an ihr erkennen.

Als sie die Besucher bemerkte, blickte sie von ihrem Buch auf und lächelte. Erich fühlte sich augenblicklich schlecht. Wie hatte er dieses sanfte Wesen nicht als das sehen können, was sie war: eine freundliche Frau. Ihre Haarfarbe war undefinierbar, eine Mischung aus Blond und Braun. Ihre Augen könnten grau sein, im Herbstlicht aber auch blaugrün.

»Grüß Gott«, sagte sie höflich. »Was kann ich für Sie tun?«

»Wir würden uns gerne mit Ihnen über Pavel Vesely unterhalten, Frau Annezka Vesely.« Wedels amtlich klingende Worte durchschnitten die friedliche Stille.

Auch Erich erschrak, und die Frau im Korbsessel zuckte so heftig zusammen, dass das Buch, das sie eben noch in den

Händen gehalten hatte, auf den Boden plumpste. Sie schaute ihm entsetzt hinterher. Es dauerte einen Moment, bis sie sich wieder fasste. »Bitte entschuldigen Sie.« Sichtlich nervös hob sie das Buch auf.

Erich hätte seinem Mitarbeiter gerne eine Strafpredigt gehalten. Aber er hob sich die bösen Worte für später auf und bemühte sich um Schadensbegrenzung.

»Das ist doch Ihr Mädchenname. Oder sind wir falsch informiert worden?«

Die Angesprochene hatte sich wieder im Griff. »Sie haben völlig recht«, sagte sie lächelnd. »Ich heiße Annezka Vesely. Sibille will, dass ich Rudolfs Namen trage. Worüber ich mich sehr freue. Die Großzügigkeit meiner Beinahe-Schwiegereltern schmeichelt mir. Ich bin Sibille und Otto zu großem Dank verpflichtet.« Die Worte klangen bescheiden, freundlich.

»Sind Sie mit Pavel Vesely verwandt?« Die Worte schossen aus Wedels Mund, noch bevor Erich ihn bremsen konnte. Sie klangen wie ein Verhör. Dabei war es nie Erichs Intention gewesen, der Frau Angst einzujagen.

»Die Antwort ist kompliziert«, sagte Annezka Vesely vorsichtig.

»Wie kann das sein? Entweder sind Sie mit ihm verwandt oder nicht.«

Annezka Veselys Augen weiteten sich, jetzt wirkten sie bräunlich. Für einen Moment musste Erich an ein Chamäleon denken. Als Kind hatte er von diesem Tier in einem Buch gelesen. Es konnte die Hautfarbe seiner Umwelt anpassen.

»Es ist nicht so, wie Sie vielleicht glauben. Die ganze Angelegenheit ist schwierig und verworren«, sagte sie.

»Wir haben Zeit«, meinte Erich und hoffte, ermutigend zu klingen. »Erzählen Sie in Ruhe.«

Annezka Vesely zögerte. Nervös kaute sie auf ihrer Unterlippe und schien fieberhaft zu überlegen, schließlich sagte sie leise: »Ich würde Ihnen gerne etwas zeigen.«

»Was wollen Sie uns zeigen?«, fragte Wedel.

»Das kann ich nicht erklären. Es ist …«, sie suchte nach einer passenden Erklärung, »… kompliziert!« Das letzte Wort sprach sie so leise, dass es kaum zu hören war.

Wedel wirkte genervt, und Erich versuchte, ihm mit einer Geste anzudeuten, sich mit weiteren Fragen zurückzuhalten. Die Frau brauchte Zeit, und die wollte er ihr geben.

»Ein Teil der Antwort verbirgt sich im Keller«, murmelte Annezka Vesely.

»Im Keller?«, fragte Wedel. »Was soll dort sein?«

»Das kann ich nicht mit Worten erklären.« Die Frau schloss die Augen und schüttelte den Kopf. »Es ist zu schrecklich, zu …« Ihre Stimme brach. Sie zitterte, Tränen traten ihr in die Augen. Entweder war sie eine begnadete Schauspielerin, oder sie stand tatsächlich kurz vor einem Nervenzusammenbruch.

»Dann führen Sie uns hin und zeigen Sie, was auch immer es ist. Oder?« Wedel schaute ratlos zu Erich. »Bevor wir hier ewig herumsitzen, ist es doch klüger, gleich an den Ort zu gehen, wo wir Antworten finden.«

Erich fühlte sich hin- und hergerissen. Eine innere Stimme riet ihm, nicht in den Keller zu gehen. Aber vielleicht gab es eine Verbindung zu dem Sohn, der dort vor Jahren verstorben war, die sie übersehen hatten. Er gab sich einen Ruck.

»Ja, bitte«, sagte er. »Zeigen Sie uns, wofür Sie keine Worte finden.«

Was konnte schon passieren? Wedel und er waren zu zweit, und sie hatten Waffen dabei.

»Gut!« Schwerfällig schritt Annezka Vesely durch den Wintergarten, so als wäre sie in den letzten Minuten um Jahre gealtert. »Bitte, kommen Sie mit.« Sie ging gebückt, die Schultern nach vorne gezogen.

Das Haus schien leer zu sein. Erich vernahm keine Stimmen oder andere Geräusche. Durch den Wintergarten und den angrenzenden Salon führte Annezka Vesely sie einen Gang entlang und vorbei am offenen Stiegenabgang zu einer niedrigen Tür, die aussah, als würde sich dahinter eine Besenkammer verbergen. Annezka Vesely holte einen Schlüssel aus der Tasche ihres modernen Kleides und sperrte auf. Sie musste zweimal fest rütteln und mit dem Knie gegen die Tür drücken, offenbar war sie seit Jahren nicht mehr geöffnet worden. Schließlich sprang sie auf.

»Bitte sehr!« Sie machte eine einladende Geste.

»Lieber nach Ihnen«, meinte Wedel skeptisch.

»Keine Sorge, das ganze Haus ist mit Elektrizität versorgt und gut beleuchtet.« Die Frau lächelte müde. »Aber wenn Sie sich besser fühlen, gehe ich voraus.« Annezka Vesely stieg eine schmale Wendeltreppe aus Stein nach unten, Werner Wedel und Erich folgten ihr.

Drei von der Decke hängende Glühbirnen beleuchteten den Weg. Immer dann, wenn kaum noch eine Stufe zu sehen war, sorgte die nächste Birne für ausreichend Licht. Es roch modrig nach Keller, Erde, Schimmel und Wein. Am Ende der Stufen lag ein schmaler, schlauchförmiger Raum. Rechts und links lagerten große, schwere Eichenfässer an der Wand.

Spinnweben und Staub hingen an den Fässern. Seit einer Ewigkeit schien hier niemand mehr gewesen zu sein. »Rudolf hat davon geträumt, eines Tages seinen eigenen Wein zu keltern. Daraus ist leider nichts geworden«, sagte Annezka Vesely.

Erich vermutete, dass seit dem Tod des jungen Mannes kein Familienmitglied mehr einen Fuß in diesen Keller gesetzt hatte. Was zum Kuckuck wollte Annezka Vesely ihnen hier zeigen? Warum führte sie die Polizisten ausgerechnet in den Weinkeller ihres verstorbenen Schwagers? Mit jedem Schritt hatte Erich mehr Fragen.

Am Ende des Gangs befand sich eine weitere niedrige Tür, die sich mit demselben Schlüssel aufsperren ließ. »Tante Mimi hat diesen Ort geliebt. Sie war dem Wein nicht abgeneigt. Genau wie der Bruder meines Verlobten, Richard«, sagte sie. Mit einem lauten Quietschen öffnete sie die Tür. Die Scharniere bedurften dringend einer Ölung.

»Achtung beim Reingehen«, warnte Annezka Vesely. »Es gibt eine kleine Stufe. Ich bin schon unzählige Male gestolpert. Der Lichtschalter befindet sich an der rechten Seite.«

Wedel trat in den völlig dunklen Raum, Erich folgte ihm zögerlich. Vorsichtig tastete er sich mit dem gesunden Bein vorwärts.

»Wo ist der Schalter?«, fragte Wedel und fuhr mit den Händen über die Wand.

»Rechts«, wiederholte Annezka Vesely. Erich kniff die Augen zusammen, um besser sehen zu können. Da erhielt er völlig unerwartet einen heftigen Stoß in die Nieren. Es war ein gezielter Hieb, um ihm möglichst große Schmerzen zu verursachen. Für einen Moment blieb ihm die Luft weg, helle Blitze zuckten vor seinen Augen. Er stolperte und riss Wedel mit sich, der nur einen halben Meter vor ihm stand. Gemeinsam fielen sie über einen harten, kantigen Gegenstand, der mitten im Weg stand.

Mit einem lauten Knall fiel die Tür hinter ihnen ins Schloss. Es war völlig finster. Wedel rappelte sich auf. »He, machen Sie die Tür auf!«, schrie er. Erich rollte sich zur Seite. Er schnappte nach Luft. Die Frau hatte genau gewusst, wohin sie schlagen musste. Sie kannte die menschliche Anatomie. Außerdem war Erich auf sein verletztes Bein gefallen. Er fluchte leise und hörte, wie die Tür abgeschlossen wurde.

»Es tut mir leid. Aber Sie haben mir keine andere Wahl gelassen!« Annezka Veselys Stimme drang nur leise durch die dicke Holztür. »Es gibt übrigens kein Licht im Keller, und man wird Sie nicht hören. Versuchen Sie nicht zu schreien, es würde nichts bringen und Sie bloß rasch ermüden.« Dann eilte sie davon. Ihre Schritte waren nur zu erahnen.

Erich richtete sich mühsam auf. Der Schmerz ließ langsam nach. »Wie zwei einfältige kleine Jungen sind wir der Frau in die Falle getappt.« Er konnte es kaum fassen. Selten hatte er sich so dumm gefühlt.

Wedel rüttelte an der Tür. Aber sie bewegte sich nicht. Erich konnte ihn laut aufstöhnen hören. Es war so finster, dass er nicht einmal die eigene Hand vor den Augen sah.

»Die kann uns doch nicht einfach hier verrecken lassen!« Wedels Stimme überschlug sich.

»Ich fürchte, dass sie genau das vorhat.«

Wedel ließ sich mit einem dumpfen Geräusch auf den Boden plumpsen. »Das Dienstmädchen weiß, dass wir hier sind, und Fräulein Irmi auch. Man wird nach uns suchen«, versuchte Wedel, sich selbst zu beruhigen.

Erich ließ ihm die Hoffnung. Er selbst malte sich ein anderes Szenario aus. Annezka Vesely würde zugeben, dass sie bei ihr gewesen waren, und dann unschuldig und freundlich behaupten, sie wären wieder gegangen. Und niemand würde jemals auf die Idee kommen, dass sie im Keller saßen.

Nach einer Weile schien Wedel ähnliche Bilder vor Augen zu haben. »Denken Sie, die Frau lässt uns hier verhungern?«

»Ich fürchte, das ist ihr Plan«, sagte Erich.

»Zumindest werden wir erst mal nicht verdursten. Bei all dem Wein, der hier lagert.« Immerhin hatte Wedel seinen Humor nicht verloren.

Erich hätte gerne gelacht, aber es wollte ihm nicht gelingen.

SECHSUNDZWANZIG

Anton schaute auf seine Taschenuhr. Es war kurz vor neun. Eigentlich sollte er seit einer halben Stunde in der Apotheke sein. »Ich habe mich so ans gemütliche Leben gewöhnt, dass ich mir nicht vorstellen kann, wieder jeden Tag in der Apotheke zu stehen«, sagte er seufzend zu Ernestine, die gerade einen Schluck aus ihrer Kaffeetasse nahm.

»Du kannst Heide ja vorschlagen, eine weitere Hilfskraft einzustellen.«

»Das habe ich schon angesprochen«, sagte Anton. »Sie meint, dass es schwierig wäre, jemanden zu finden, der verlässlich und kompetent ist.«

»Da hat sie bestimmt recht«, meinte Ernestine. »Aber es muss ja kein Apotheker sein. Vielleicht findet sich eine tüchtige Frau, so jemand wie eine Krankenschwester? Denk an all die mutigen Frauen, die im Krieg in den Lazaretten ausgeholfen haben. Bestimmt gibt es welche, die jetzt auf Arbeitssuche sind.«

»Eine Krankenschwester?« Anton wiederholte das Wort nachdenklich. Er hatte Ernestine in diesem Zusammenhang irgendetwas erzählen wollen. Was war es bloß?

»Worüber denkst du nach?«, fragte Ernestine.

»Ich weiß es leider nicht mehr!« Anton kratzte sich an der Stirn. »Ich glaube, dass es etwas war, was Markus Brenner mir erzählt hat und von dem ich mir dachte, dass es dich interessieren könnte.«

»Im Zusammenhang mit einer Krankenschwester?«

»Ja.«

»Hat es mit Hermine Bitterkopf zu tun?«

»Nein.«

»Mit Gertrude oder Helga Weinbach?«

»Auch nicht.«

»Mit dem Lazarett, in dem Brenner gearbeitet hat?«

Anton neigte den Kopf. »Ja, ich glaube, dass es in die Richtung ging.«

»Etwas in Zusammenhang mit Rudolf Henkel?«

Es war wie verhext. Je intensiver Anton darüber nachdachte, umso weniger kam er dahinter, an was er sich nicht erinnern konnte.

»Nun, es wird mir wieder einfallen«, meinte er und stand auf. Vielleicht half Bewegung.

»Bestimmt!«, sagte Ernestine überzeugt. »Soll ich mitkommen und in der Apotheke mithelfen? Ich könnte Pfefferminzbonbons drehen.«

Anton lachte. »Und dabei die Hälfte davon selbst vernaschen.«

»Du hast mich durchschaut.«

Anton nahm sein leeres Kaffeehäferl und stellte es in die Spüle. »Jetzt fällt es mir wieder ein!« Sein Gesicht hellte sich auf. »Der Vorname der Krankenschwester, mit der Markus zusammengearbeitet hat, war Annezka. Ist das nicht ein seltsamer Zufall?«

»Annezka Vesely?«, fragte Ernestine.

»Ja, genau. Woher kennst du den Nachnamen?«

»Es ist Annezka Henkels eigentlicher Name. Sibille Henkel hat ihn letztens erwähnt. Ich habe dir davon erzählt.« Ernestine blinzelte nachdenklich. »Zumindest glaube ich, dass ich es dir erzählt habe.«

Es dauerte einen Moment, bis Anton die Information richtig einordnen konnte. »Bedeutet das, dass Annezka Vesely ihren Verlobten Rudolf Henkel im Feldlazarett kennengelernt hat?«

»Es scheint so«, murmelte Ernestine.

»Sie hat sich in einen schwer verletzten Mann verliebt und wollte ihn dann heiraten? Seltsam. Die Liebe ist eine unergründliche Sache«, meinte Anton nachdenklich.

»Ich glaube nur nicht, dass er sie heiraten wollte«, widersprach Ernestine.

»Aber er hat diesen Brief diktiert. Du hast ihn selbst gesehen.«

»Stimmt, und er stammte nicht aus Annezka Veselys Hand. Das hätte Sibille Henkel erkannt. Es war eine sehr auffallende Schrift, wunderschön und akkurat, mit Anfangsbuchstaben, die an eine mittelalterliche Illustration erinnern.«

»Interessant«, meinte Anton. »Genau so etwas hat Emil mir in der Scheune gezeigt.«

»Der behinderte Mann schreibt so schön?«, fragte Ernestine.

»Nein!« Anton hielt abwehrend die Hand hoch. »Jetzt erinnerst du dich nicht mehr, was ich dir erzählt habe. Emil sammelt Ansichtskarten, und wenn sie leer sind, bittet er andere Menschen, ihm etwas daraufzuschreiben. Alexander Koller hat ihm den Gefallen erwiesen.«

»Alexander Koller, der Obdachlose, der mit der Schaufel im Weingarten erschlagen wurde ...«

Anton sah Ernestine fragend an. Wenn sie etwas wiederholte, was sie längst wusste, dachte sie in Wirklichkeit angestrengt nach. Anton kannte den Gesichtsausdruck höchster Konzentration. Noch bevor er nachfragen konnte, hellten sich ihre Augen auf.

»Das muss der Grund sein, warum Annezka Vesely Fräulein Bitterkopf nicht zum Arzt begleitet hat«, sagte sie. »Sie hatte Angst, Dr. Markus Brenner könnte sie erkennen.«

»Ja und? Was wäre daran schlecht gewesen?« Anton konnte ihr nicht folgen.

»Verstehst du denn nicht, Anton? Rudolf Ferdinand Henkel hatte nie vorgehabt, Annezka Vesely zu heiraten. Er wollte jemand ganz anderen zur Frau nehmen.«

»Du meinst, vielleicht Mizzi Novotny?«

»Ja, genau.«

»Aber der Brief und das Schmuckstück? Die nette Frau Annezka kann die Geschichte doch nicht erfunden haben.«

»Das hat sie auch nicht«, sagte Ernestine. »Sie hat bloß die

Geschichte für sich genutzt. Ein sterbender Soldat bittet eine Krankenschwester um einen Gefallen. Sie schreibt für ihn einen letzten Brief, in dem er seine Eltern bittet, eine ihnen unbekannte Frau als Ehefrau anzuerkennen.«

»Aber Mizzi Novotny war den Henkels nicht unbekannt. Jeder im Böhmischen Prater kannte sie.«

»Sibille Henkel besitzt ja auch nicht den Originalbrief ihres Sohnes, sondern nur ein Schreiben, das Annezka Henkel sich ausgedacht hat. Und damit niemand die Schrift erkennt, hat sie Alexander Koller gebeten, den Brief für sie zu schreiben. Sie dachte, der Landstreicher würde weiterziehen. Doch Koller hat Geld gewittert und Annezka mit seinem Wissen erpresst.«

»Das klingt alles sehr abenteuerlich und an den Haaren herbeigezogen«, meinte Anton.

»Aber genau so könnte es passiert sein!«, widersprach Ernestine. Sie sprang auf. »Ich muss in die Apotheke zum Telefon.«

»Wen willst du anrufen?«

»Erich natürlich. Er muss davon erfahren. So verrückt das auch klingen mag, endlich passen die Puzzlesteinchen zusammen. Und zwar alle.«

»Willst du nicht lieber bis zum Abend warten?«, schlug Anton vor.

»Nein, auf gar keinen Fall.«

Schon rannte Ernestine los, nur um zwei Minuten später wieder zurückzukommen. Empört stemmte sie die Hände in die Hüften. »Das darf nicht wahr sein!«, schimpfte sie. »Wenn man das Telefon mal braucht, funktioniert es nicht.«

»Ja, richtig!« Anton schlug sich mit der Hand an die Stirn. »Das wollte ich dir auch sagen und habe es vergessen. Die Telefongesellschaft hat geschrieben, dass es diese Woche irgendwelche Wartungsarbeiten gibt. Eine Baustelle direkt vor unserer Apotheke.« Anton schüttelte den Kopf. »Ich verstehe das mit der Vergesslichkeit nicht, ich habe doch heute Morgen das Kreuzworträtsel gelöst.«

Ernestines Gedanken waren schon weiter. »Begleitest du mich?«

»Wohin?«

»Zur Polizei. Ich will Erich informieren.«

»Ich habe Heide versprochen, ihr zu helfen.«

»Nicht notwendig«, sagte Ernestine. »Sie hält die Apotheke heute geschlossen, wegen der Umbauarbeiten. Am Abend soll alles fertig sein.«

»Hat Heide mir davon erzählt? Kann es sein, dass ich das auch vergessen habe?«

»Keine Sorge«, beruhigte ihn Ernestine. »Sie hat es eben erst entschieden. Kommst du mit?« Während Ernestine die Frage wiederholte, reichte sie Anton seinen Hut. Damit war die Entscheidung bereits gefallen.

»Oberkommissar Felsberg ist nicht im Haus!« Ein Mann mit akkurat gescheiteltem Haar und einem lächerlich kleinen Schnauzbart auf der Oberlippe musterte Ernestine unfreundlich von oben bis unten.

»Sie müssen Herr Kommissar Pinter sein«, sagte sie und erzielte mit der strengen Stimme der Lateinlehrerin den gewünschten Effekt.

Für einen kurzen Moment wirkte der Mann verunsichert. »Woher wissen Sie …?« Er stotterte.

In dem Moment trat eine kleine, rundliche Frau aus einem der Büros auf den Gang. Sie trug einen voll beladenen Teller vor sich her. Kleine gezuckerte Germteigschnecken befanden sich darauf.

»Sind Sie die Schwiegereltern vom Oberkommissar?«

»Das darf nicht wahr sein!«, schimpfte Julius Pinter. »Verwandte haben hier nichts verloren.« Er funkelte Ernestine boshaft an. »Mischen Sie sich etwa schon wieder in Ermittlungsarbeiten ein? Das wird den Polizeipräsidenten bestimmt interessieren.«

»Es besteht kein Grund zur Aufregung«, versicherte Ernestine. »Es verläuft alles ordnungsgemäß. Wir gehen nur unseren Bürgerpflichten nach.«

»Pah, dass ich nicht lache. Bestimmt stecken Sie Ihre neugierige Nase wieder in Dinge, die Sie nichts angehen.«

»Sagen Sie uns einfach, wo wir Erich Felsberg finden, und Sie sind uns auch schon wieder los.«

»Den Teufel werde ich tun!« Pinter schnaufte verächtlich, und die Sekretärin mit dem Mehlspeisteller winkte Ernestine und Anton zu sich.

»Kommen Sie mit!«, bat sie in einem freundlichen Tonfall.

Ohne ein weiteres Wort ließen Ernestine und Anton Pinter auf dem Flur stehen.

Ernestine verstand, warum Erich den unangenehmen Kollegen nicht ausstehen konnte.

»Oberkommissar Felsberg und Kollege Wedel sind gleich in der Früh zum Laaer Berg gefahren. Sie haben die Beiwagenmaschine genommen.« Sie schaute auf die Uhr. »Eigentlich sollten sie schon längst wieder hier sein. Es ist ihnen wohl etwas dazwischengekommen. Wollen Sie hier auf die beiden warten?«

»Ja, gerne«, sagte Ernestine.

Fräulein Irmi führte sie in eines der Büros und stellte den Teller vor Anton auf den Tisch. »Greifen Sie zu«, forderte sie.

Das ließ sich Anton nicht zweimal sagen. Herzhaft biss er in eine der Schnecken. »Hm, so eine saftige Füllung, köstlich.«

Das Gesicht der Sekretärin hellte sich auf. »Das freut mich«, sagte sie erleichtert. »Bis auf Werner Wedel mag niemand die Mischung aus Mohn und Rosinen.«

»Das verstehe ich nicht«, sagte Anton und griff erneut zu. »Mit etwas Vanille würden die Schnecken vielleicht noch aromatischer schmecken.«

»Vanille«, wiederholte Fräulein Irmi. »Das muss ich ausprobieren.«

Eine Stunde später hatte Anton alle Schnecken vertilgt und Fräulein Irmis Herz erobert. Erich war jedoch immer noch nicht da.

»Das ist seltsam«, sagte Fräulein Irmi besorgt. »Für gewöhnlich ist der Oberkommissar sehr verlässlich. Hoffentlich hatten er und Kollege Wedel keinen Unfall mit dem Motorrad.«

»Das wäre schrecklich«, meinte Ernestine. »Wissen Sie, weshalb er und sein Kollege zum Laaer Berg wollten?«

Fräulein Irmi drehte sich um und vergewisserte sich, dass Pinter sie nicht hören konnte. Dann senkte sie die Stimme. »Das darf ich Ihnen nicht sagen.«

»Auch dann nicht, wenn die beiden sich möglicherweise in Gefahr befinden?«

Die Sekretärin warf erneut einen Blick auf ihre Armbanduhr. Sie war hin- und hergerissen und sichtlich im Konflikt mit ihrem Gewissen.

»Ich glaube, dass es um Annezka Henkel ging. Sie wollten die Dame befragen.«

Ernestine stand auf. »Komm, Anton, wir müssen los und nach Erich suchen.«

»Oh mein Gott. Ich hätte Ihnen nichts sagen dürfen.« Fräulein Irmi hielt sich die Hand vor den Mund. »Bitte sagen Sie ihm nicht, dass Sie die Information von mir haben.«

»Das werden wir bestimmt nicht tun«, versprach Ernestine. Sie trat zu Anton und zog ihn sanft von seinem Sessel hoch.

»Wo willst du nach ihm suchen?«, fragte er irritiert. »Er kann überall sein.«

»Das glaube ich nicht. Die beiden sind bestimmt immer noch am Laaer Berg.« Ernestine flüsterte, damit nur Anton sie hören konnte. »Und wenn unsere Vermutung stimmt, dann unterhalten sie sich gerade mit einer Frau, die eine kaltblütige Mörderin ist.«

»Wenn du glaubst, dass er in Gefahr ist, sollten wir seinen

Kollegen Bescheid geben und sie um Hilfe bitten«, sagte Anton. »Wir sind gerade auf der Polizei.«

»Und zugeben, dass wir uns wieder eingemischt haben? Hast du das boshafte Grinsen von diesem Pinter gesehen? Der wartet nur darauf, dass er Erich eins auswischen kann.«

»Hm, ich habe kein gutes Gefühl bei der Sache.«

Ernestine ignorierte Antons Einwände.

Laut sagte sie zur Sekretärin: »Wir werden lieber zu Hause auf ihn warten. Wenn Oberkommissar Felsberg kommt, geben Sie ihm bitte Bescheid, dass wir hier waren.«

»Das werde ich machen!«

Den ganzen Weg zum Laaer Berg ging Ernestine ihre Theorie immer und immer wieder durch. Mit jedem Mal fand sie sie schlüssiger.

»Alles ergibt jetzt Sinn«, sagte sie. »Es war von Anfang an ein abgekartetes Spiel. Annezka Vesely muss schon im Feldlazarett entschieden haben, Mizzi Novotny zu töten. Ein unglaublich kaltblütiger Plan.«

»Einer, der nicht zu einer Frau passt, die freiwillig an die Front geht, um Menschenleben zu retten«, sagte Anton.

»Der Krieg hat Menschen verändert«, meinte Ernestine. »Denkst du nicht, dass all das Leid abstumpfen lassen kann?«

»Zwischen Abstumpfen und Zur-Mörderin-Werden liegen Welten«, gab Anton zu bedenken.

»Ich gebe dir recht«, sagte Ernestine. »Und trotzdem kann es nur so gewesen sein. Annezka Vesely hat im Lazarett Rudolf Henkel kennengelernt. Der hatte einen letzten Wunsch und diktierte ihr einen Brief, den sie gemeinsam mit dem Schmuckstück an seine Eltern schicken sollte. Doch Annezka schickte den Brief niemals ab und behielt das Schmuckstück. Wieder in Wien traf sie Mizzi Novotny und brachte sie um. Dann ließ sie Alexander Koller den Brief an die zukünftigen Schwiegereltern schreiben. Alles wäre gut gelaufen, wenn Minna die Leiche nicht ausgegraben hätte.« Ernestine machte eine Pause. »Als Hermine Bitterkopf die alten Knöpfe sah, erinnerte sie sich an die Frau, in die ihr Neffe wirklich verliebt war. Aus irgendeinem Grund kannte sie sein Geheimnis. Sie war für Annezka zur Gefahr geworden, genau wie Alexander Koller, der Geld von ihr forderte. Darum erschlägt Annezka den Koller und will die Bitterkopf vergiften. Leider verwechselt Emil die Tische, und so muss Frau Natalia sterben.«

»Das klingt alles plausibel«, gab Anton zu. »Und dennoch kann ich es nicht glauben, denn es passt so ganz und gar nicht zu der freundlichen und fürsorglichen jungen Frau.«

»Nun, wir werden bald mehr wissen.« In der Ferne tauchten die spitzen Dächer des Schlösschens auf. Ernestine beschleunigte ihre Schritte. Heute war das große Gartentor verschlossen.

»Ob es noch einen weiteren Eingang gibt?«, fragte Anton.

»Das finden wir nur heraus, indem wir den Zaun abgehen. Komm.« Ernestine fasste nach Antons Hand. Gemeinsam gingen sie einen schmalen Trampelpfad entlang. Tatsächlich gab es seitlich ein weiteres Tor, das ebenfalls geschlossen war. Doch als Ernestine die Klinke drückte, öffnete es sich problemlos.

»Oh, schau, Erich und sein Mitarbeiter sind noch hier. Die Beiwagenmaschine muss von ihnen sein.« Anton zeigte auf das Motorrad.

»Mit so etwas würde ich auch gerne mal fahren«, meinte Ernestine. »Was meinst du, sollen wir uns eine Maschine zulegen?«

»Nein.«

Ernestine beließ es vorerst dabei. Schweigend liefen sie zum großen Hauseingang. Diesmal betätigte Anton den Türklopfer. »Meine Güte«, sagte er. »Du hattest recht. Man greift wirklich die Hoden des Stiers an.« Angewidert ließ er den Klopfer aus.

Schon nach kurzer Zeit öffnete Sibille Henkel die Tür.

Überrascht sah sie die beiden an. »Grüß Gott. Haben wir uns verabredet?«

»Nein, wir suchen Erich Felsberg. Er muss noch bei Ihnen sein.«

»Wer soll bei uns sein?«

»Oberkommissar Felsberg und sein Mitarbeiter Werner Wedel.«

Sibille Henkel schüttelte bedauernd den Kopf. »Bei uns ist niemand mehr. Die Herren von der Polizei waren am Vormittag da. Sie sind schon lange weg. Ich habe sie nicht mehr gesehen, und ich bin seit kurz nach elf wieder hier.« Um sich zu vergewissern, schaute sie auf ihre Uhr.

»Aber das kann nicht sein«, meinte Ernestine. »Ihr Motorrad steht noch hinter dem Haus.«

»Keine Ahnung, wo sie sich herumtreiben. Aber hier sind sie definitiv nicht«, versicherte Sibille Henkel. »Vielleicht sind die Herren in den Böhmischen Prater gegangen? Sie könnten es dort mal probieren.«

»Dann hätten sie die Maschine genommen«, sagte Anton überzeugt. »Warum sollten sie den Weg zu Fuß gehen, wenn sie genauso gut fahren können?«

Sibille Henkel drehte sich um. Aus der Küche kam das schwangere Dienstmädchen, Martha. »Hast du die Herren von der Polizei weggehen gesehen?«, fragte sie.

Martha verneinte, doch sie schien noch etwas auf dem Herzen zu haben. Kurz glaubte Ernestine, sie würde etwas sagen, doch dann presste sie die Lippen fest aufeinander und schwieg.

»Ist Ihre Schwiegertochter hier?«, fragte Ernestine.

»Annezka ist zu einem Spaziergang aufgebrochen. Sie hat sehr mitgenommen ausgesehen. Ich hoffe, sie wird nicht krank.«

»Dürfen wir auf sie warten?«, fragte Ernestine.

»Was wollen Sie von ihr?«

»Das würden wir gerne persönlich mit ihr besprechen«, wich Ernestine aus.

Sibille Henkel schien Ernestines Antwort nicht zu gefallen. »Was soll das alles? Zuerst ist die Polizei hier. Dann kommen Sie. Alle wollen mit Annezka sprechen. Die Arme ist immer noch ganz verstört wegen des Todes meiner Schwester. Ich will nicht, dass sie noch mehr leiden muss. Heute ist kein geeigneter Tag für einen Besuch. Sobald sie von ihrem Spaziergang nach Hause kommt, werde ich ihr raten, sich hinzulegen. Sie braucht Ruhe.«

»Es ist von großer Wichtigkeit«, beharrte Ernestine.

»Nein!« Die Ablehnung kam mit voller Schärfe. Etwas milder fügte Sibille Henkel hinzu: »Kommen Sie morgen wieder.« Sie hatte sie immer noch nicht ins Haus gebeten und würde es wohl auch nicht mehr tun. »Auf Wiedersehen.« Ohne ein weiteres Wort schlug die Hausherrin ihnen die Tür vor der Nase zu.

Betroffen starrten Ernestine und Anton auf den goldenen Türklopfer, der sachte hin- und herschwang.

»Diesen Weg hätten wir uns sparen können«, meinte Anton.

»Wir dürfen nicht einfach weggehen«, sagte Ernestine. »Wo sind Erich und sein Mitarbeiter? Die beiden können sich unmöglich in Luft aufgelöst haben.«

»Vielleicht sind sie ja wirklich im Böhmischen Prater. Sollen wir hinspazieren?«

»Ich weiß nicht so recht.« Ernestine holte die Pfefferminzbonbons aus ihrer Handtasche und steckte eines davon in den Mund. Anton lehnte dankend ab. »Hier stimmt etwas nicht. Ich glaube, dass Erich noch im Haus ist.«

»Du denkst, dass er gefangen gehalten wird? Das ist doch absurd«, widersprach Anton.

»Hm, leider hast du recht. Es klingt unwahrscheinlich, und trotzdem glaube ich es.« Unschlüssig machte Ernestine einen Schritt auf den Kiesweg.

Da wurde ein kleines Fenster im Souterrain geöffnet. Martha steckte den Kopf heraus und winkte sie nervös zu sich.

Schnell liefen Ernestine und Anton drei flache Stufen hinunter. Fahrig drehte das Dienstmädchen den Kopf nach allen Seiten, dann redete sie so schnell und leise, dass es Ernestine schwerfiel, sie zu verstehen.

»Die zwei Herren von der Polizei sind am Vormittag gekommen, aber ich habe sie nicht weggehen gesehen.«

»Das heißt, sie sind noch im Haus?«, fragte Ernestine.

»Ich weiß es nicht.« Das Dienstmädchen schaute über ihre Schultern nach hinten, wie um sich zu vergewissern, dass niemand sie hörte. »Ich habe es der gnädigen Frau gesagt, aber die hat mir nicht geglaubt.«

»Wo können die Männer sein?«, fragte Anton.

Marthas Stimme wurde noch leiser. »Ich habe Frau Annezka aus dem Keller kommen sehen.«

»Aus dem Keller, den angeblich niemand betritt?«, fragte Ernestine.

Martha nickte.

»Wie können wir Frau Henkel dazu überreden, mit uns in den Keller zu gehen?«, fragte Ernestine.

Sofort legte Martha den Finger auf ihre Lippen. »Psst!«, machte sie. »Das wird sie niemals tun.« Sie drehte sich erneut um, so als hörte sie Schritte hinter sich. »Ich muss weitermachen«, sagte sie.

Ernestine drückte die Hand gegen die Fensterscheibe, damit das Dienstmädchen das Fenster nicht schließen konnte. »Haben Sie einen Schlüssel zum Keller?«

»Ja!«

»Dann gehen Sie bitte hinunter und sehen nach, ob Erich Felsberg und Werner Wedel dort eingesperrt sind«, verlangte Ernestine.

»Niemals geh ich in diesen Keller!« Entsetzt weiteten sich Marthas Augen.

»Wir begleiten Sie«, schlug Ernestine vor.

»Niemals.«

»Martha, Sie müssen uns helfen.« Ernestine blieb hartnäckig. »Weder Frau Henkel noch Herr Henkel werden mit uns in den Keller gehen. Wenn es stimmt, was Sie selbst denken, dann hat Annezka Vesely die beiden im Keller eingesperrt. Niemand wird jemals nach ihnen suchen.«

»Die Polizei wird kommen«, sagte Martha.

Ernestine versuchte ruhig zu bleiben. »Nein, das wird sie nicht«, erklärte sie. »Der Mann, der nach den beiden suchen müsste, wird kein Interesse daran haben, sie zu finden.«

»Was?« Martha schien die Welt nicht mehr zu verstehen, was Ernestine gut nachvollziehen konnte. Wem sollte man trauen, wenn nicht der Polizei? Sie kannte ja Julius Pinter nicht.

»Bitte gehen Sie mit uns in den Keller«, bat Ernestine erneut.

Nervös biss sich das Dienstmädchen auf die Unterlippe. »Wie soll ich Sie ins Haus reinlassen? Man wird Sie sehen.«

»Gibt es denn keinen Seiteneingang?«

»Durch den Wintergarten gelangt man auch ins Haus. Aber das ist zu riskant.«

»Und was ist mit einem Dienstboteneingang?«

»Der ist neben der Küche.«

»Na also. Lassen Sie uns doch dort rein, bitte«, insistierte Ernestine hartnäckig.

»Die Köchin wird Sie sehen.«

»Geben Sie uns ein Zeichen, sobald Sie die Gelegenheit für günstig halten.«

Martha fuhr sich mit der Hand zum Mund, biss sich auf die Knöchel. »Das ist so gefährlich«, jammerte sie. »Ich darf mir keinen Fehler leisten. Der gnädige Herr will mich ohnehin rauswerfen. Wenn ich jetzt Fremde gegen den Willen von Frau Henkel ins Haus lasse, sitze ich heute Abend auf der Straße.«

»Wollen Sie lieber allein in den Keller gehen?«

»Nein.«

»Aber Ihnen ist doch klar, dass Sie nachschauen müssen. Sie wollen doch nicht die Schuld am Tod von zwei Männern tragen«, beharrte Ernestine. Sie appellierte an das schlechte Gewissen der jungen Frau.

»Aber ich habe ja keine Schuld …« Sie stockte. »Oder etwa doch?« Die Angst in ihrer Stimme war überdeutlich. Schließlich gab sie sich einen Ruck. »Kommen Sie zur Hintertür neben der Küche«, sagte sie. »Ich lenke die Köchin ab.« Leise schloss sie das Fenster, und Ernestine stieß erleichtert die Luft aus.

»Was wir da machen, ist strafbar«, sagte Anton ernst. »Wenn Erich nicht im Keller sitzt, haben Martha und wir zwei ein großes Problem. Ein sehr großes Problem. Im schlimmsten Fall landen wir im Gefängnis.«

»Und was, wenn Erich verletzt ist und unsere Hilfe braucht? Wie erklärst du Heide und Rosa, dass wir nicht nach ihm gesucht haben?«

Anton verzog leidend den Mund und schwieg, was Ernestine als Zustimmung interpretierte.

In geduckter Haltung schlichen sie die Hausmauer entlang, bis sie zu einer Tür gelangten. Martha hielt sie bereits einen Spalt weit offen und winkte sie herein. »Die Köchin macht gerade Pause. Kommen S', gemma, gemma!« Ihre Handbewegungen waren fahrig.

Rasch schlüpften Ernestine und Anton durch den Türspalt in die Küche. Der Raum war riesig, und hätte die Situation es erlaubt, hätte Anton sich im kulinarischen Himmel befunden. Von der Decke hingen getrockneter Speck, Salami und Zwiebeln. Es roch nach frischer Rindssuppe, Frittaten und Braten. Auf einer Anrichte wartete eine Torte darauf, mit Schokolade überzogen zu werden. Daneben stand ein Topf Pudding zum Auskühlen.

»Wir müssen hier entlang.« Martha zeigte zur Tür. Sie ging voraus, hielt Ausschau und gab Ernestine und Anton dann ein Zeichen, weiterzugehen. »Ganz leise!« Sie legte den Finger auf die Lippen und trippelte auf Zehenspitzen. Ernestines Herz schlug so schnell, als wollte es ihr gleich aus der Brust springen. Sie konnte Antons Atem hören. Auch er war nervös.

Über einen schier endlosen Gang gelangten sie zu einem Treppenabgang, den sie aber nicht nahmen. Stattdessen sperrte Martha eine niedrige Tür unter den Stufen auf. Sie knipste einen Schalter an, worauf drei Glühbirnen aufleuchteten.

»Da runter.« Sie zeigte die Stufen hinab.

»Kommen Sie denn nicht mit?«, fragte Ernestine.

Martha schüttelte vehement den Kopf. »Da bringen mich keine zehn Pferde runter. Da spukt der Geist vom toten Richard Henkel«, sagte sie ernst und reichte Ernestine den Schlüsselbund. »Der hier ist der richtige.« Sie pickte einen der Schlüssel heraus. »Die Tür liegt am Ende des Weinkellers.«

»Warten Sie hier auf uns?«, fragte Ernestine.

»Ich muss zurück zur Arbeit. Wenn man Sie erwischt, dann will ich nichts damit zu tun haben. Ich werde behaupten, Sie hätten mir den Schlüsselbund gestohlen.«

»Das stimmt aber nicht«, widersprach Anton.

»Psst!«, forderte Martha. »Den Schlüssel legen Sie hinterher in den Blumentopf neben der Küchentür.«

»Gut. Das machen wir«, versprach Ernestine. »Vielen Dank.«

Martha schloss die Tür hinter ihnen und lief rasch davon. Erst als ihre Schritte vollständig verhallt waren, stiegen Ernestine und Anton die Treppe hinunter.

»Was wir da tun, ist komplett verrückt«, murmelte Anton.

»Wir haben keine Zeit zum Jammern«, sagte Ernestine. »Komm.« Sie nahm seine Hand. Antons Finger waren ebenso kalt wie ihre eigenen. Trotzdem vermittelten sie ihr ein Gefühl von Sicherheit. Selbst hier im Keller einer fremden Villa vertraute Ernestine darauf, dass ihr nichts passieren würde, solange Anton bei ihr war.

»Wenn das hier überstanden ist, hast du einen Wunsch bei mir frei«, versprach sie.

»Nur einen? Dieses Abenteuer ist mindestens drei Wünsche wert.«

Vorsichtig tasteten sie sich die Treppe hinunter bis zu einem Weinkeller. Riesige Eichenfässer standen an beiden Wänden.

»Ewig schade, dass dieser Keller ungenützt ist«, bemerkte Anton. Sie gingen bis zum Ende des schlauchförmigen Raums, wo eine niedrige Tür in ein weiteres Kellerabteil führte.

Ernestine hielt den Schlüssel ins Licht. »Hoffentlich passt er.«

»Wir werden es gleich sehen«, sagte Anton.

Vorsichtig steckte Ernestine den Schlüssel ins Schloss, drehte ihn dreimal um und öffnete mit einem lauten Quietschen die Tür. Dahinter herrschte absolute Dunkelheit. Der modrige Geruch eines Erdkellers wehte ihnen entgegen. Der Raum schien leer zu sein. Schon wollte Ernestine die Tür wieder schließen, als sie eine Stimme vernahm, die sich sehr vertraut anhörte.

»Ernestine? Anton?« Es war Erichs Stimme. »Dem Himmel sei Dank!«

SIEBENUNDZWANZIG

Es dauerte ein paar Minuten, bis Erich seine Augen wieder vollständig öffnen konnte. Auch Werner Wedel rieb mit den Fäusten immer wieder über die geröteten Lider.

»Wie habt ihr uns gefunden?«, wollte Erich wissen. Eine Schmutzspur zog sich über seine blasse Stirn.

»Martha hat beobachtet, wie Annezka Henkel mit euch in den Keller gegangen und ohne euch wieder nach oben gekommen ist.«

»Eigentlich sollte ich jetzt mit euch schimpfen, weil ihr euch in polizeiliche Ermittlungen eingemischt habt, aber ich bin euch einfach nur dankbar«, gab Erich erleichtert zu.

»Ich schließe mich an. Sie haben uns das Leben gerettet.« Davon war Wedel überzeugt. »Die Frau hätte uns hier eiskalt krepieren lassen.«

»Ich fürchte, dass das nicht übertrieben ist«, sagte Ernestine. »Es schaut so aus, als wäre Annezka Vesely die Mörderin von Mizzi Novotny, Alexander Koller, Frau Natalia und auch von Hermine Bitterkopf.«

»Wenn Sie uns nicht gerettet hätten, wären wir die zwei nächsten Opfer auf der Liste geworden«, sagte Wedel. »Und das alles, weil sie den Tod ihres verunglückten Bruders rächen wollte? Also wenn mein Bruder stirbt, bin ich traurig, aber das war's dann auch schon.«

»Sie wollte ihren Bruder rächen?«, fragte Ernestine.

»Offenbar hatte Annezka Vesely einen Bruder. Er verunglückte, weil Mizzi Novotny ihren Pflichten nicht nachgekommen ist«, erklärte Erich. »Aber die Frau soll uns ihre Geschichte am besten selbst erzählen. Was auch immer sie sich ausdenkt, sie wird im Gefängnis landen. Und wenn ich eigenhändig dafür sorgen muss.« Erich klang ungewohnt grimmig. Die letzten Stunden hatten ihm offenbar zugesetzt.

»Wie hat die Frau euch überwältigen können?«, wollte Ernestine wissen.

»Bitte frag nicht!« Erich hob abwehrend beide Hände. »Dieses Kapitel möchte ich so schnell wie möglich aus meinem Gedächtnis streichen.«

Wedel lachte. »Dafür kriegen wir beide keinen Orden.«

»Wenn die Mörderin festgesetzt wird, fragt kein Mensch mehr, wie es dazu kam«, beruhigte sie Ernestine. »Hast du eine Dienstwaffe dabei?«

»Ja, natürlich.« Erich holte die kleine Pistole aus dem Gurt unter seiner Westentasche.

»Möglich, dass du sie einsetzen musst, um die Herrschaften da oben zu überzeugen«, sagte Ernestine. »Ich kann immer noch nicht einschätzen, welche Rolle Sibille Henkel in der ganzen Geschichte spielt.«

»Du glaubst, dass sie am Mord an Mizzi Novotny beteiligt war?«, fragte Erich.

»Falls sie von der Affäre mit ihrem Sohn wusste, war sie darüber bestimmt nicht traurig«, sagte Ernestine voller Überzeugung. »Sie hat kein gutes Haar an der Frau gelassen.«

»Na, dann wollen wir mal«, sagte Erich. Mit der geladenen Waffe in der Hand ging er voraus. Ernestine stellte fest, dass er heftiger humpelte als gewöhnlich. »Bist du gestolpert?«, fragte sie besorgt.

»Halb so wild.« Sein schmerzverzerrtes Gesicht strafte ihn Lügen.

Im Gänsemarsch stiegen sie die Treppe hoch, Anton bildete das Schlusslicht. Die Tür war nicht abgesperrt. Martha hatte sie nur zugemacht.

Aus dem Salon drangen nun Stimmen. Herr und Frau Henkel saßen gemeinsam mit Annezka Vesely beim Nachmittagstee. Während Ernestines und Antons Ausflug in den Keller waren die Bewohner des Schlösschens wieder nach Hause gekommen.

Die Überraschung in ihren Gesichtern hätte nicht größer

sein können, als plötzlich und unangekündigt zwei Kriminalbeamte, einer von den beiden mit einer Waffe in der Hand, zusammen mit einem älteren Paar in ihrem Wintergarten standen. Sibille Henkel stieß einen heiseren Schrei aus. Ihr Mann ließ seine Kuchengabel fallen. Klirrend landete sie auf dem teuren Porzellanteller. Nur Annezka Vesely blieb erstaunlich ruhig.

»Das Spiel ist aus«, sagte Erich. Er richtete seine Waffe auf Annezka Vesely und wandte sich dann an Herrn Henkel. »Wo ist Ihr Telefonapparat?«

»Was zum Kuckuck tun Sie hier?« Otto Henkel fasste sich langsam und fand seine Stimme wieder.

»Wo ist Ihr Telefonapparat?«, wiederholte Erich. »Wir müssen Verstärkung anfordern.«

»Verstärkung? Wen wollen Sie denn noch zu uns in den Salon schleppen? Den ganzen Böhmischen Prater?« Otto Henkel stand auf und stellte sich zwischen Annezka Henkel und Erich.

»Bitte gehen Sie mir aus dem Weg«, forderte Erich. Er machte einen Schritt zur Seite, damit er seine Waffe wieder auf die Frau richten konnte.

»Geben Sie sofort die Pistole weg«, sagte Otto Henkel. »Sonst rufe ich …!«

»Wen, die Polizei?«, fragte Erich amüsiert.

»Der Telefonapparat ist im Vorzimmer.« Martha trat in den Raum. »Ich zeige Ihnen, wo.«

Erich bedeutete seinem Mitarbeiter, mit dem Dienstmädchen zu gehen. »Man soll uns einen Dienstwagen schicken.«

»Wird gemacht, Chef.«

Kaum dass er weg war, fragte Otto Henkel mit verärgerter Stimme: »Ich verlange eine Erklärung für diese Ungeheuerlichkeit.«

»Bitte richten Sie Ihre Fragen an Annezka Vesely«, sagte Erich. Otto Henkel drehte sich zu ihr. Ebenso seine Frau. Alle Augen waren erwartungsvoll auf die vermeintliche Schwiegertochter gerichtet. Sie warf ein Stück Würfelzucker in ihren Tee und rührte um.

»Annezka? Was bedeutet das alles?«

Die Frau lächelte entschuldigend. Nichts an ihrem Verhalten ließ darauf schließen, dass sie ein paar Stunden zuvor zwei Polizisten in den Keller gesperrt hatte, um sie dort sterben zu lassen.

»Es ist alles kompliziert«, meinte sie.

»Nicht noch einmal«, unterbrach Erich sie ungehalten. »Genau diese Worte haben wir heute schon einmal von Ihnen gehört.«

Mit trauriger Miene hob Annezka Vesely den Kopf. »Aber das ist es«, beteuerte sie. »Es ist alles kompliziert und anders, als Sie vielleicht denken.«

»Lassen Sie mich beim Erklären helfen«, mischte Ernestine sich ein. »Sie haben Mizzi Novotny umgebracht und sich statt ihr als Verlobte von Rudolf Henkel ausgegeben. In Wirklichkeit war er nie in Sie verliebt oder Sie in ihn. Sie haben Rudolf Henkel in der Stunde seines Todes betreut, und er hat Sie gebeten, ihm einen letzten Wunsch zu erfüllen. Er wollte, dass Sie einen Brief für ihn schreiben.«

»Das kann nicht sein«, widersprach Sibille Henkel. »Niemals wäre Rudolf auf eine billige Dirne wie Mizzi Novotny hereingefallen. Er war anders als Richard und anders als …« Statt einen Namen zu nennen, sah sie ihren Ehemann hasserfüllt an.

»Bitte lassen Sie Frau Vesely antworten«, forderte Erich.

Die wirkte gefasst und unaufgeregt. Entschuldigend hob sie die Hände. »Es tut mir wirklich leid, Sibille. Fräulein Kirsch hat recht. Rudolf war in Mizzi Novotny verliebt. Und auch die Sache mit dem Brief stimmt. Er wollte, dass ihr Mizzi Novotny als eure Tochter aufnehmt und sein Kind als euer Enkelkind.«

»Was, wir haben einen Enkel?«

»Das wird euch niemand mehr mit Sicherheit sagen können«, meinte Annezka Vesely. »Der Hutschenschleuderer und seine Mutter glauben, dass der Junge von Milan Benesch ist.«

»Mizzi Novotny war eine schäbige Hure!«, schimpfte Sibille Henkel angewidert.

»Ich hatte nie vor, mich als Mizzi auszugeben, das müsst ihr mir glauben«, fuhr Annezka fort. »Ich habe mich mit ihr getroffen, genau wie Rudolf mich gebeten hatte. Es war ein Abend im Herbst, im Böhmischen Prater.« Annezka Vesely schaute auf die Teetasse in ihren Händen. Nach einer kurzen Pause fuhr sie fort: »Ich wusste, dass Mizzi für den Tod meines Bruders Pavel verantwortlich war. Das habe ich von einem der Ziegelarbeiter erfahren. Ich selbst habe nie in der Fabrik gearbeitet. Natürlich habe ich mich vor dem Zusammentreffen mit ihr gefürchtet. Gleichzeitig war ich neugierig, was für ein Mensch sie war.« Annezka drehte die Tasse in ihren Händen. »Ich wollte, dass sie sich entschuldigt. Ich wollte hören, dass es ihr leidtat. Ich wollte gemeinsam mit ihr um meinen Bruder weinen. Er war der sanfteste und liebenswerteste Mensch, den Sie sich vorstellen können.« Ihre Stimme brach. Für eine Weile war es still im Raum. Nur das Ticken der Penderuhr im Salon war zu vernehmen.

»Und Mizzi Novotny hat sich nicht entschuldigt«, beendete Ernestine den Gedanken mit sanften Worten.

Annezka Vesely sah wieder auf. Tränen standen in ihren Augen. »Sie hat gelacht und gehässig gemeint, dass es um Pavel nicht schade wäre. Ich solle froh sein, dass ich den Bruder los wäre. Er sei kein Mann gewesen, sondern bloß ein mickriger Junge.«

»Deshalb hast du Mizzi umgebracht?«, fragte Otto Henkel betroffen.

»Nein«, widersprach Annezka Vesely. »Ich habe sie nicht umgebracht, es war ein Unfall. Ich hatte die Halskette in der Hand, Mizzi wollte sie mir aus der Hand reißen, und ich habe aus einem Reflex heraus einen Schritt rückwärts gemacht. Mizzi hatte ein steifes Knie und war nicht so gelenkig wie ich. Sie geriet ins Stolpern und stürzte. Ich schwöre bei Gott, dass ich sie nicht umgebracht habe. Sie ist mit der Schläfe auf einer Metallstange aufgeschlagen. Der ganze Boden war aufgerissen, die riesige, unordentliche Baustelle war voller Bretter, Steine und Ziegel. Mizzi war sofort tot.«

»Dann haben Sie sie notdürftig vergraben und gehofft, dass niemand jemals erfahren wird, dass Sie einander getroffen haben«, mutmaßte Ernestine.

Annezka Vesely nickte. »Ich war geschockt und wollte zuerst weglaufen und die Leiche einfach liegen lassen. Doch dann erkannte ich die Möglichkeit, die ihr Tod mir bot. Plötzlich sah ich einen Weg, mich für das Unrecht an Pavel zu rächen.« Sie hob den Kopf und sah in die Runde. »Ich habe einen Landstreicher gebeten, einen Brief für mich zu schreiben. Niemals hätte ich gedacht, dass er hierbleiben und mich regelmäßig erpressen würde. Ich habe Koller stets Geld gegeben. Aber dann wurden seinen Forderungen höher, und als man Mizzis Leiche fand, wurden sie unbezahlbar. Ich musste ihn beseitigen.«

»Du hast den Mann mit einer Schaufel erschlagen?«, sagte Otto Henkel fassungslos. Er ließ sich kraftlos in einen der Sessel sinken.

»Es ging ganz einfach«, sagte Annezka. »Im Krieg habe ich weitaus schlimmere Verletzungen gesehen. Männer, die länger leiden mussten. Er war schon nach zwei gezielten Schlägen tot.«

Ihr freundliches Gesicht passte nicht zu den grausamen Worten. Es war wie ein schlecht inszeniertes Theaterstück. Eine Geschichte, die von Laiendarstellern zum Besten gegeben wurde.

»Und Frau Natalia und Mimi? Die hast du vergiftet?«, fragte Sibille Henkel. Auch sie schien nicht glauben zu können, was sie hörte.

Annezka Vesely nickte. Ruhig führte sie die Teetasse zum Mund. »Kein schlimmer Tod. Es geht ganz schnell«, sagte sie. »Pavel hat viel schlimmer leiden müssen.«

Ernestine reagierte als Erste. »Halten Sie sie vom Trinken ab!« Mit drei schnellen Schritten stürzte sie sich auf die Frau, doch Annezka leerte die Tasse mit einem gierigen Schluck. Mit einem triumphierenden Lächeln nahm sie den Tod entgegen wie ein Geschenk. Selbst als sie nach Luft rang und röchelte, blieb ihr Gesichtsausdruck entspannt. Mit einem lauten Plumpsen fiel sie vom Sessel auf den Boden und schlug mit dem Hinterkopf auf den Fliesen auf. Die Tasse zerschellte neben ihr. Ihr Körper zuckte. Sie fasste sich an den Hals.

»Oh mein Gott, so tun Sie doch etwas!« Sibille Henkel kniete sich besorgt zu ihrer vermeintlichen Schwiegertochter und beugte sich über sie. »Sie kriegt keine Luft. Sie stirbt.« Sibille Henkel drehte sich zu Anton. »Herr Böck, Sie sind doch Apotheker. Helfen Sie ihr.«

Zögernd machte Anton einen Schritt vorwärts. Auf Annezka Veselys Hals hatten sich rote Flecken gebildet, genau wie bei Frau Natalia. Mit starrem Blick sah sie in die Ferne.

»Ich glaube nicht, dass ich hier noch helfen kann«, sagte er ernst. »Es schaut so aus, als hätte sie sich eben vor unseren Augen selbst vergiftet.«

Sibille Henkel wandte sich an Erich und schrie ihn hysterisch an. »Sie haben es gesehen. Warum haben Sie nicht eher reagiert?«

Erich schüttelte bedauernd den Kopf. »Ich habe gedacht, dass es bloß Zucker war, was sie in den Tee gerührt hat.«

In dem Moment kehrte Werner Wedel zurück in den Raum. »Die Kollegen kommen, so schnell sie können, mit einem Dienstwagen.« Bestürzt sah er auf die Tote am Boden.

»Wir brauchen keinen Dienstwagen mehr«, sagte Erich.

»Leichenwagen?«, fragte Wedel.

Erich nickte bloß.

ACHTUNDZWANZIG

Stolz hielt Rosa die orange Schleife ihres Schokoriegels hoch. »Die hebe ich auf«, sagte sie und klebte sie in ihr Detektivheft. »Fritzi und ich haben den Fall mit den verschwundenen Farbstiften gelöst.«

»Das ist großartig«, lobte Ernestine. »Wie sind sie abhandengekommen?«

»Es war eine Verwechslung. Der Karli Müller aus der Nebenklasse hatte sie eingesteckt, weil er dachte, es wären seine. Der ist so schlampig, dass ihm nicht mal aufgefallen ist, dass er schon drei Rotstifte und drei Grünstifte im Federpennal hatte.«

»Kluges Mädchen«, lobte Anton.

»Werdet ihr einen neuen Fall übernehmen?«, fragte Ernestine.

»Unbedingt!«, meinte Rosa. »Wir suchen noch nach einem guten Namen für unsere Detektei. Hast du eine Idee, Opa?« Sie schaute zu Anton.

»Hm, ich weiß nicht. ›Fritz und Rosa‹. Reicht das nicht?«

Rosa widersprach. »Das ist einfallslos.«

»Apropos Name«, sagte Ernestine. »Wisst ihr schon, wie ihr euer Kind taufen wollt?«

»Es wird keine Taufe geben«, entgegnete Heide.

»Entschuldige, ich meinte: nennen werdet.«

»Es gibt schon ein paar Namen in der engeren Wahl. Aber wir sind uns noch nicht ganz sicher«, meinte Erich.

»Nun, der Name ist eine wichtige Entscheidung. Er begleitet einen sein ganzes Leben«, sagte Ernestine. »Schlussendlich war es der winzig kleine Fehler, den Annezka Vesely begangen hat. Sie hat ihren Namen, auch den Vornamen, nie geändert. Hätte sie es getan, wären wir ihr nicht so schnell auf die Schliche gekommen.«

»Sie war eine seltsame Frau«, sagte Anton nachdenklich. »Ich könnte sie immer noch nicht beschreiben. Sie war freundlich und höflich, aber völlig unscheinbar. Ich kann mich nicht erinnern, jemals jemandem begegnet zu sein, der ihr ähnlich war.«

»Sie entsprach gewiss nicht dem Bild einer blutrünstigen Mörderin«, stimmte Ernestine ihm zu.

»Gibt es das denn?«, fragte Erich.

»Wenn jemand mit einer Schaufel zuschlägt, erwartet man, dass er oder sie brutal, kaltblütig und berechnend ist«, sagte Heide.

»Nichts von alledem traf auf Annezka Vesely zu«, sagte Ernestine. »Der Zufall hat sie zur Mörderin gemacht. Und dann nahm das Spiel seinen Lauf. Ich hatte den Eindruck, dass sie froh darüber war, dass nun alles vorbei ist.«

»Das Gefühl hatte ich auch«, stimmte Anton zu.

»Was passiert jetzt eigentlich mit dem kleinen Mihaelo? Wurde er bei Pflegeeltern untergebracht?«, fragte Ernestine.

»Ja, das wurde er«, sagte Erich. »Und ihr werdet nicht glauben, wer sich seiner angenommen hat.«

»Das Ehepaar Henkel«, riet Ernestine.

»Hast du davon schon gehört?«

»Nein, aber es war naheliegend«, sagte Ernestine. »Sibille Henkel wünscht sich so sehr einen Ersatz für ihre beiden Söhne, dass sie bereit ist, fast alles auf sich zu nehmen. Sie lässt das Dienstmädchen, das von ihrem Ehemann geschwängert wurde, weiter bei sich arbeiten, nimmt eine wildfremde Frau als Schwiegertochter bei sich auf, obwohl sie vielleicht immer ahnte, dass die Frau ihr Lügen auftischte.«

»Für Mihaelo kann es nur gut sein«, bemerkte Anton.

»Da hast du wohl recht.«

»Ende gut, alles gut?«, fragte Heide lachend.

»Ja!« Ernestine strahlte. »Und das Beste an der ganzen Geschichte: Niemand bei der Polizei wird sich jemals wieder darüber aufregen, wenn Anton und ich uns einmischen.

Durch unseren mutigen Einsatz haben wir einen Oberkommissar und seinen Mitarbeiter gerettet.«

Erich seufzte. »Ob das nun als gute Wendung gesehen werden kann, ist diskutierbar.«

Anton richtete sich auf und sah Ernestine an. »Da fällt mir etwas ein«, sagte er und lächelte verschmitzt. »Ich habe noch drei Wünsche frei.«

»Drei? Ich habe von einem gesprochen.«

»Einer ist ganz schnell erledigt«, meinte er, stand auf und küsste sie zärtlich aufs Haar. »Die beiden anderen hebe ich mir für später auf.«

»Gute Idee«, fand Ernestine.

Nachwort

Liebe Leserinnen und Leser,

diesmal bin ich mit meiner Geschichte im Böhmischen Prater gelandet, einem Vergnügungspark im Süden Wiens, am Laaer Berg, der gerne als »kleiner Bruder« vom Würstelprater bezeichnet wird. Der Böhmische Prater entstand in der zweiten Hälfte des 19. Jahrhunderts und diente den Ziegelarbeitern aus den angrenzenden Ziegelwerken als Erholungsgebiet.

Alle Figuren in diesem Roman sind fiktiv. Aber den historisch Interessierten unter Ihnen will ich den Gründer des Böhmischen Praters nicht vorenthalten. Es war Franz Bauer, der Kantinenwirt der Ziegelfabrik, der 1882 als Erster für seine Gäste ein Ringelspiel mit Schaukel aufstellte, das heute noch besichtigt werden kann. Natürlich hatte Franz Bauer nichts mit der Geschichte zu tun, die Sie eben gelesen haben, weshalb die Gastwirte in meinem Roman andere Namen bekommen haben.

Bauers Werkskantine wurde später das erste Ausflugsgasthaus des Gebiets. Die Schausteller, die sich nach und nach ansiedelten, stammten aus den österreichischen Kronländern Böhmen und Mähren, genau wie die Arbeiterinnen und Arbeiter in den Ziegelwerken. Wie unschwer zu erraten ist, haben sie dem Böhmischen Prater seinen Namen gegeben.

Nach dem Ersten Weltkrieg wurde das Areal vergrößert, denn jedes Wochenende strömten zahlreiche Wienerinnen und Wiener auf den Laaer Berg, von dem man bei Schönwetter gute Sicht auf den Schneeberg, den Kahlenberg und den Leopoldsberg hat. Es heißt, dass die Sorgen schrumpfen, sobald man bei Langosch, Powidltascherl, Bier und böhmischer Blasmusik dem Alltag entflieht.

Auch heute noch ist der Laaer Berg von Wien aus ein beliebtes Ausflugsziel. Und wieder sind es vor allem Menschen mit Migrationsgeschichten, die hier Erholung suchen.

Die Härte der Arbeits- und Lebensbedingungen der »Ziegelböhm« sind zum Glück Geschichte. Was ich beschrieben habe, erfasst nur einen kleinen Ausschnitt ihres Alltags, der uns heute fast unvorstellbar erscheint. Dabei ist es noch gar nicht so lange her, dass Männer, Frauen und Kinder in Wien zwölf Stunden am Tag geschuftet haben, ohne Krankenversorgung, ohne Rente, und dafür nicht einmal mit Geld, sondern mit »Blech« entlohnt wurden. Blechmünzen, die sie nur für überteuerte Waren am Fabriksgelände ausgeben konnten. Uns Wienerinnen und Wienern wird häufig nachgesagt, wir würden zum Jammern neigen. In Gesprächen hört man oft, früher sei alles besser gewesen. Ich bin davon überzeugt, dass dies nicht stimmt.

An dieser Stelle möchte ich mich bei einer Reihe von Menschen bedanken, die bei der Entstehung des Krimis mitgeholfen haben.

Bei meiner Freundin Karin, gemeinsam haben wir bei einem Radurlaub durch Holland das Gerüst des Krimis konstruiert.

Bei meiner Tochter Ida und meiner Freundin Eva, die wie immer superschnell Probe gelesen und mich zum Weiterschreiben motiviert haben. Bei meiner treuen Leserin Gertie, die mir wieder einmal geholfen hat, Ernestine und Anton mit den richtigen Straßenbahnlinien durch Wien zu schicken.

Danke an Franka Zastrow, meine Agentin, und an alle bei Emons, die an meine Geschichten glauben. Vielen Dank an Nina Schäfer, die sich bei jedem Cover übertrifft und die Verpackung zu einem Kunstwerk macht.

Ein besonders großes Dankeschön geht an Uta Rupprecht. Sie war einst die Lektorin meines ersten historischen Romans, und es ist mir eine große Freude, wieder mit ihr zusammenarbeiten zu dürfen.

Und zuletzt danke ich herzlich Ihnen, liebe Leserinnen und Leser, Buchhändlerinnen und Bibliothekare. Ich hoffe, dass ich Sie auch in Zukunft mit meinen Geschichten unterhalten darf.

»Mord im Böhmischen Prater« ist das neunte und hoffentlich nicht letzte Abenteuer von Ernestine und Anton. Wien und seine Umgebung bieten noch zahlreiche wunderschöne Orte, an denen Verbrechen begangen werden können. Ich freue mich schon darauf, über sie schreiben zu dürfen.

Herzlichst
Ihre Beate Maly

Weitere Bücher von Erfolgsautorin Beate Maly

Alle Titel sind auch als eBook erhältlich.

*Historische Kriminalromane
mit Ernestine Kirsch und Anton Böck:*

Tod am Semmering
ISBN 978-3-95451-995-8

Tod an der Wien
ISBN 978-3-7408-0221-9

Mord auf der Donau
ISBN 978-3-7408-0456-5

Tod in Baden
ISBN 978-3-7408-0659-0

Mord im Auwald
ISBN 978-3-7408-0918-8

Mord auf dem Eis
ISBN 978-3-7408-1202-7

Mord auf der Trabrennbahn
ISBN 978-3-7408-1585-1

Mord im Filmstudio
ISBN 978-3-7408-1736-7

www.emons-verlag.de

*Historischer Kriminalroman
mit Kommissar Max von Krause:*

Mord in der Wiener Werkstätte
ISBN 978-3-7408-1679-7

Weihnachtskrimi:

Mord im Stadtpalais
ISBN 978-3-7408-2051-0

www.emons-verlag.de